撩夫好忙

下

文創風
669

七寶珠 著

目錄

第三十二章 暗鬥

胡老六向上頭的大人，也就是金州府知府李墨洪施了個禮，退下去時，他不著痕跡地掃了眼公堂，一排站著的衙役中，有個人悄悄向他點了下頭。

胡老六一路快馬回到永平府，進了府衙，直接去了穆廷的院子。

前幾天，他去牛頭村叫杜仲回來，說是汪夫人舊疾復發，其實汪夫人只是小病，真正病的是穆廷。

那日穆廷在清遠縣見到柳嫣後，又到縣衙瞭解案子，到傍晚才回到永平府。

誰知到府衙門口，便一頭從馬上栽了下來。

眾人把他抬回屋子，半夜穆廷就發起高燒。

除了在戰場上受傷外，穆廷很少有生病的時候，沒想到這回病情來得凶猛，人一下子便倒下了。

杜仲院裡的藥童看過後是束手無策，胡老六本想連夜去牛頭村找杜仲，但高燒得都有些迷糊的穆廷卻堅決不同意，說是怕驚擾了柳家父女。

胡老六只好第二天一早再去。杜仲回來後，見穆廷都燒得昏了過去，還把他們這幾個跟著穆廷的人罵了一頓。

按杜仲的說法，穆廷是肝火攻心，又引發舊疾，才會病成這樣。這幾日，他一直臥床不起，天天喝藥。

可柳嫣的事，不和他說是絕對不行的。

胡老六走進穆廷的臥房，就見杜仲正在給穆廷把脈，嘴裡還在嘀咕。「老穆，你瞅你這個孬樣，不就是一個小白臉嘛，還把自己給憋屈病了，若是不行，就讓兄弟們直接搶親，咱們這些人還怕過誰！」

「你胡說什麼？」穆廷瞪了杜仲一眼。「不許你在兄弟面前說這些！」

「哼，我不說，不過誰有病，誰難受！」杜仲嘖了一聲。

「老六？」穆廷一看胡老六急匆匆地走進來，立刻掙扎著坐起身。「你不是陪阿嫣去清遠縣，怎麼這麼快就回來了？」

他看胡老六的神情，心頭便一沈。「是不是阿嫣出了什麼事？」

胡老六只得把今天發生的事情詳細說了一遍。

「阿嫣的書和畫有大不敬的內容，這怎麼可能？」杜仲嗷的一聲。「她的話本子我看過，她那天作畫時我也在場，這、這純屬誣衊，還有沒有王法了！」

「老大，當時我見金州知府要給柳姑娘用刑，就現了身，以汪大人的名義暫時拖住了他們。柳姑娘被收監，我讓咱們在金州府的人幫著照應柳姑娘，可是時間久了也不妥，這事你看怎麼辦？」

他們都知道，女犯如果進了監牢，幾乎都會被獄卒給玷污。

穆廷只覺得一陣天旋地轉，猛烈地咳嗽起來。

杜仲看穆廷臉都憋紅了，忙給他拍了拍背。「老穆，你不要著急，兄弟們就是打過去，也會把阿嫣給救出來！」

穆廷緩了一口氣，推開杜仲的手。「如果按你所說，阿嫣的書和畫沒有問題，那這件事就絕對沒有那麼簡單，看來是針對我和汪大人做的局了。

「我要去見汪大人！」穆廷從床上下了地，身子便往前倒。

胡老六連忙扶住他。「老大，你沒事吧！」

「沒事。」穆廷只覺得剛才急得一下子出了一身汗，現在身上反而鬆快許多。

胡老六他們都知道，穆廷曾在戰場上被砍中三刀，在身負重傷的情況下，還取了敵軍主帥的首級，是鐵打般的漢子。

穆廷直接到汪柏林的書房，把事情和汪柏林說了。

「大人，我必須去一趟金州府，想辦法把阿嫣給救回來！」

「你現今可有什麼好辦法？」

「沒有，去了再見招拆招吧，但是阿嫣我是一定要帶回永平府的。」

汪柏林看著穆廷通紅的眼睛，知道他的心已經有些亂了。「還是我和你一起去吧！」

「大人，您……」汪柏林如果去了，恐怕會受李知府的折辱。

汪柏林明白他的意思。「你放心，李大人如今是我的上司，我做為下屬去拜見一下，不是很正常嗎？」

汪柏林哂笑。「這李大人啊，我還曾與他同窗三年。當年恩科，他排名第七十八位，也算是溫閣老名下的學生，後來他投靠英王，我們就再無接觸，沒想到今日他竟拿閣老的外孫女這樣做！」

說著，他撢了撢袍袖。「走吧！李大人既然大費周章的想要見我，我不去，豈不辜負了他這片心意？」

「好。」穆廷向汪柏林深施一禮。「穆廷代阿嫣多謝大人了！」

「不用客氣，我也算是阿嫣的叔叔，應該的。」

穆廷出去安排好事宜，一行人剛到二門，就見大門的守衛匆匆跑了進來。「穆大人，門口有一人自稱是您的叔叔，姓柳，說要見您！」

「柳叔？」穆廷忙大步跑了出去，就見柳成源站在府衙門口，旁邊扶著他的是一名婦人和年輕男子。

穆廷一眼便認出，那婦人是柳嫣的姑姑柳三姑。

「小山子！」柳成源看到穆廷，顫巍巍地要迎上前，穆廷忙過去扶住他。「小山子啊，你三姑今天來告訴我，說嫣兒在清遠縣被官差抓了，你也是官差，你能想法子救救嫣兒嗎？」說著，眼淚便流了下來。

「柳叔，您別哭。」穆廷拿手給柳成源擦了擦眼淚。「我現在正準備要去金州府救阿嫣。」

「嫣兒被抓到金州府了？小山子，你可一定要把嫣兒救出來，如果嫣兒出什麼事，我也活不了了！」柳成源嚎啕大哭。

穆廷抱住柳成源，忍住心中的酸澀，拍拍他的背。「柳叔，您放心，就是捨了我的命，我也會把阿嫣救出來的。您今晚先在府衙休息，我明天一早定會把阿嫣帶回來。」

「小山子，我……我也要去，你一定要帶上我！」今晚他怎能睡得安穩？他拉住穆廷的衣袖，哀求道。

穆廷知道柳成源對柳嫣的牽掛，與其讓他在這胡思亂想，不如就帶上他吧。

「老六，你去找輛馬車，柳叔腿不好，裡面用被褥鋪軟些，再叫上杜仲，你帶兩個兄弟陪著他們慢慢走。」

胡老六連忙去安排。

穆廷又安撫道：「柳叔，您和三姑姑他們坐馬車在後面跟著，我和汪大人會騎馬先去見金州的知府大人。」

「好、好，小山子你先走，快去吧！」柳成源心裡更是著急。

穆廷向柳三姑行了一禮。「三姑姑，今天事情緊急，就不和您多聊了。」

柳三姑連忙擺手。「你快去辦正事吧，以後有的是時間。」

穆廷和汪柏林分別上了馬。汪柏林雖是文官，但他當年做督軍，與裴家軍在邊關多年，早就練就一身騎術。

他看了看眾人，揚聲道：「走！」

一行人映著夕陽的餘暉，趕往金州府。

柳嫣在公堂上裝暈，總算逃過一劫，她聽到胡老六的話，知道他一定會找穆廷救自己，才算鬆了口氣。

這時有兩名衙役上來要拉柳嫣去監牢，她哪能讓這些臭男人碰她，忙咳了一聲，轉醒過來。

這衙役對柳嫣的小把戲也心知肚明，一個黑臉的衙役厲聲道：「還不趕快起來！」

柳嫣忙從地上起身，跟著兩名衙役去了府衙後面的地牢。

地牢裡點著松油燈，迎面而來的是陰暗潮濕的濁氣。

兩個衙役一前一後，把柳嫣夾在中間往前走，走著走著，柳嫣就感覺到一隻手摸到自己的腰上。

她大叫一聲，往旁邊一躲，前面的衙役忙回頭。「張六，怎麼了？」

那叫張六的本想占柳嫣的便宜，沒想到柳嫣竟然敢躲，嘴裡便罵罵咧咧道：「給妳臉了，進到這裡，還裝什麼貞潔烈婦！」

說著上來就要摸柳嫣的胸，柳嫣忙用手擋住。張六更是惱火，抬腳就要踹柳嫣。

前面的衙役忙上來阻攔，那張六斜眼道：「怎麼，杜九，你今日轉了性子，倒是憐香惜玉了？」

杜九一笑，摟住張六的肩膀。「六兒，著什麼急啊，這女犯進了這裡，不就是嘴邊的肉嗎？咱們想什麼時候吃，就什麼時候吃，何必急於一時？而且這女犯還牽扯到永平府，還得過堂，得防著她在公堂上瞎說啊！」

張六勉強點了點頭，又朝柳嫣罵道：「今日就便宜妳這個臭婊子了。告訴妳，妳如果敢在公堂上胡說，老子就弄死妳！」

柳嫣捂著胸口，一句話也不敢說。

「好了，六兒，他們在前面支了賭局，你跟著去玩兩把吧，我把她送進去。」

那張六一聽有賭局，便嘟嘟囔囔地走了。

杜九立刻對柳嫣大聲道：「還不走？等著老子踹妳啊！」

柳嫣忙往前走，就聽身後幾不可聞的聲音傳來。「柳姑娘，今晚清醒些，穆哥他們應該很快就能到了。」

這是穆廷的人！柳嫣的心激動得幾乎要跳出來，她不敢回頭，只輕輕點了點頭。

柳嫣跟著杜九來到一個監牢前，杜九對一個女牢頭笑道：「張婆子，給妳送來一個人。」又小聲道：「這個是大人看上的，單獨一間牢房，今晚就別讓別的兄弟碰了。」

那女牢頭看了看柳嫣，倒是個美人，便點了點頭。「知道了。」

女犯進牢房，都得卸下釵環，那女牢頭見柳嫣頭上只有一支木簪，什麼油水都撈不到，態度便不太好，拿手一推柳嫣。「還不趕快進去！」

柳嫣被關進一個小牢房裡，牆上有用刑的鐵鍊，地上鋪著稻草，陰暗寒冷的氣息讓她不禁一哆嗦。

柳嫣坐在草鋪上，一陣酸臭味湧了上來，就聽對面牢房傳來女囚的聲音。「喲，又來一個，長得還挺漂亮的！」

「唉，又是一個可憐人。」

柳嫣把頭埋在胳膊裡。今晚她絕對不能睡著，而且還要看看這牢房裡有什麼可以防身的東西？即使那個杜九在暗中保護她，她也要做好那些獄卒會過來的準備。

穆廷，你一定要快點來啊！

穆廷一行人到了金州府時，已是掌燈時分。

這一路，他的心一直飽受煎熬，但腦子卻隨著時間的推移而愈加清醒。

他們一行人快到金州府衙時，有一道暗影從一旁閃過，隨從到穆廷近前耳語。「大人，兄弟們說一切都安排好了。」

穆廷看向汪柏林，汪柏林點了點頭，穆廷輕聲道：「讓大家按事先的安排去做吧！」

隨從向後面打了個手勢，那暗影便消失在金州府的街道上。

汪柏林在府衙門口遞了帖子，等了一盞茶的時間，才有人出來領他們進去。

到了府衙的正廳，又等了一會兒，李墨洪才姍姍來遲，一進正廳，便笑道：「汪大人，好久不見了。」

汪柏林站起身，施禮道：「李大人。」

「哈哈，汪大人，你我不用如此客氣，快坐、快坐！」

雙方分賓主落坐，有僕人上來換了茶，李墨洪笑道：「柏林兄，當年我們京城一別，沒想到竟過了五、六年，柏林兄風采依舊啊！」

汪柏林打著哈哈。「不比墨洪兄風采更勝往昔！」

兩人互相試探著寒暄一陣，到底是李墨洪有些坐不住了，故意嘆息道：「柏林兄當年可是咱們大齊朝第一狀元郎啊，督軍鐵水關，也是朝堂三品大員，沒想到今日落到永平府的五品知州，本官都替柏林兄不值啊！」

汪柏林故作羞慚，低下頭不說話。

「其實柏林兄文采過人，胸懷錦繡，就沒有別的想法嗎？如果有，本官倒可以在英王面前為柏林兄說些話，讓英王在聖上面前替柏林兄美言幾句。」

果然不出所料，是英王打的算盤。

汪柏林一拱手。「讓李大人替我費心了，柏林做了這麼多年的官，如今聖上還能覺得我有些用處，派我來到這永平府，已是皇恩浩蕩，柏林心中感激不已，哪裡有別的奢求，委實不敢再麻煩李大人了。」

說著站起身，向京城方向施了個大禮。「吾皇萬歲！」眼中滴下了幾滴淚。

別說汪柏林到底是美男子，就是掉淚，也是半點不折翩翩君子風度。

李墨洪把手中的茶碗重重放在桌上。如果不是英王執意讓他收攏汪柏林，他才不願意看汪柏林在這演戲。

「汪大人此次來除了敘舊，還有別的事嗎？」李墨洪失去了耐心。

汪柏林也不再兜圈子。「今日李大人的手下在清遠縣拿了一名女犯，說起來那女犯也和李大人有些淵源。她是前閣老溫大人的外孫女，也是我身邊穆大人的恩人的女兒，就是不知道所犯何罪，李大人能否通融一下？」

「哦？」李墨洪沒有接汪柏林的話，而是看向穆廷。「這位就是當年鐵水關斬了敵軍元帥首級、拒絕朝廷虎威大將軍的封賞，甘願做裴將軍侍衛的穆大人？真是久仰大名啊！」

穆廷上前施禮。「屬下拜見大人，大人謬讚了，還請大人今日通融，放了屬下的妹妹。」

「哦。」李墨洪端起桌上的茶，慢條斯理地喝了一口。「對了，聽說穆大人當年斬敵軍元帥，用的是龍鱗劍，此劍為天下之名劍，今日能否借本官觀賞？」

「大人，此劍為利刃，出鞘必見血，屬下不敢驚擾大人。」穆廷怎肯把裴將軍的劍給這樣的人看。

「還有這樣的說法？本官倒是頭一次聽說，那就更有興趣了。這樣吧，聽說穆大人武藝超群，今天就用龍鱗劍給本官表演劍法，讓本官開開眼界！」李墨洪是咄咄逼人。

穆廷身後的侍衛臉上都出現了怒色。這李大人分明在故意羞辱穆廷，把穆廷當做雜耍的江湖藝人。

穆廷倒是沒生氣，微微一笑。「屬下遵命。」說著從懷裡掏出龍鱗劍，寶劍出鞘，寒光乍現。

就見穆廷起手後，動作越來越快，劍光如飛雪繁落，隱有龍鳴之音，屋裡包括李墨洪的侍衛都有些看呆了。

忽聽穆廷大喝一聲，身形向前，李墨洪就覺得眼前一花，那龍鱗劍已直抵在他的眉心之上。

他清晰地感受到劍鋒上的寒意，那劍尖似乎馬上就要刺入他的腦子，他嚇得一動也不敢動。

旁邊的侍衛忙抽刀上前，喊道：「放下你的劍！」

穆廷這邊的侍衛也上前，雙方即將一觸即發。

穆廷忽收了龍鱗劍，向後退一步，向李墨洪微微一笑。「李大人，屬下當年就是用剛才那招，取了敵軍元帥的性命，今日得以向李大人展示，不知李大人是否滿意？」

此刻李墨洪還沒有從剛才的驚嚇中反應過來呢。

穆廷見李墨洪愣愣地不說話，便又喚了一聲。「李大人？」

李墨洪方才緩過神來。他明白，如果剛才穆廷想殺他，簡直易如反掌，他的侍衛在人家面前都是不夠瞧的。

不過這姓穆的竟然敢威脅他，他就更不能放過那個柳嫣了。

但是如今正廳已經不安全，如果他不答應的話，就怕會真的激怒穆廷。

李墨洪站起身就想走，就見內院的管家忽然慌慌張張的跑了進來，向他耳語幾句。

李墨洪臉上變了顏色，低吼道：「你怎麼不攔住她?!」

穆廷拱手道：「難道大人遇見了什麼麻煩事？大人初到金州府，有什麼事情，屬下願意為大人分擔。」

李墨洪心中一驚，扭頭看向穆廷，就見穆廷似笑非笑的看著他。

原來是他們做的！

李墨洪到了金州後，不久就看上一位花魁，直接把人從花樓裡接了出來，在外買了宅子，當成外室養著。

但他本人卻是十分怕老婆，而且朝廷明令官員不許狎妓，所以這事是瞞得緊緊的，只有他身邊的幾個親信知道。

沒想到今天他家的母老虎竟然帶著奴僕找到外宅，將那裡砸了個稀巴爛。

他真是小瞧了汪柏林這些人，想不到他們竟然在這麼短的時間內就給他做了一個局，看來自己身邊早有了他們的人。

只是官員狎妓這一條報上朝廷，就算他有英王撐腰，不會被免職，但想再留在金州，卻是不可能了。

哼，一招不慎，今日真是白忙了，不過小不忍則亂大謀，以後走著瞧！

李墨洪想到這，已經沒心情再應付汪柏林等人。

「汪大人，本官還有事情，那個女人犯，既然汪大人那邊有安排，你們就帶走吧！」

第三十三章　甜蜜

柳嫣坐在牢房內的草鋪上，牢房沒有窗戶，她也不知道現在是什麼時辰了。

今天一天到現在，經歷了這麼多事，她其實已經很疲倦，但是她揪著頭髮，讓自己保持清醒。

忽然，牢房外傳來一陣腳步聲，柳嫣心中一驚，忙抬頭看去，就見那個女牢頭站在牢門外。

「妳，出來！」

是穆廷他們來了，還是那些獄卒想把她……

柳嫣猶豫地站起身，活動了下身子。

女牢頭不耐煩道：「還不快點出來，難道不想走了嗎？」

走？難道真的是穆廷來接她了？

柳嫣跟著女牢頭走出牢房，四周看了看，沒有其他男獄卒的蹤跡，她心裡稍微安穩了些。

一路出了女監，就見杜九站在外面，柳嫣的心才徹底放了下來。

杜九帶柳嫣出了地牢，在地牢門口卸下柳嫣身上的鐐銬。「走吧，外面有人來接妳了！」

柳嫣幾乎是衝著出了地牢的大門，一出門便看見站在院子裡等她的穆廷。

今日穆廷來見李墨洪，穿了倆門的正裝，月色下，一身黑色皂衣的他沈穩如山。

柳嫣鼻子一酸，眼淚就湧了上來。

穆廷站在院子裡，正等得心焦，就見地牢門一開，柳嫣跑了出來。她身上的衣服縐巴巴的，頭上的簪子也不見了，一頭青絲亂糟糟地垂在身前。

她站在牢門前，夜風吹起她的衣角和髮絲，她纖細的身子搖曳在風中，彷彿要就此遠颺。

穆廷心中一陣痛，忍不住喚了聲：「阿嫣！」便向柳嫣快步走去。

柳嫣再也忍不住，飛奔著撲向他。

穆廷張開雙臂，把撲過來的柳嫣緊緊摟進懷中。

柳嫣的雙手緊緊摟住穆廷的腰，就像要把自己嵌入到他的身體裡。只有躲在他堅實的懷抱裡，聽著他沈穩的心跳聲，她才真的感受到這如噩夢般的一天終於過去了。

後面跟著的胡老六見穆廷和柳嫣竟然忘情地擁抱在一起，想到這裡是金州府的大牢，耳目眾多，必須儘快離開。

胡老六只好咳了一聲，提醒穆廷。

穆廷警覺，忙用手扶住柳嫣的肩膀。「阿嫣，我們快走吧！」

柳嫣抬起臉，看著他點了點頭。她恨不得能立刻離開這裡。

穆廷脫下身上的外衣給柳嫣披上，然後緊摟著她的腰，快步離開。

柳嫣穿著穆廷的衣服，那衣服在她身上，就像小孩偷穿大人的衣裳，衣襟都垂到她的膝蓋上。衣服上有穆廷身上溫暖的氣息，包裹著她，讓她感到無比安心。

一行人出了金州府的府衙，柳嫣才長長吁了一口氣。

外面夜色深沈，柳嫣輕聲問：「穆大哥，現在是什麼時辰了？」

「已經過了二更天了。阿嫣，妳一天都沒吃東西吧，我們先找個地方吃飯。」

其實不光柳嫣沒有吃飯，跟著來的這些兄弟也都沒有吃晚飯。

往前走了一會兒，就見路邊有一個餛飩攤正在收攤。

胡老六走上前。「老闆，還做生意嗎？」

那老闆見是一群官差，忙點頭哈腰道：「做、做！」

老闆又重新點起「氣死風燈」，捅開爐火。

穆廷看了看身後的五名兄弟，說道：「下十五碗餛飩。」

胡老六從懷裡掏出一錢銀子，扔給老闆。「不用找了！」

老闆大喜。這是碰到一群好官差了！忙加快手上的動作。

穆廷摟著柳嫣坐到一張桌子旁，其他六人一見，忙自覺坐到別張桌子。

柳嫣聞著鍋裡的餛飩香，方覺得已是飢腸轆轆，她忍不住皺了皺鼻子，咽了咽口水。

「餓了?等會兒就好了。」穆廷察覺到她的動作，低頭安撫道。

柳嫣抬頭看他，穆廷到現在仍緊摟著她的腰，還當著他的兄弟面前，他……他知不知道自己在做什麼？

她想提醒穆廷放手，可又貪戀這一刻他給的溫暖。

就讓她再放縱一回吧！

她把身子靠在穆廷胸前，拿額頭蹭了蹭他的胸口，不說話。

穆廷見柳嫣又躲進自己懷裡，摟著她腰的手忍不住緊了緊。

他感受到她在他懷裡親暱的動作，就像小時候，他在柳府和小柳嫣一起養的一隻花貓，那隻小花貓就是喜歡像這樣在他懷裡蹭來蹭去。

穆廷心中的柔情難以自抑。他知道自己的行為不妥，因為阿嫣已是訂了親的人，可是……

他抬頭望著天上的明月。這是他的美夢，就讓他沈浸在這一晚的夢中吧！

過了不知多久，老闆的餛飩早已煮好了，但胡老六等人看著沈浸在自己世界裡、相依相偎的兩人，誰也不敢上去打擾。

老闆只好自己端著兩碗餛飩，放在穆廷面前，看著親密地摟在一起的兩個人，老臉一紅，忙低下頭。

這、這些年輕人，也太……

柳嫣沒有注意到老闆的神色，她盯著碗裡白白胖胖的餛飩，只覺得剛才穆廷點十五碗的決定太英明，她覺得自己餓得都能把碗給吃了！

她忙從穆廷懷裡坐直身子，拿起碗裡的湯勺。

穆廷忙把旁邊的陳醋拿過來。「阿嫣，放些醋嗎？」

當然要放了。柳嫣點點頭。

穆廷在她碗裡點了幾滴醋，柳嫣迫不及待地舀了一顆餛飩放在嘴裡，接著「哎呀」一聲，又把嘴裡的餛飩吐了出來。

這是怎麼了？柳嫣的聲音驚動胡老六幾人，難道餛飩有什麼問題？

大家一躍而起，一下子把老闆圍在中間。

那老闆嚇得都傻了，哆哆嗦嗦道：「姑娘……妳、妳怎麼了？我這餛飩可是好的……」

柳嫣伸著舌頭，眼淚汪汪道：「沒事、沒事，是太燙了！」

胡老六幾個人一聽，方放下心回到桌邊。

今日為十六圓月，月光如水，穆廷眼尖，一眼便看到柳嫣舌頭上明顯有一道傷口，且不是燙傷的痕跡。

他兩手一伸，捧住柳嫣的臉。「阿嫣，妳的舌頭怎麼了？」

難道她真的被人欺負了？他一定要把那人找出來，碎屍萬段！

柳嫣愣愣地看著穆廷。他的神色怎麼瞅著有些嚇人？

穆廷忽然想起，他這樣問她，如果她真的被人欺負，他的追問不就是再次喚起她痛苦的回憶，往她傷口上撒鹽嗎？這事還是他自己慢慢調查吧。

穆廷忙又道：「既然燙就慢慢吃，別著急！」

他想收回手，可他的手放在柳嫣臉上，就像黏住一般，再也捨不得放下來，他的大拇指忍不住摩挲著她的臉。

柳嫣感受著穆廷的手，就像在捧著一顆明珠般小心翼翼。

他的掌心溫暖乾燥，讓她感到十分舒服，便忍不住把臉在他摩挲的手指上蹭了蹭。

胡老六幾人看到這一幕，互相對視一眼，忙低下頭，恨不得把臉埋進碗裡。

柳嫣還是感到舌尖有些疼，不由得又把舌頭伸出來，嘴裡嗚嗚道：「也不是完全燙的，是我自己咬的。」

她自己咬的？穆廷想問卻不敢問。他放下一隻手，用另一隻手捏著柳嫣的下巴，仔細地看，那上面的牙印還是很清晰。

柳嫣隨後便解釋道：「今天那個大人，上來就要給我上拶刑，我的手如果被夾壞，不就完了？所以我就咬破舌尖，裝作吐血暈倒，好在胡大哥也替我解了圍，要不……」

她還沒有說完，忽地就被穆廷一把抱進了懷裡。

他的一隻手摟著她的腰，另一隻手放在她的臉上，把她的頭壓在他的頸窩處，他的臉則倚在她頭頂上，她聽見他在呢喃：「阿嫣，對不起。」

對不起，因為我的緣故，讓妳受了這麼大的苦。

這麼多年來，穆廷在戰場上受過無數次的傷，但他從來沒有掉過一滴淚，可是今天，他發誓要一生守護的人，卻因為他而被關進監獄，遭了罪。

柳嫣感覺到有水珠落在她的頭頂，滲進了她的髮絲。

……他哭了？

她想抬頭，可她的頭又被穆廷按在了他的肩上。

柳嫣想了想，雙臂環住他的腰，手放在他的後背，輕輕地上下撫摸。

穆廷感受到柳嫣對他的安撫，忍不住又呢喃道：「阿嫣……」

柳嫣輕輕的應了聲。「嗯。」

「阿嫣。」

「嗯！」

他一聲聲的喚，她便一聲聲的應，所有的愛意都凝結在這一聲聲的應答中。

旁邊坐著的胡老六幾個又互相看了一眼，端著碗，悄無聲息地退到攤子外。

不知又過了多長時間，還是柳嫣輕輕嘆息了聲，拍了拍穆廷的背。「穆大哥，我餓了，再不吃餛飩就涼了！」

對呀，阿嫣都餓了！穆廷忙用手擦了把臉，放開柳嫣，接著端起碗，舀了一顆餛飩，放到嘴邊吹了吹，遞到她嘴邊。

這是要餵她嗎？

柳嫣看著嘴邊的勺子。她已經很久沒有享受過這樣的待遇了，不知怎麼，忽然覺得有些羞澀。

她想說她自己吃就行，可看著穆廷認真的樣子，不自覺就張開了嘴。

穆廷心滿意足地看著柳嫣吃完一顆餛飩，又舀了一顆餵她。

柳嫣連吃了四顆，總覺得還是有些不好意思，忙道：「穆大哥，你也吃吧，我自己來就好！」

穆廷方才意猶未盡地放下碗。

柳嫣又吃了幾顆，終於感覺肚子不再空得慌，也有精力問一點別的事了。

「穆大哥，我被放出來了，那個韓雲清出來了嗎？」

穆廷拿勺子的手一下子頓住了，看著碗裡的餛飩，再也吃不下去。

「穆大哥？」柳嫣看著穆廷低著頭不說話，又叫了一聲。

穆廷抬頭，勉強一笑。「放出來了。」

不管怎樣，韓雲清母子也是無妄之災，他就是再不喜歡他們，也不能不管。

「那就好。」柳嫣應了聲。明天她就去他家要回庚帖！

柳嫣又吃了一顆餛飩，抬頭卻見穆廷拿著勺子，愣愣地坐在那。「穆大哥，你怎麼不吃了？」

穆廷抬頭望了望天上的明月。他的美夢醒了。他看著柳嫣，手在桌下緊緊握成拳。

「阿嫣，我聽杜仲說，妳的畫好像賣了很多錢？」

柳嫣不禁哀嚎一聲。好不容易得到一個掙錢的管道，如今沒了，而且還連累穆廷替她周旋，她才被放出來。

柳嫣囁嚅道：「穆大哥，不好意思，我只想著掙錢的事了，沒想到會捅這麼大的婁子，這件事會不會影響你在衙門的公事啊？」

穆廷沒想到柳嫣會這樣想，忙道：「不，阿嫣，這件事和妳沒有關係，我就是想問，妳為什麼要急著掙錢呢？我給妳的錢不夠花嗎？妳放心，我以後發了俸祿都給妳；還有，妳……妳以後的嫁妝，我也會為妳準備的。」

她這麼急著賺錢，應該是為了成親的事吧？穆廷的手指用力掐進掌心，才咬著牙說出上面的話。

柳嫣聞言，眼淚不禁又湧了上來。他、他怎麼會對她這樣好？好的就像讓她活在夢中一樣！

可她又怎能心安理得地接受他的好？

柳嫣的手緊緊握著勺子，咬了咬嘴唇，終抬起頭看著穆廷。「穆大哥，謝謝你，可我不能總是花你的錢，你以後……以後還得成親呢。司琴是個好姑娘，你們以後還要生兒育女，這些都需要用錢，我……我怎麼能……」

等等，阿嫣在說什麼？司琴？她怎麼會以為自己會娶司琴？對，是那個荷包！

柳嫣的話還沒說完，就被穆廷打斷。「阿嫣，那個荷包我當天就退給了汪夫人了。」

柳嫣愣住。「你、你把司琴的荷包退回去了？你不想娶她了？」

「司姑娘的父親算是我在裴家軍的第一位師父，於我有恩情，他去世前，我答應過他會幫忙照應司姑娘。司姑娘她們堂姊妹四人失去親人後，被汪夫人收養長大，汪夫人把她們當作親生孩子一般，而汪夫人對我也很是照顧，但我和司姑娘除了司大哥的囑託外，沒有任何關係。」

雖然柳嫣就要嫁給韓雲清了，但穆廷心裡仍不願柳嫣誤會他，他要告訴她，他心中從來沒有過別人。

如果以後韓雲清對她好，那他會離他們遠些；如果韓雲清對她不好，那他絕不會放過姓韓的！

柳嫣一下子就明白穆廷話中的意思。看來是汪夫人曾經想撮合穆廷和司琴，但是穆廷一直沒有答應過。

他為什麼不答應？

柳嫣在穆廷面前，又習慣性地開始智力下降。

「穆大哥，司琴姑娘長得好看，她爹和你又有師徒之情，你……你就從來沒有想過娶她嗎？」

因為在我心中，這世間只有一個姑娘是最美，她才是我最想擁有的。

穆廷看著柳嫣，認真道：「婚姻之事，不可強求，我和司姑娘只是認識而已，最多就是兄妹情誼。阿嫣，以後妳萬不可再這麼說，我是男子無所謂，這話傳出去，對司姑娘不好。」

柳嫣只覺得心中的喜悅像海浪一般蕩漾。穆廷剛才說的話，看似為司琴著想，實際上是把他和司琴的關係撇得清清楚楚了。

穆廷見柳嫣聽完他的話後，如一汪泉水般的大眼睛裡，就像掛著最明亮的星星，萬分璀璨。

柳嫣覺得自己已經控制不住上翹的嘴角，她忙低下頭，可喜悅由心而發，她臉上的笑容如花般綻放。

第三十四章　買衣

柳嫣低頭無意識的玩了玩手中的湯勺，忽然便想起，穆廷這邊是沒事了，可她還有事呢！

柳嫣又抬起頭，笑著問：「穆大哥，你明天有什麼安排嗎？」

穆廷被柳嫣臉上燦爛的笑容晃了一下，穩了下心神才道：「阿嫣，妳是有什麼事嗎？」

「我想讓你幫我打聽韓雲清家的住址，明天你如果有時間，陪我一起去他家，我想和他退婚，把我的庚帖拿回來。」

穆廷懷疑自己是不是聽錯了？阿嫣要和韓雲清退婚？

「阿嫣，妳再說一次。」穆廷又小心翼翼的問了一遍。

「我說我想和韓雲清退婚，去他家把我的庚帖拿回來。」

穆廷拿勺子的手一抖，碗便打翻了，餛飩和湯灑在桌子和身上。

柳嫣忙站起身，一摸袖子，才想起她的手帕都不知丟在哪了。

柳嫣忙喚老闆拿草紙來給穆廷擦身上的湯汁，可穆廷此時哪裡顧得上這些，他一把拉住柳嫣的手。「阿嫣，妳為什麼要跟韓雲清退婚？柳叔知道這件事嗎？」

柳嫣看穆廷驚訝、著急的樣子，連忙道：「這件事我還沒和我爹說呢，我想退完親後再回家告訴我爹。」

穆廷把她拉到另一張乾淨的桌子邊坐下。「柳叔也來金州府了，現在就在客棧裡等妳，妳明天要退親，怎樣也得先和柳叔說。不過，到底發生了什麼事，讓妳要和韓雲清退親？」退親對女子的閨譽影響極大，通常退過親的女子，很難再當正房夫人，往往只能給人做填房或當妾。

柳嫣便把之前韓家一直沒有送來韓雲清的庚帖，以及今日公堂上發生的事和穆廷說了。

「穆大哥，其實就算沒有發生今日之事，我也是想著要和他家退親的。我總覺得韓家不是真心的，而且、而且，我……我也不喜歡那個韓雲清！」

身為閨閣少女，柳嫣今日說出退親的話，已經是不合禮法，現在又直接說不喜歡韓雲清，可以說是相當驚世駭俗。

柳嫣迅速瞄了穆廷一眼。其實她也不想這麼說，可她怕自己不說清楚，面前的人仍聽不懂她的心思。

不過她看穆廷直愣愣的坐在那裡不說話，便試探地叫了聲。「穆大哥，你說我退親是應該的吧？」

穆廷放在桌角的手一動，柳嫣就聽「喀」的一聲，穆廷居然把桌角生生掰了下來。

難道她的話還是嚇到這古代保守男了？她一縮脖，撇了撇嘴，不吱聲了。

穆廷心中大怒。他是見過大風大浪、心思縝密之人，聽柳嫣一說，韓家人打什麼主意，他如何不知？

他一直放在心裡、不敢輕易表白的女孩，竟然被韓家騙婚，簡直是是可忍，孰不可忍！

穆廷恨得手中一用力，這才掰下一塊桌角。

他看看手中的桌角，不明白自己怎麼用了這麼大的力氣？他怕嚇到柳嫣，忙把桌角扔在地上，卻見柳嫣覷著他的手不說話。

這是真嚇到她了吧？

穆廷忙要開口安撫，就見柳嫣微噘了嘴，抬手拽住他的衣袖。「穆大哥，我知道我說的話不合禮法，可是我……我真的不想嫁給韓雲清，你就幫幫我，勸勸我爹吧！你明天會陪我去韓家吧？你就陪我去吧，好不好？」

說著，拽著他的衣袖又搖了搖。

穆廷不禁想起他們小時候，小柳嫣有什麼事情，就會拉住他的手搖啊搖，直到他答應了才會放手。

這麼多年，終於又見到她跟他撒嬌了。

柳嫣見穆廷低著頭，不吭聲，忍不住道：「穆大哥，你倒是說話啊！」

穆廷一見柳嫣不高興了，忙笑道：「我明天會陪妳一起去，不過這事今晚就不要和柳叔說了，明天早上再和他說。快三更了，我們也趕快回客棧，柳叔他們一定等急了。」

柳嫣點頭，站起身，低頭看了看身上縐巴巴的衣服，又抬頭道：「我就這樣回客棧，我爹看到又得哭了。」

穆廷一笑。「這就去買新的！」

柳嫣看了看漆黑的夜色。「店鋪還有開？」

「直接叫門就行，走吧！」

一夥人走過一條街，來到一間成衣鋪前。

胡老六拍了拍大門，過了一會兒，就見店鋪裡露出燭火的亮光。

柳嫣這才想起，這裡的店鋪都是「前店後家」，晚上都有人在。

就聽店鋪裡有人含糊地道：「誰呀，這麼晚了，不做生意了，明天再說吧！」

胡老六大聲道：「官差！趕快開門！」

等了一會兒，店鋪老闆卸了半扇門板，探出身子，一看外面，果然站了六、七個官差。

老闆忙點頭哈腰。「官爺有什麼事嗎？」

「買衣服！」

「買衣服？好、好，你們請！」

柳嫣和穆廷走進店鋪，其他人則在外面等。

店鋪裡已經點了燭火，但還是有些昏暗。

柳嫣見老闆和一名夥計只胡亂裹著外衣，頭髮也亂糟糟的，一看就是剛從被窩裡爬起來，抱歉地道：「老闆，這麼晚麻煩你了。」

那老闆見眼前的姑娘說話輕聲細語，心踏實了一大半，忙笑道：「不麻煩、不麻煩！」

只要這些官差是真的要買衣服，不是來找事的，那就阿彌陀佛了。

「是姑娘想買衣服嗎？這邊牆上和櫃檯上放的都是。」老闆端著燭臺，指給柳嫣看。

這家成衣鋪面積還不小，賣的衣服也挺高檔的。柳嫣看著牆上掛著的一件鵝黃色的紗裙，覺得很是漂亮。
「姑娘喜歡這件？」老闆忙叫夥計把裙子拿下來。
柳嫣摸著紗裙，心想真好看。
「阿嫣，妳喜歡這件？不過現在穿是不是會冷？」穆廷在一旁道。
唉，她怎麼又犯了在原來世界購物的毛病了，什麼都想看看，這大半夜的，還是趕快買完回客棧吧。
柳嫣不好意思地笑笑。「我就是隨便看看……」又忙問老闆：「有沒有布質料的？」
「有，這邊都是。」
「老闆，你把那套衣服拿來。」旁邊的穆廷又來一句。
咦？柳嫣抬頭看了看穆廷。她買衣服，沒想到他興致更高昂，還提供意見。柳嫣心中湧起些甜蜜。怎麼有種男友陪自己逛街買衣服的感覺呢？
不過，當夥計把衣服拿給她時，她便有些哭笑不得——深藍色的細布衣裳，大得都能裝下兩個她。
穆廷看柳嫣把衣服往身上一比，也覺得有些大，便又讓店家拿另一套。
柳嫣一看，這一回是土黃色的，還是對襟，這分明是四、五十歲的大嬸穿的嘛！
穆廷怎麼會覺得她穿這衣服好看呢？這難道就是傳說中的直男眼光？
柳嫣可不敢再讓穆廷幫她看了，忙指著一身淡青色的衣裙，比了一下，發現挺合身，便決定買這套，還買了一套內衣。

她回頭，就見穆廷正興致勃勃地給她選簪子。

柳嫣又問：「老闆，你這裡有賣鞋子嗎？」今天在監獄裡穿的這一身，她都不想要了。

「有！」夥計忙拿來繡花鞋給柳嫣挑。

柳嫣挑了一雙，見穆廷手裡拿著兩支金簪，問道：「阿嫣，妳覺得這兩支怎麼樣，喜歡嗎？」

柳嫣頓時無語。這兩支鳳頭簪子都是成親後的婦人戴的，而且一看就很有分量，她一個沒成婚的鄉下丫頭也戴不出去。

看來這傢伙在軍營裡待了這麼多年，從沒接觸過女孩家的東西，什麼也不懂。

這麼一想，柳嫣心裡倒是有些高興了。穆廷要是懂女孩家的東西，她反而不放心。

柳嫣走過去，低頭看著匣子裡擺的簪子，挑了支海棠花銀簪出來。

「阿嫣，妳喜歡這種款式？」穆廷有些遺憾地問。他還是覺得他挑的金簪好看，金子也更值錢些。

「嗯。」柳嫣笑著點頭。

也是，當年在柳府，柳夫人好像也不喜歡戴金簪，她頭上的簪子都是玉的。他見柳嫣用手梳了下她亂糟糟的頭髮，綰了個髮髻，然後示意他把那簪子拿起來，幫她插到頭上。

穆廷的心怦怦地跳了起來。這屋裡有些暗，也沒有鏡子，阿嫣是因為這樣，才讓他幫她的嗎？

穆廷拿慣刀劍的手，第一次拿起女孩家的髮簪，不由得有些發抖。

他小心翼翼地把髮簪別到柳嫣頭上。「這樣行嗎？」
柳嫣笑道：「挺好的。穆大哥，我們回客棧吧！」
穆廷給了銀子，一行人回了客棧。

客棧內，穆廷已經派人告訴了柳成源，柳成源和柳三姑等人便一直沒睡，正焦急地等著柳嫣。

柳成源一見柳嫣安全地回來，又開始哭了。

還是柳三姑瞭解自己的弟弟，哭起來就沒完沒了，忙道：「你別哭了，阿嫣回來還沒去晦氣呢！」

柳成源忙點頭，那邊店小二點了火盆，柳嫣從上面跨了過去。

大家忙活了一天，便都休息了。

柳三姑早就讓店家準備放了艾草的洗澡水，柳嫣洗過澡，也感覺疲憊不堪，一頭倒在床上，睡了過去。

第二天，柳嫣是被柳三姑喚醒的，這時已經天光大亮。

柳三姑笑道：「妳呀，簡直睡得像小豬似的，叫妳兩回都沒叫起來！」

不過柳三姑也放心了。能睡得著，也沒作惡夢，證明入獄的事沒影響到她的心情。

柳嫣梳洗打扮好，換上新衣，和柳三姑下了樓，就見她爹和穆廷幾人已經在吃早飯了。

柳嫣對他們一笑，坐在她爹旁邊。柳成源見女兒神色如常，這才放下心來。

柳嫣偷眼去看穆廷，就見穆廷也正看著她。想起昨晚的事，柳嫣不由得臉一紅，忙低下頭吃飯。

吃過早飯，回到柳成源的房間後，屋裡只剩下柳嫣一家還有穆廷。

柳嫣想了想，走到她爹坐的椅子前蹲下，仰頭道：「爹，我有件事要和您說，我先說，您不許哭！」

柳成源見柳嫣嚴肅的樣子，有些嚇到了，轉頭看了看柳三姑和穆廷，方有些遲疑。「嫣兒，妳要說什麼？」

柳嫣口齒清楚地道：「爹，我要和韓家退婚，請爹成全女兒的心思！」

第三十五章 退婚

屋裡除了穆廷外，柳成源、柳三姑和崔大虎都是一驚。

柳成源顫巍巍地伸出手，摸柳嫣的額頭。「嫣兒，妳病了嗎，怎麼說出這種話來？」

柳嫣拿開柳成源的手。「爹，我沒病，我清醒的很。」

「那妳怎麼會說出這樣的話？妳知道退親意味著什麼嗎？難道妳是擔心妳昨天入獄的事被韓家知道，會嫌棄妳？爹覺得雲清不是那樣的孩子，妳不用擔心，爹會和雲清說的！」

一旁的崔大虎聽柳成源這麼說，連忙拽柳三姑的衣襟，柳三姑回頭瞪了他一眼。

她哪會不懂兒子的意思？兒子從小就喜歡柳嫣，長大後，那點心思就更藏不住，知道柳嫣和韓雲清訂親時，還大哭一場，如今聽說柳嫣要退親，這就有些按捺不住了。

可兒子的親事，也不是她一個人說了算，還得看大虎他爹的意思。

不過她也見過韓家母子，委實不太喜歡，但今日姪女忽然要退婚，她也很是驚訝。

「阿嫣，妳為什麼要退婚？是在韓家受了什麼委屈嗎？」柳三姑忙插了一句。

柳嫣便把在公堂上的事情說了。

柳成源大驚。「妳說這回的事情連累雲清也被抓了，還當堂和咱們家劃清了界限？」

柳嫣點頭。

柳成源只覺得天旋地轉，差點沒從椅子上摔下來，還是穆廷眼疾手快，一把扶住他。

柳成源拉著穆廷的手，哭道：「小山子啊，你看看這都是什麼事啊！我的命怎麼這麼苦，嫣兒這一退親，以後可怎麼辦啊！」

穆廷剛要開口勸，就聽柳嫣道：「爹，不是說好了不哭嗎？不就是退個親嗎？」

「妳這孩子，妳知道退親是什麼意思嗎？妳退了親，誰還會和我們家結親？而且妳今年都十五了，再不結親，就得官配，爹怎麼能讓妳隨便被官府嫁個不認識的人呢！」

不管柳成源再怎麼不濟，他對柳嫣是真心疼愛的。

柳嫣站起身，拿衣袖擦了擦柳成源臉上的淚。「爹，您的心思我明白，可您不想我隨便嫁個人，可您也希望我能嫁一個照顧我、愛護我的，但韓家……昨日對女兒已是涼薄了。爹，您想，這一回他們如此對待女兒，女兒如果真的嫁過去，再遇到事情，他們會管我的死活嗎？」

「可……嫣兒，是不是妳誤會了雲清，他們其實不是這樣想的？我、我怎麼也不相信雲清是那樣的孩子！」柳成源打從心底不願意女兒退婚。

「爹，公堂上的口供都是記錄在案的。穆大哥，你昨天也看到口供了吧？」柳嫣看向穆廷。他可是答應過要幫她勸柳成源的。

穆廷扶著柳成源。「柳叔，韓家母子昨天晚上也放出來回家了，韓家的確是當堂悔婚了。」

柳成源捶胸頓足。「這韓家當年可是三番五次上門來求娶，那韓雲清還答應我絕不納妾，我才同意這門親事，沒想到今日竟害了嫣兒！」

柳嫣拉住柳成源的手。「爹，您就不要埋怨自己了。您教了韓雲清這麼長時間的功課，分文未取，即便這回我的事連累他家，但穆大哥也把他們救出來了，我們兩家的恩怨也就了結了。」

「爹，穆大哥是官府的人，即使我到了官配的年齡，穆大哥也一定會幫我想辦法，不會讓我隨便嫁人的。」

穆廷忙道：「柳叔，您就放心吧，有我在，定不會委屈了阿嫣。」

一旁的崔大虎見柳嫣和穆廷說得熱鬧，在後面狠拽他娘的袖子。阿嫣好不容易要退婚了，怎麼也得讓舅舅答應。

柳三姑看兒子急得臉都紅了，當娘的哪能不疼兒子？先不管兒子和柳嫣是否能成，這首要之務也是柳嫣得先退婚。

「四弟，我看阿嫣說得也對，當初我就不喜歡這韓家母子，一副小家子樣，可是你和……」柳三姑看了柳嫣一眼。那時柳嫣可是一門心思想嫁韓雲清，沒想到今日倒想明白了。「可是你就覺得他們家好，我這當姑姑的也就不好說什麼了。如今看來，他們家不就是在糊弄你嗎？什麼不納妾，等阿嫣嫁過去，跟他們家過窮日子，熬得人老珠黃了，他韓雲清納妾，你能攔得住嗎？他家現今窮成這樣就敢這麼對阿嫣，一旦以後富有了，指不定還會做出什麼噁心事呢，也就是你信他們！」

柳成源看著柳三姑。「三姊，妳也覺得退親是對的？」

柳三姑點頭。「當然了，這回徹底看出他家人的嘴臉，你還要把阿嫣嫁過去，這不是把阿嫣往火坑裡推嗎？你擔心阿嫣以後的親事，那就是瞎擔心，阿嫣長得這麼美，還識文斷字，如今又有小山子替你們撐腰，還怕阿嫣找不到更好的？你放心，我是當姑姑的，這阿嫣的婚事就包在我身上！」

還是柳三姑更瞭解自家弟弟，她這麼一說，柳成源終於點頭應允。

柳嫣大喜，對穆廷笑道：「穆大哥，你找到韓雲清家的住址了嗎？」

穆廷點頭。昨天連夜就把事辦了。

柳嫣一揮手。「爹，那我這就去韓家把我的庚帖要回來！」

「今天就要回來？不如過兩天再說吧！」柳成源沒想到女兒這麼雷厲風行。

「反正都要退的，今天正好在金州府，省得以後再來回跑。爹，您腿腳不好，就不用跟著去了。」柳嫣怕柳成源去了，韓家再給他灌迷湯。

「那怎麼行，退親這等大事，我這當長輩的怎能不在場？」

崔大虎又再次在後面拽他娘的衣襟，柳三姑在心裡嘆氣。兒女都是債，這當父母的是省不了心的。

「四弟，行了，你腿腳不便，去了一激動什麼的，對傷口不好。而且你一個大男人，和韓雲清的母親也不好說什麼，我是阿嫣的姑姑，還是我和穆廷陪著阿嫣去吧！」

崔大虎也忙道：「對呀，舅舅，就讓我娘跟著去吧，有我娘在，一定能把事情辦好的，我留下來陪舅舅。」

柳成源也知道他三姊在崔家是管生意的，專門和人打交道，這方面比他厲害，便萬般無奈地答應了。

穆廷的馬車早就準備好，柳嫣和柳三姑上了馬車，穆廷則和胡老六騎了馬，一路向城西前進。

到了之後，柳嫣一下馬車，站在胡同口，看著周圍破敗的街道和房子，還有路人的衣著打扮，就知道韓家如今的生活也是十分困頓。

柳嫣三人跟著胡老六來到一個小院門前，剛要敲門，就見院門一開，韓雲清揹了一個大包袱走了出來。

雙方一照面，韓雲清臉上便露出驚訝的表情。

這時就聽韓雲清身後傳來韓嬸子的聲音。「雲清，你怎麼站在門口不動彈了？還不趕快走，要不然就趕不上馬車了。記著啊，你見到柳叔一定要好好說！」

見柳叔？好好說？柳嫣看著韓雲清揹著的包袱。這是要去牛頭村找她爹？這韓雲清要幹什麼？

柳嫣還真沒猜錯，韓雲清本來打算去柳家的。

昨天他們母子倆被放了出來，韓雲清連夜收拾東西就要走，打算去牛頭村找柳成源，解釋他不想退婚。

韓嬸子被氣得大哭，罵韓雲清不孝，被柳嫣迷了心竅。

韓雲清也急了，哭道：「娘，您什麼都不知道，怎麼能在公堂上那麼說！」

「我不知道什麼？我如果不那麼說，你就得坐牢，你知不知道？你這個不孝的東西，還連累你老娘我這麼大年紀跟著你上公堂，我的臉都叫你丟光了，如今你還在想那個柳嫣，你這不是瘋了嗎！」韓嬸子氣得狠打了韓雲清幾下。

「娘，我見過阿嫣那畫，絕對沒有什麼大不敬的意思，她就是想多掙點錢。許是她畫得好，讓人嫉妒，才告發她的吧！」韓雲清也急忙向他娘解釋。

「哼，她一個小丫頭片子的畫會好在哪裡，誰能嫉妒她？」韓嬸子根本不信。

「娘，阿嫣的一幅畫賣了五十兩銀子呢，上回那個老闆還直接給了她一百兩銀子做定金！」

「什麼！她的畫那麼值錢？你不是騙我的吧？」韓嬸子驀地睜大眼睛。

韓雲清還是瞭解他娘的，一提到錢，窮了一輩子的韓嬸子眼睛都發光了。

「我騙您做什麼？還有，娘，如今阿嫣家也不是沒權沒勢，柳叔家之前收養了一個孤兒，如今那人回來了，還做了永平府的官差，我看應該是個不小的官，今天咱們能放出來，肯定有他在其中幫忙！」韓雲清還是有些頭腦的。

「你說我們被放出來，不是因為撇清了和柳家的關係，而是柳家的人幫了咱們？」

「對呀，娘，若真的是大不敬的罪，怎麼能輕易撇清關係，早就一起砍頭了！而且咱們這次從牢裡出來，一點銀子都沒孝敬，出來時衙役還挺客氣，要是沒人保我們，哪能這麼順利被放出來？不得扒我們一層皮才怪！」

韓嬸子到底是沒見過世面的婦道人家，此時也沒了主意，埋怨道：「你既然知道，那在公堂上，你還承認和柳家沒有婚約幹什麼？」

「娘啊！」韓雲清嘆氣。「我如果不承認，那就說明您在撒謊，欺騙官府大人，這事怎麼也不能連累您啊！」

兒子到底是孝順的。韓嬸子摟著韓雲清，兩人抱頭痛哭了一會兒。

哭完，韓嬸子忙道：「娘馬上就給你收拾些衣物，你明天早上就去柳家，你柳叔心軟，你又跟他讀了這麼多年的書，你好好求他，把這事給掩過去，然後在柳家多住幾天，讓你柳叔好好指點你功課，也好秋闈時一次中舉。你當上舉人，他們柳家怎麼也不會捨得退婚的！」

「娘，不過這回去柳家，要是不拿我的庚帖，恐怕是說不過去了。」韓雲清心裡明白柳嫣如今對他的態度。

「那就拿！」反正等兒子中了舉人，一切都好說。「對了，清兒，你和那柳嫣如今到什麼程度了？你、你可曾碰了她的身子？」兒子那時和柳嫣如膠似漆，如果真的有了什麼，那這親肯定是退不了的。

「娘，您說什麼呢，阿嫣哪裡是那種不守規矩的女孩？」韓雲清的臉都脹紅了。

「這有什麼，你快說實話！」韓嬸子是過來人，知道這乾柴烈火的滋味。

「真沒有，就是有一回解過她的衣襟，但阿嫣死活不讓……」韓雲清吞吞吐吐地說了。

「那你看到什麼了，她身上有什麼痣沒有？」

「哦，她肩胛骨上倒真有一顆紅痣。」

「那就好，有了這個，老柳家肯定會把柳嫣嫁過來的！」

韓家母子的算盤打得噼啪響，但沒想到一早，柳嫣就找到了家門口。

韓雲清一看到柳嫣和她身後的穆廷，心立刻一沈，大約猜出了柳嫣的來意。

韓嬸子看兒子站在門口不動，便擠出來一看。喲，這不是柳嫣和柳三姑嘛，還有兩個官差。

韓嬸子腦子轉得也挺快。這柳嫣真的放出來了，看來兒子昨天晚上說的是對的，這柳家如今在官府也有人，這就更不能退親了。

韓嬸子臉上掛了笑容。「喲，阿嫣和她姑怎麼來了？快，快點進屋！雲清啊，你怎麼還傻愣著，還不讓人進來！」

柳三姑被韓嬸子臉上熱情的笑容弄得一愣。這、這哪裡像是要退親的樣子，這韓家人想幹什麼啊！

韓雲清連忙道：「阿嫣、三姑，妳們來了，快請進！」

柳嫣可不管韓家人是怎麼想的，她抬腿進了院。

這院可夠小的，還不如她牛家村的院呢，也就幾步寬窄，院裡兩間東西廂房。

柳嫣站在院裡，也不囉嗦，開門見山地道：「韓公子，我今日是來拿我的庚帖的，還請趕快還給我吧！」

這……韓雲清看著柳嫣冷冰冰的的態度，眼淚立刻湧了上來。「阿嫣，我、我不想退親，妳不要拿回庚帖，再給我一次機會好不好？」說著就要來拉柳嫣的手。

柳嫣往後一躲。「韓公子，你這是說的什麼話，你和你娘不是在公堂上都說得很清楚了嗎？」

韓雲清一下子跪倒在地，對柳三姑磕了個頭。「三姑姑、阿嫣，我知道錯了，我那時在公堂上為了我娘，是沒有辦法。阿嫣，妳原諒我好嗎？我求求妳了！」

柳嫣冷笑。「韓公子，你是孝子，昨日在公堂上為了你娘和我退親，如果他日再為了誰，再把我柳嫣怎樣，我可是受不起了！」

一旁的韓嬸子見兒子這副可憐模樣，心裡早就疼得不行，忙上前也衝柳三姑哭道：「她三姑啊，這事不怨我們家雲清，都是我糊塗，我被嚇得胡說八道，您就原諒雲清吧！」說著，拿手使勁地搧自己的耳光。

柳三姑哪能看她這樣，忙伸手攔住。「他嬸子，妳別這樣，有話好好說！」

韓嬸子住了手，回身抱住跪在地上的韓雲清大哭。「都是娘的錯，兒呀，你是孝順的！」

柳嫣就是再聰明，也沒想到今日來退親，韓家竟然不同意，而且還在她面前演了這麼一場母子的苦情戲。

柳嫣求助地看向穆廷，穆廷往前走了一步。「韓公子、韓嬸子，你們昨日既然已經在公堂上承認與柳姑娘已無瓜葛，公堂上可是有你們供詞的案底，如果你們今日不同意交回柳姑娘的庚帖，那就是毀供，有藐視公堂之嫌，我完全可以重新抓了你們。韓公子既然如此孝順，還是好好思量輕重吧！」

穆廷黑著臉一說完，韓嬸子就嚇得不敢哭了。面前這位官爺一身煞氣，肯定是說得出做得到。

韓嬸子低頭看兒子，韓雲清一臉哀求的看向柳嫣，柳嫣根本不瞅她，躲在柳三姑身後。

穆廷見這母子倆還是磨磨蹭蹭的，便不耐煩的叫了一聲。「老六！」

胡老六聞聲進院，向穆廷躬身施禮。「大人，有何吩咐？」

穆廷拿眼示意。「這兩人在公堂上公然撒謊，蔑視朝廷法紀，把他們帶走！」

韓嬸子一見進來的胡老六也是凶神惡煞狀，忙嚇道：「不要抓我們！我、我這就去拿柳嫣的庚帖！」

躲在柳三姑身後的柳嫣在心裡為小柳嫣嘆息一聲。在利害面前，她還是被捨棄的那一個……

韓雲清在聽到母親這句話後，像被抽了筋一般，癱軟在地上，放聲痛哭。

第三十六章　認可

韓嬸子也顧不上兒子了，進了屋，拿了柳嫣的庚帖出來。

她猶豫地走到眾人面前，又看了看在地上哭的韓雲清，忽然大聲對穆廷道：「這位官爺，我如今要把庚帖還給阿嫣，這就代表我們韓家沒有騙官府了，對不對？」

穆廷點了點頭。

「但是，如果柳家不退婚，還想與我家結親，那我們家又同意重新結親，這總不犯法了吧？」

柳嫣都有些氣樂了。這韓嬸子是怎麼想的？她今天來不就是為了退親，還說什麼她不想退了？

就見韓嬸子拿著庚帖走到柳嫣面前，一把抓住柳嫣的手，柳嫣覺得她的手心一片冰涼。

「阿嫣，妳真想和我們家退親？妳覺得妳退了親，還能找到像雲清這樣對妳好的人？」

韓嬸子咬牙道。

拿這個理由來嚇唬她，好像你兒子有多好似的。柳嫣冷笑。「這個就不用您操心了！」說著從韓嬸子手裡抽回了自己的庚帖。

韓嬸子突然上前一步，在柳嫣耳邊低聲道：「妳和雲清做過什麼，妳自己不清楚嗎？妳這樣還想嫁給別人，就不怕被妳以後的相公知道，將妳浸豬籠？」

柳嫣心裡一沈，想起那日在馬車上，韓雲清情動的樣子，難道柳嫣和韓雲清真的有過什麼？

就聽那韓嬸子又咬牙切齒道：「妳身上的那顆紅痣，可還在吧？」

她的肩胛骨上的確有這樣一顆紅痣！

呵！如果她沒有穿越過來，那麼原來的小柳嫣面對這樣的情形，不管她到底和韓雲清有沒有發生實質關係，在這古代都已經算失貞了。

她只能有兩條路可走，一是給韓家做妾，不然就是自己抹脖子上吊，但這樣都未必能保住柳家的顏面。

不過，韓嬸子唯一沒有想到的，就是她已經不是小柳嫣了，她是來自幾千年的後世，是一個女性力量蓬勃發展的時代。

遇到這種渣男，在她看來，就當作被蚊子叮一口，而她要做的，是先拿電蚊拍把蚊子拍死，再上點藥，解除蚊子咬的紅腫和痛癢，一切便是過去式了。

柳嫣似笑非笑地看著韓嬸子，也低聲道：「韓嬸子，我勸您還是不要打這個主意，您就不怕我反告您兒子輕薄良家女子嗎？他可是讀書人，要的是好名聲，您如今也知道我家在官府也是有人的，民不與官鬥，這不用我教您了吧？再不濟，我便拿刀子，和您兒子來個同歸於盡，您覺得怎樣？」

韓嬸子被柳嫣話中的狠勁嚇得退後一步，她驚恐地看著面前的女孩，這還是之前那個性格懦弱、可以隨便被她拿捏的柳嫣嗎？

對了，如果是原來那個柳嫣，哪裡敢來退親？這、這個一定是假的，是被什麼妖怪附身了！

「妳、妳不是柳嫣，妳到底是誰？妳是哪裡來的妖精?!」韓嬸子指著柳嫣，手指抖如篩糠。

柳嫣上前一步，在她耳邊低聲笑道：「既然被妳看破了，那我就實話告訴妳，我是黑山老妖，本來還想放過你們母子，但妳不願退親，那麼今晚三更我就來喝妳的血、吃妳的肉，妳就等著吧，呵呵！」

韓嬸子看著面前柳嫣驀然放大的臉，感覺到她說話時，氣息噴拂到她臉上，讓她身上的寒毛都豎了起來，最後聽著她嘎嘎的兩聲笑，只覺得眼前的柳嫣真的化作妖怪一般。

韓嬸子大叫：「不要吃我！我退親，退親！」說著一翻白眼，竟然暈了過去。

韓雲清忙止住了哭聲，爬了過來，抱住他母親，急道：「娘，您怎麼了？阿嫣，我娘這是怎麼了？」

柳嫣聳了聳肩，輕飄飄道：「見鬼了吧！」說著回頭對柳三姑和穆廷笑道：「三姑姑、穆大哥，我們走吧！」

柳嫣和柳三姑上了馬車，柳三姑坐在車裡，看著對面的姪女，心裡也是十分驚訝。

面前的姪女真的像換了個人似的。小時候柳嫣性格活潑，像個男孩子一般，可是柳家發生巨變後，她的性格就變了，變得不愛說話，膽子很小，性格怯懦，和她爹一樣，動不動就流淚。

這也是她一開始為什麼沒有同意兒子娶柳嫣的原因。她家是做生意的，一個當家主母，如果連生意上的事也做不了主，如何在崔家立足？

不過，今日柳嫣的表現卻讓她出乎意料，這個柳嫣對她來說，還真是有些陌生。

柳三姑想到，她好像聽見那韓嬸子說什麼阿嫣與韓雲清有了肌膚之親的事，這對女人來說可是要命的大事。

不過看眼前的柳嫣卻是若無其事的樣子，這事到底是真是假？別以後兒子真的娶了阿嫣，再鬧出什麼不好的事。

柳嫣看柳三姑一個勁地瞄她，一副欲言又止的模樣，便笑道：「三姑姑，您有話就說吧，您是我的親人，還有什麼不能直說的？」

柳三姑看柳嫣毫不介意的樣子，到底開了口。「阿嫣，我剛才好像聽見那韓嬸子說妳和韓雲清有些瓜葛，這……她要是敢拿女子的名節胡亂造謠，妳現在就和姑姑說，姑姑給妳做主，看不撕爛她的嘴！」

柳嫣垂下眼，笑道：「那韓嬸子的話，不過就是希望我不退親罷了，聽聽就過去了，姑姑不必和那樣的人生氣，反正婚已經退了，想來以後她也不敢瞎說什麼。」

喲，這阿嫣如今說話也很有技巧，竟然會避重就輕，把她問的話給繞了過去。

「阿嫣啊，妳如今真是大了，懂事了許多，說話、辦事也有了章法。」柳三姑真心誇了一句。

柳嫣抬眼看柳三姑。「三姑姑，我撞破了頭，受了重傷，也算是死過一回的人，也就是有些事想明白了些罷了。」

柳三姑點了點頭。也是，崔家每天與人打交道，也聽過不少那些大病之後，人的性格發生變化的事。也許姪女是真想明白了一些事，不過她到底和那個韓雲清進展到什麼地步，她怎麼也得替兒子把這事給打聽出來。

柳嫣沒有揣摩柳三姑在想什麼，她用手揭開車窗簾，就見穆廷和胡老六騎著馬走在前面。

韓家的院子那麼小，柳三姑都能聽見韓嬸子說的那些話，穆廷是練武之人，他應該聽得更清楚吧？

她是一個穿越過來的人，可以不在乎所謂的貞操，可穆廷是這古代的正常男子，他會怎麼看柳嫣？會不會因此就嫌棄了她……

回到客棧，柳成源看著柳嫣手中的庚帖。

女兒走時，他心裡還存著僥倖，希望韓家能看在舊日情分上不退親，沒想到女兒真把庚帖拿回來了。他忍不住悲從中來，又哭了起來。

柳嫣勸了她爹一回。事情都辦妥了，也不能在金州府多待了，收拾好東西，一行人便先回了永平府。

到了永平府，柳三姑母子和柳成源等人告了辭，趕了驢車回了清遠縣。

崔大虎一邊趕車，一邊和母親套話。

柳三姑直接回了句。「你也不用在那瞎想。你是老崔家獨子，你的親事也不是你娘一人說了算，還得看你爹的意思。」

「娘！」崔大虎著急。好不容易等到柳嫣退親，萬一柳嫣再被人給定走，他還不得後悔死？「娘，我今年都十八了，您和爹也得早替我打算。我、我就是喜歡阿嫣，別人我都不要！」

「什麼喜不喜歡的，說出來也不嫌害臊！這婚姻之事是父母之命，媒妁之言，哪裡輪得到你自己在那胡說？」柳三姑呵斥了崔大虎幾句。

崔大虎有些急了。「娘，我就是和您說說嘛，您要是再不快點，我怕阿嫣……娘，我看那個小山子就挺喜歡阿嫣的，小時候他就護著阿嫣，還因為我不小心推了阿嫣一跤便揍過我呢，如今他又當了官，我看阿嫣也挺喜歡他的，別再……」

「你著什麼急？你舅舅不可能把阿嫣嫁給小山子的。」柳三姑不以為然。

「為什麼不可能？」崔大虎來了興致。

「這事你外婆當年就否定過，還留下話，阿嫣是絕對不能嫁給小山子的！」

他外婆就是阿嫣的奶奶，可是為什麼外婆會這麼說？

「你外公、外婆和小山子的爺爺、奶奶是故交，對他家的底細還是很瞭解的。那小山子的爺爺訂過三次親，前兩個訂完親不久就都死了，直到第三個才過上了日子；到小山子他爹也是這樣，訂了三回親才成親，所以你外婆就說他老穆家男人的命硬、剋妻。

「那時你舅舅和舅媽只有阿嫣一個孩子，想給阿嫣找個上門女婿，可好人家誰願意捨了自己的兒子去伺候別人爹娘？後來他們就想到了小山子。小山子沒爹沒娘，阿嫣從小也黏他，算是適合的人選，那時還拿小山子的八字去算過，沒想到真是命硬的，說也是剋妻的，你外婆便拍板這事肯定不成。

「後來你舅舅才想把小山子收為義子，你外公、外婆如今都在你大姑姑那裡去世了，我也沒敢告訴你舅舅，怕他難過再急出病來。你舅舅是個孝子，你外婆的話，他一定會聽的。」

柳嫣父女和柳三姑分開後，並沒有急著回牛頭村。

柳嫣從穆廷那裡知道汪大人為了她的事，還特意去了金州府，便和父親與穆廷商量，覺得還是要親自去表示一下謝意。

其實這事應該是由做父親的柳成源直接去拜見汪柏林就行，但柳嫣看她爹還沒從她退親的打擊中緩過來，精神萎靡不振的，又折騰了這麼兩天，怕他身體受不了，就讓穆廷安排她爹去了杜仲那裡，好好看看病，休息一下。

柳嫣跟著穆廷去了後宅，由婆子領著到了汪夫人的院子。一進屋，就見汪夫人坐在榻上，手裡拿著一本書。

見到柳嫣，汪夫人放下手裡的書，向柳嫣招招手笑道：「阿嫣，快過來坐！」

她也坐到榻上嗎？不適合吧？柳嫣猶豫了一下。

沒想到汪夫人竟然伸手拉住她的手，把她輕輕拽到榻上。「快坐下，這本書和這畫就是妳寫的、畫的？」

柳嫣這才看到，汪夫人正在看的竟是她編的《西遊記》，身邊還放著一幅裱好的畫，正是她畫的卡通財神爺。

柳嫣有些不好意思。「是的，這都是胡弄的，讓夫人見笑了。」

汪夫人笑道：「真沒想到，小嬌的女兒竟然也有如此才氣，真是青出於藍而勝於藍，這書和畫都是好的！」

柳嫣更是不好意思了，扭捏道：「夫人謬讚了，哪裡有那麼好。」

旁邊的周嬤嬤笑道：「柳姑娘，您就不用謙虛，我們夫人眼光是不會錯的，她能讚您的書好，您的書必定是好的！」

當然了，四大名著呢，能不好嗎？她不好意思的是，她是移花接木的，她哪有那樣的才氣寫出這個呀！

汪夫人拉著柳嫣的手。「阿嫣，就算妳今日不來，我也要派人去叫妳呢。妳這本只寫到猴子大鬧天宮就沒有了，那之後還發生了什麼事？」

柳嫣看著汪夫人興致勃勃的樣子，這是看入迷了！

周嬤嬤又插言笑道：「柳姑娘，您快給夫人講講，夫人為了這本書都睡不著覺了！」

柳嫣聽了，忙把後面孫悟空師徒取經的事講了。

汪夫人聽得是連連讚嘆，屋裡伺候的丫鬟、婆子們也都聽得入迷，就差沒搬張小板凳坐在柳嫣面前聽。

柳嫣講了一炷香的時間才停下，端起茶杯連喝了幾大口。

汪夫人又拿了那財神爺的卡通畫，不住的問柳嫣是如何運筆、用什麼樣的技巧畫出來的？

柳嫣便現場拿了紙筆，畫了個周嬷嬷的卡通小像，邊畫邊給汪夫人講解。

汪柏林和穆廷走到屋前，隔著門就聽見屋裡一片歡聲笑語。

汪柏林不禁看了看穆廷。喲，這個阿嫣姑娘厲害了，她一來，妻子竟然會高興成這個樣子；上回也是，聽說妻子和她一起用早飯，竟然還多吃了半碗飯。

穆廷當然明白汪柏林的眼神，阿嫣得了汪夫人的喜歡，他也是高興的。

汪柏林進了屋，笑道：「夫人這是撿了什麼寶貝，這麼開心啊！」

汪夫人回頭一見丈夫來了，忙笑道：「你怎麼這麼早就回來了，我們正看阿嫣作畫呢！」

屋裡的其他人忙給汪柏林和穆廷見禮。

穆廷向前一步，向汪夫人施禮。「夫人，我是來接阿嫣的，準備和柳叔一起要回牛頭村了。」

汪夫人靜默了一息。「穆廷，我想請阿嫣去莊子裡看看，你看如何？」

柳嫣就見屋子一下子靜了下來，所有人的眼光都看向穆廷。

請她去莊子裡，不是應該問她的意見嗎，怎麼問起穆廷來了，而且還這麼鄭重？

穆廷聽了汪夫人的話，低頭沈默半晌。

旁邊的汪柏林見狀，拍了拍他肩膀。「只是過去看看，阿嫣姑娘如果不喜歡，也不勉強。」

柳嫣不明所以地看穆廷，穆廷忽然抬頭看向柳嫣，像是下了決心般，點了點頭。「好，就讓阿嫣陪著夫人一起去吧！」

此話一出，汪夫人和汪柏林像鬆了一口氣般笑了，連道：「好、好！」

柳嫣注意到，周嬤嬤也是十分開心的樣子，但汪夫人身邊的三個大丫鬟卻都臉色發白。

柳嫣這才想起，怎麼司琴不在？她不是汪夫人身邊四大丫鬟之首嗎？

就聽穆廷對她道：「阿嫣，妳今晚就安心在夫人這裡住下吧，明日夫人會有安排的。杜仲剛才已經給柳叔瞧過病了，柳叔沒事，我等會兒便派人送他回村。」

穆廷做事，柳嫣當然放心了，笑道：「我知道了。」

汪柏林拍了拍穆廷。「那我們就先辦事去吧！」

穆廷向汪夫人施了禮，與汪柏林去了前院的書房。

一進屋，汪柏林笑道：「你呀，終於是想明白了。這樣，要不我等會兒就去見阿嫣的父親，替你把親事定下來吧！」

穆廷忙道：「別，再等等吧！」

汪柏林皺眉。「你這人在別的事上痛快得很，怎麼在自己的親事上卻如此磨磨蹭蹭？如今阿嫣也退親了，你到底還在顧慮什麼？」

第三十七章　出手

穆廷的眼前閃過當年在柳府的一幕——那年夏天，天氣炎熱，蟬鳴聲擾得小柳嫣睡不好午覺。

他拿了竹網去屋後樹上捕蟬，院子裡很靜，他便聽到從柳老爺子的正房中，傳來柳奶奶尖利的聲音。

「我絕不同意你們把阿嫣嫁給小山子！他們老穆家男人都是剋妻的，小山子全家被山神給帶走了，就剩他一個，可見他也是命硬的。我就只有阿嫣這麼一個孫女，如果讓他給剋了怎麼辦？」

「阿嫣還這麼小，她哪裡懂什麼，也許大了她就不喜歡黏著小山子了。阿嫣的婚事由我來做主，總會有那家境不好的人家願做上門女婿的！」

陽光依然炙熱，小穆廷的心中卻是一片冰涼。

他不知道自己是怎麼走出內院的，躲在了一棵樹後，把頭埋在了膝蓋上。

樹前有兩名婆子走過。「妳聽說沒有？大爺想招小山子給小姐當上門女婿，沒想到小山子倒是有造化了！」

「妳別瞎說了，小姐才四歲，找什麼上門女婿啊！就是找也找不到小山子頭上，他一個孤兒，大字不識幾個，要不是柳家養他，他早就不知死哪去了，聽老夫人說，小姐以後也要找個像大爺一樣的讀書人呢！」

「也是，小姐身分高貴，那小山子哪能配得上？但我看他一天到晚往小姐身邊湊，是不是也存了當上門女婿的心思啊？」

「癩蛤蟆想吃天鵝肉唄！這麼小就想吃軟飯，不就是個慫包！」

小穆廷的眼淚，終於忍不住奪眶而出。

汪柏林見穆廷沈思良久不說話，忍不住催促道：「之前你擔心自己會連累阿嫣姑娘，如今還擔心什麼？來來，你今天一併都說出來，咱們找找有什麼解決的辦法？」

「大人，我之前的確是擔心阿嫣會受我拖累，這一回阿嫣入獄，也的確是因為我的原因。現今看來，不管我如何想撇清關係，那些人已經把阿嫣看作我的人，用她來對付我，這樣我還不如把阿嫣放在我身邊更安全些。」

「是啊，我之前便說過，樹欲靜而風不止，如今已是由不得你不想把柳家父女牽扯進來，在別人眼中，你們早就是一體的了。尤其這次阿嫣入獄，你表現得如此焦急，以後他們更會把阿嫣當成你的一個弱點，若你們早些成親，阿嫣搬到衙門裡來住，反而更好一些。」

「但是，大人，阿嫣如何想的我還不知，我想和她……」

汪柏林笑著打斷他的話。「阿嫣如何想的，你不知？小山子啊，那天我雖然先走了，可是我也聽說了，你可是一直都抱著人家姑娘呢，哈哈！而且阿嫣姑娘竟然自己主動退了親，也算是很有氣魄，她為了誰？這份心意你得好好珍惜啊！」

穆廷臉一紅，想起那夜的甜蜜，嘴角不禁露出了笑容。

「不過，大人，我和阿嫣的婚事，柳叔可能會反對。」

「柳叔？他不是一直把你當親生兒子一般，由你來照顧阿嫣，他有什麼不放心的？」

穆廷便把當年柳奶奶的話說了出來。

汪柏林看著穆廷，嘆息道：「你當年是不是因為這個原因才離開柳家，非得要到裴家軍當兵的？」

穆廷點了點頭。

「你呀，就是能藏心事，早把這些說出來不就好了嗎？其實這事也不是無解，過兩天覺明大師會到永平府來看我，他與我是故交，我讓他替你和阿嫣姑娘卜一卦，即使八字不甚好，也讓大師幫你們解了厄運！」

覺明大師是大齊朝最有名的高僧，佛法高深，連當今聖上都要對他禮讓三分。但覺明大師常年在金光寺閉關禮佛，常人是輕易見不到的，想不到竟是汪柏林的故交。

穆廷大喜，沒料想壓在心頭這麼久的結，竟會如此輕易就解開，他忙向汪柏林行大禮。

「多謝大人成全！」

汪柏林摸了摸下巴。「不過，大師未到之前，你不和柳家父女說這件事也是對的。我們見慣生死，可不在乎這所謂的八字，但柳家擔心這件事也是人之常情。另外，明日阿嫣姑娘要和你嫂子去山莊，她如果真的不喜歡那裡，你也不要失望，我們不能強求她一下就能理解我們做的事情。」

穆廷點頭。

另一頭，柳嫣和汪夫人說笑了一番，後來見汪夫人有些疲倦了，便勸汪夫人休息。

汪夫人點頭，讓司書帶柳嫣去上回她住的房間。

柳嫣笑問司書。「怎麼沒見到蕙香姊姊？」

司書陪笑道：「蕙香已經嫁人了！」

「這麼快？她的夫婿是誰？」這種八卦，每個小姑娘都是感興趣的。

「蕙香今年也十五了，她的夫婿就是穆大人手下的趙大哥，人稱老四。」

「趙老四？」柳嫣依稀記得那日穆廷帶人到她家修房子時，好像就有這人，也是個精明能幹的漢子，倒是配得上蕙香。

「柳姑娘，我去給妳打些水，妳先休息吧！」

柳嫣剛到床邊坐下，就聽有人叩門。

她忙打開門，門口站著的竟是司琴。

柳嫣一眼便看出，司琴瘦了很多，臉色也不好看，眼睛紅腫，像是剛剛哭過。

「柳姑娘，我能進去和您說幾句話嗎？」

柳嫣想了想，讓開身子，讓司琴進來，回手關上門。

「司姑娘，有什麼事？」

「柳姑娘！」司琴撲通一聲，跪倒在地。

柳嫣嚇了一跳。「妳這是幹什麼？快起來！」伸手便去拽司琴。

司琴不但不起來，反而以頭磕地，放聲痛哭。「柳姑娘，我求求您了！」

柳嫣頭上三條黑線。她要求自己什麼？

「妳有話好好說，不要這樣……」柳嫣無奈道。

「柳姑娘，我知道穆大哥心裡想娶的人是您，但是我……這麼多年來，我一直敬慕穆大哥，所以，柳姑娘，我求求您，等您和穆大哥成婚後，我甘願留在你們身邊，伺候您和穆大哥，只求柳姑娘成全我的心意！」

「伺候我和穆大哥？」柳嫣聽得一愣，這才反應過來，司琴是想給穆廷做妾。但她想給穆廷做妾，怎麼不求穆廷，反而找上自己？

「妳是不是找錯人了？一是我和穆大哥也沒成親，二是他納不納妾，也不歸我管啊！」

「您以後是當家主母，老爺身邊的人，都是主母管的！」司琴心裡鄙夷。到底是小門小戶，連這點規矩都不知道。

哦，她忘了，在這萬惡的舊社會，大老婆還得替丈夫管理小老婆，不過……

柳嫣看著哭得梨花帶雨的司琴。這位倒是有些心機，被穆廷退了荷包，她就挑時機走自己的門路。

柳嫣俯下身看著她。「司姑娘，這事我不能答應，我和穆大哥的名分還沒有定，妳今日找我，是找錯人了。」

司琴忙道：「柳姑娘，我知道我今日來找您，是失了女孩家的顏面，但是您也不常來，我不知道何時才能再見到您。明日夫人就帶您去莊子了，想來夫人很快就會替穆大哥向您家求親，所以今日司琴才厚著臉皮來求柳姑娘！」

莊子？這到底是什麼地方？剛才汪夫人提起時，穆廷的表情也很微妙。

柳嫣心裡納悶，臉上卻微微一笑。「司姑娘，即使我和穆大哥成了婚，我也不能答應妳。」

司琴向前跪爬兩步，拽住柳嫣的衣角，哭道：「柳姑娘，我不求名分，只求能留在您和穆大哥身邊伺候你們，只要您答應，我……我願意為僕為奴！而且，我伺候您，總比以後穆大哥再娶進來的人要知根知底！」

她說的理由，在這古代倒是有點道理，可惜她是個現代人。

柳嫣蹲下身，直視司琴的雙眼。「司琴，不好意思，我還是不能答應。我如果和穆大哥成親，第一點就是他不能納妾，如果他身邊還有別的女人，我是絕不會答應他的親事，即便成婚以後，他如若納妾，我也會與他和離的！」

司琴驚訝，連眼淚都忘記流了。「妳、妳這是善妒，是不合女誡和禮法的！」

「什麼女誡、禮法，規矩都是人定的。人啊，得想著把自己的日子過舒服了。我和穆大哥即使成婚，也是小門小戶的，妳進來要伺候誰？伺候我，我一個鄉下丫頭未必能適應呢；伺候穆大哥，那不是給我自己添堵嗎？到時妳再來求我，只想給穆大哥生個孩子，我是答應還是不答應？」

柳嫣知道，如果自己想當聖母，可就一步步落入她們的陷阱裡了。

不過，不怕賊偷，就怕賊惦記，今天她既然來了，就要把她的心思全都打消，省得以後她再作妖。

司琴看著柳嫣的眼睛，愣住了。

柳嫣伸手把她拉起來。「司姑娘，和妳說句實話，妳以後也不必再來求我，妳求我，就是因為穆大哥拒絕了妳的荷包，而汪夫人贊同我和穆大哥的婚事，所以妳才著急，但我的態度，如今妳也明白了吧？

「司琴，妳長得美，在夫人身邊也學了一身大家閨秀氣派，我不知道妳有多愛穆大哥，但那程度真能讓妳不想去找一個能和妳一生一世一雙人的夫君，反倒要去當一個地位卑微的妾？且妳就算不為自己著想，也要為妳的孩子著想。妳希望他們生出來就是庶子、庶女，管妳這親娘叫姨娘？我看妳也是聰明人，我勸妳還是好好想想吧！」

司琴還想糾纏，就聽門一響，司書頭上帶汗、臉色慘白地跑了進來。「司琴，妳怎麼跑到這裡來了？夫人正在找妳呢！」

司琴的臉也一下子白了，被司書拉著，跌跌撞撞地出了門。

到了晚上，是司畫過來請柳嫣過去用膳的。

柳嫣一進飯堂，沒見到穆廷和汪大人，心裡不禁有些失望。

汪夫人笑道：「我家大人和穆大人都是日理萬機，他們其實很少能回內宅吃晚飯，不過以後妳住進來，我也算有個伴了！」

柳嫣聽了，小臉一紅。她明白汪夫人的意思，若和穆廷成了親，她就得到這衙門後宅住了。

就聽汪夫人又嘆息道：「阿嫣，今日讓妳笑話了。」

柳嫣不解地看向汪夫人。

「司琴的婚事已經定下來了，下個月就會成親。」

下個月就成親？剛才還跑來要求當妾，看來司琴這是在賭這一把了。幸虧自己剛才拒絕了，不然在汪夫人這裡就鬧了笑話。

「阿嫣，妳說得很對，這世道，做女人本就難，我們何苦再裝賢淑大度，弄些鶯鶯燕燕在身邊讓自己不好過？我們對自己的夫君好，當然也要換得他們對我們的好，這不納妾便是首要的一點，否則『君若無情我便休』！」

哇，汪夫人好氣魄！她是現代人，有一夫一妻的觀念很正常，不過汪夫人這樣一個嬌嬌弱弱的古代女子，竟也有如此想法，實在難得。

汪夫人感覺到柳嫣敬佩的目光，微微一笑。「吃飯吧，明天還得早起呢！司琴那邊妳放心，不會再有什麼事了，她如果再不收了心思好好過日子，就是不惜福了。」

第二天，由於柳嫣心裡存了事，早早就起來了。

吃過早飯，汪夫人便帶著她、周嬤嬤和司畫到了衙門後門，那裡停了一輛外表看起來很不起眼的黑油壁馬車。

不過柳嫣上了車，才發現車廂裡倒是寬敞，坐四、五個人絕對沒問題，且佈置的也很舒服溫馨，底板鋪著團花的地毯，矮榻上也鋪了錦緞做的軟墊、放了繡花的靠墊。

馬車行駛起來很是輕快，雖然還是有些顛簸，但已是可以承受的範圍了。

柳嫣心情很好，掀開車簾望出去，發現這山莊與牛頭村竟是同一個方向。

她也沒多問，放下車簾和汪夫人談論起書畫，一路歡聲笑語。

第三十八章 山莊

走了大約一個多時辰，外面就傳來護衛的稟告。

「夫人，到了，請下車。」

司畫和柳嫣先下了車，然後扶汪夫人和周嬤嬤下車。

柳嫣向四周看了看，他們的車已經駛進一座依山而建的莊子，莊子占地不小，一大半都是田地，遠遠一望，前面好像還圈了一個馬場。

柳嫣一行人進了山腳下一個院子，院子分東西建了兩排茅草房，中間是寬敞的空地，空地中央放了兩排架子，架子上放著斧鉞刀槍等兵器，不過這兵器並不是鐵做的，而是木頭製的，有幾個男孩正拿著互相玩鬧。

其中有一個男孩看見汪夫人進來，高興地大叫：「夫人來了！」

男孩一叫，兩邊茅草房的門打開了，從各間房子裡走出一群人，把他們圍在了中間。

這群人嘴裡叫著「夫人」，紛紛給汪夫人見禮。

這時就聽人群外有個清亮的聲音喊道：「都散了吧，夫人坐了這麼久的馬車，還不趕快讓夫人進屋休息！」

這群人忙聽話地向後散去，迎面一位穿深藍色粗布衣服、三十多歲的女子向汪夫人拱手笑道：「夫人，今日怎麼過來了？」

汪夫人笑道：「李將軍，今天帶個人過來看看。」

將軍？柳嫣驚訝地看著面前農婦打扮的女子，就見那女子眼睛往柳嫣這裡一掃，精光乍現，竟有股不怒自威的氣勢。

汪夫人看了，笑道：「妳呀，收斂一些，可別嚇壞了孩子，這可是妳穆兄弟的寶貝！」

「哦，這是小山子的人？」這位李將軍又驚喜地上下打量著柳嫣。

汪夫人笑著點頭。

「快，快請進！」李將軍明顯對柳嫣熱情了許多。

幾人走進一間茅草屋，柳嫣見屋內陳設極其簡單，一桌一炕，不過這炕上鋪的不是被褥，而是一張虎皮，牆上醒目地掛著弓箭和一把大刀。

看來真是一位女將軍。

汪夫人進了屋，熟門熟路地脫鞋上了炕，坐在虎皮上。

李將軍剛要請柳嫣也上炕，汪夫人笑著擺了擺手，對柳嫣道：「阿嫣，我今日帶妳來，是因為這裡有些孩子都是孤兒，他們平時沒有什麼接觸外界的機會。妳的書和畫我都帶來了，妳能不能像昨天給我講的那樣，把《西遊記》講給他們聽，再教他們畫畫？妳如果同意，我就讓李將軍去安排。」

柳嫣恍然大悟。昨天弄得那麼神秘，她還以為是什麼事呢，沒想到只是給孩子們唸書、畫畫。在原來的世界裡，每個月不管多忙，她都會找一天到孤兒院做義工，所以這都是小意思。

柳嫣笑道：「夫人，我很喜歡小孩子，您就讓李將軍安排吧！」

過了一盞茶的時間，柳嫣被李將軍請出了屋，就見空地上支起一塊塗著黑漆的木板，板子前坐了二十多個小蘿蔔頭。

小女孩們乖巧的坐在小凳上，而男孩子們則是席地而坐。

柳嫣見這些孩子穿的都是舊的粗布衣服，都不是很合身，像是大人的衣服拿去改小，上面都打著補丁，但是漿洗得乾乾淨淨的。

柳嫣走到孩子們面前，蹲下身，向他們燦爛一笑。「你們好啊！」

可那些孩子沒有一人回應，反而紛紛低下頭。

……真是傷自尊啊！柳嫣忍不住笑了。看來這些孩子還真的挺少和外界接觸，對陌生人很是防範。

柳嫣接著笑道：「你們不要低頭啊，是我長得不好看，嚇到你們了嗎？夫人讓我來給你們講故事，你們都不看我，怎麼聽故事？這樣，我姓柳，你們可以叫我柳姊姊，你們之中誰能主動告訴我你的名字，柳姊姊就在這黑板上畫一個你的頭像送給你，你們看好不好？」

孩子們一陣騷動，有的偷偷抬起頭瞄柳嫣，但還是沒有人說話。

柳嫣也不著急，笑咪咪地看著他們。

終於，有個男孩舉起手，小聲問道：「妳真的會畫畫？」

柳嫣點頭。「比真金還真！」

「那、那，我叫小石頭，妳能畫我嗎？」

柳嫣仔細地看了小石頭。喲！這是個混血小帥哥啊，挺鼻深目，大眼睛竟是藍的。她笑著點頭。「好啊！」說著拿起粉筆，在黑板上勾勒出小石頭的頭像。

柳嫣一畫完，孩子們就驚叫起來。簡直是太像了！

柳嫣雙手插腰，笑道：「小石頭，像不像你呀？」

小石頭的臉忽地一紅，羞澀笑了。

接下來，又有一個小姑娘怯生生的舉起手。「姊姊，我叫小英子，妳能畫我嗎？」

「當然可以了，小英子！」柳嫣笑著伸手摸了摸小英子的小臉蛋。

就這樣，柳嫣在黑板上一個個畫出了孩子們的頭像，滿滿的都是孩子們的笑臉。

「好了，既然大家都互相認識，下面柳姊姊就要給你們講故事了。你們喜歡聽什麼故事？打仗的故事？好，那柳姊姊就給你們講一個猴子打仗的故事吧！幾千年前，東海瀛洲有一塊巨石，吸天地之靈氣，有一天突然裂開，從裡面蹦出一隻石猴來……」

隨著柳嫣妙趣橫生、跌宕起伏的講述，不但孩子們聽得入迷，就連茅草房裡的大人們也都走出來，站在旁邊聽了起來。

柳嫣注意到，這裡面有些男子少了一隻腿，有的缺了一隻胳膊，還有幾個雙腿或雙臂都沒有了，有幾個甚至瞎了眼睛，竟是一群殘疾人士。

柳嫣講了一個時辰，孩子們聽得都入了迷，柳嫣笑道：「大家坐的時間太長了，柳姊姊先講到這裡，大家別著急，柳姊姊帶你們玩遊戲，然後我們再繼續講，好不好？」

孩子們早已和柳嫣親近許多，聽柳嫣說要玩遊戲，都興奮地叫道：「好、好！」

「好，那麼我們玩老鷹捉小雞。小石頭當老鷹，柳姊姊是老母雞，你們是小雞！」

好在院子夠大，柳嫣一一分配下去，帶著孩子們玩了起來。

當穆廷大步走進院子時，眼前的畫面便深深映入了他的眼簾。

陽光下，柳嫣張著手臂，她身後是一串互相拽著衣襟的孩子們。

柳嫣笑著、嬉鬧著，帶著孩子們奔跑著，護著孩子們躲開她身前小石頭的追趕。

她的秀髮在身後揚起，如黑色的瀑布；她的額頭帶著細細的汗珠，小臉紅撲撲的，青春活力的笑容比那陽光還要燦爛、耀眼。

穆廷覺得四周的景物都須臾不見了，天地間，他的眼裡滿滿的只有她。

他覺得自己的心口又被重重地撞擊了下，這樣的感覺不止出現過一次。

在他看到柳嫣搶救落水的男童、告訴男童的姊姊，女孩一樣可以自尊獨立時。

在她與杜仲說起醫學侃侃而談時。

在她到韓家退婚，面對韓母的齷齪，她的狠厲決絕時。

這種心被撞擊的感覺，都曾經從他心頭劃過，但那時他沒有來得及去抓住，而今天，他終於知道這感覺是什麼了。

不是童年時對小柳嫣如青梅竹馬般的依戀，也不是分開十年對她的思念，更不是第一次見到長大後的她，難以自抑的驚豔。

這是一個男人面對他夢中的女孩時，怦然心動的一刻。

穆廷的手不禁捂在他的胸口上，他感覺到他的心如萬馬奔騰般躍動著，他全身的血液都在叫囂。他終於找到了他心中的柳嫣……

穆廷進了院子，小石頭看見了，立刻拋下柳嫣飛奔過來，大叫道：「穆大哥！」

柳嫣身後的孩子也紛紛跑了過去。

哎喲，這穆廷面子好大啊，她累了這半天，陪說又陪玩，沒想到這幫孩子見到他就不理她了。

行，正好休息一會兒，這跑的，可累死她了。

小石頭撲到穆廷懷裡，穆廷一下子把他舉得高高的，在空中來回扔了幾下，小石頭興奮地笑了起來，別的孩子也紛紛伸出手。「穆大哥，我也要！」

穆廷笑著一一把他們舉起來拋到空中，直到有人上來對孩子們道：「好了、好了，別累壞你們穆大哥了，都吃飯去吧！」

孩子們這才散開。

穆廷又和那些殘疾男子們拱手打了招呼，才走到插著腰、累得還在喘氣的柳嫣面前。

穆廷的目光從柳嫣運動後一起一伏的胸脯上一掃而過，笑著道：「阿嫣，進屋休息一會兒吧！」

柳嫣笑著點了點頭，回身才發現，汪夫人和李將軍不知什麼時候站在屋門口，正看著他們兩個笑呢。

幾個人進了屋，穆廷從桌上拿起茶壺，倒了一杯茶水，用嘴吹了吹，遞給柳嫣。「慢點喝，小心燙。」

柳嫣接過茶水，抿了一小口，發現不燙，便大口喝光，又把杯子遞給穆廷，穆廷又給她倒了一杯。

就這樣，她一連喝了三杯，才覺得解了渴。

這時有人端著托盤送來飯菜，是幾盤常見的農家大鍋菜和糙米飯。

李將軍笑道：「阿嫣姑娘，夫人胃口不好，就不和我們吃了，這些妳能吃得完吧？」

她當然能吃了！她餓得都前胸貼後背了。柳嫣也沒客氣，拿起筷子大口大口吃得很香甜。

李將軍和汪夫人看得都笑了。

穆廷把自己碗裡的飯撥了些給她。「慢點吃，省得胃疼。」

可是她餓啊！柳嫣瞟了一眼穆廷，噘了噘嘴，到底還是細嚼慢嚥起來。

剛吃完飯，外面就傳來小石頭的聲音。

「柳姊姊，我能進來嗎？」

「進來吧！」柳嫣忙應道。

就見小石頭拉著一名女子進來。「柳姊姊，妳能給我和我娘畫一幅畫嗎？」

柳嫣笑道：「當然可以。這是你娘啊，大嫂好！」

柳嫣熱情地向他身後的女子打招呼，不過心中卻是十分驚訝。她看不出這女子是多大年齡，就見她穿著寬大的黑色粗布衣裳，一邊臉上一塊傷痕，像是被什麼烙上去的，另一邊臉上有一道從額頭到眼瞼的刀疤。

那女子看柳嫣見到她臉時，並沒有露出任何驚慌害怕的樣子，不禁感激地點了點頭。

李將軍介紹道：「這是吳嬸子。」

柳嫣就見吳嬸子向她比劃了兩下，啊啊的叫了兩聲。竟還是啞的。

她低頭看著滿眼希冀的小石頭，心裡一陣心疼。

「好，姊姊這就來畫你們！」柳嫣取來紙筆，把小石頭母子擺了個位置，便畫了起來。

屋裡靜悄悄的，只有畫筆在紙上沙沙的聲音。

大約過了半個時辰，柳嫣就畫好了。

眾人一看，就知道柳嫣是多麼的用心了。

她沒有畫吳嬸子的正臉，畫中的吳嬸子摟著小石頭，小石頭靠在母親懷裡，露出甜蜜的笑臉；而吳嬸子的一邊臉放在小石頭的頭頂上，另一邊臉一綹頭髮自然垂下，遮住了她臉上的刀疤，呈現出她清秀的側顏。

整個畫面沒有多餘的線條，柳嫣用了白描的手法，真實地畫出一對母子間溫馨的愛意。

小石頭拿著畫，對母親笑道：「娘，您看，多像您呀，多好看啊！」

吳嬸子拿手擦了擦眼淚，向柳嫣行了一個大禮，柳嫣忙扶起她。

汪夫人在旁笑道：「好了，吳嬸子，都不是外人，就不用客氣了。穆大人，我等會兒就要回永平府了，那就麻煩你送阿嫣回家吧！」

柳嫣一聽，臉立刻就紅了。這是汪夫人在給他們兩個製造獨處的機會呢！她偷偷用眼角餘光去看穆廷。

穆廷倒是大大方方，拱手道：「夫人放心，我定會把阿嫣安全的送回去。」

小石頭一聽柳嫣要走，很捨不得，柳嫣摸了他的小俊臉一把，笑道：「姊姊過兩天再來看你們。」

柳嫣和穆廷出了房間，大院裡的人都出來送行，他們兩個一一和眾人打了招呼，才出了大院。

院外，穆廷的隨從牽來兩匹馬，穆廷笑道：「阿嫣，妳不是說妳會騎馬嗎？今日妳騎黑玉，我騎別的馬送妳回家好嗎？」

騎馬！柳嫣歡呼一聲。簡直是太好了！

柳嫣上前摸了摸黑玉的頭。「我很久沒騎馬了，你要小心些，別把我摔下來了！」

黑玉像聽懂了一般，竟然點了點頭。

穆廷在一旁笑道：「有我在，妳就放心騎吧！」

柳嫣拉起裙角，腳踩馬鐙，腰一用力，衣袖如蝴蝶翻飛，俐落地飛身上馬。

坐在馬背上的柳嫣意氣風發，回頭向穆廷笑道：「穆大哥，我們走！」

「好，我們走！」

兩人扯了下手中的韁繩，兩匹馬一躍而出。

第三十九章　交心

柳嫣因為很久沒騎馬了，剛開始時還是很小心翼翼，不敢快跑。

可是不久就發現，黑玉真是一匹名馬，坐在牠身上穩得很，根本不需要什麼駕馭的技巧，黑玉自己就會按照地勢做出相應的動作。

而且穆廷騎著馬緊緊地跟在她身側，也讓她安心不少。

柳嫣看著穆廷騎馬的英姿，有點後悔。剛才應該裝柔弱一些，和他共乘一匹馬就好了。

不過這樣也少了自己騎馬的樂趣。罷了，既然騎了，就騎個痛快！

柳嫣用雙腿輕輕夾了下馬腹，黑玉立刻明白她的意思，放開四蹄，快速奔跑起來。

他們兩個走的不是官道，而是田間小路，路的兩旁是一大片成熟的莊稼，空氣中是稻穀特有的芬芳。

風迎面撲來，吹起柳嫣的秀髮和衣角，讓她有一種飛翔的喜悅。這是很久都沒有過的感覺，瀟脫自在，縱情放飛。

快樂溢滿柳嫣的心頭，讓她禁不住興奮地吶喊，那柔美的聲音便如一隻快活的報春鳥在枝頭雀躍。

穆廷看著柳嫣，她的一頭青絲被風吹起，如黑色的錦緞在空中舞動，美麗且撩人心弦。

她的眼睛亮亮的，像兩顆耀眼的明珠，璀璨光華。

這樣的她美得就像一團火，讓人感受到她迸發出來的光與熱。
穆廷心中的喜悅油然而生，他看著柳嫣神采飛揚的樣子，心裡不知怎麼就有些後悔。剛才如果自己只準備一匹馬，還像小時候那樣帶著她共乘，該多有好。
穆廷被自己突然冒出的念頭弄得臉紅心熱。
走了不到半個時辰，遠遠的就看見了牛頭村。
這莊子離牛頭村竟然這麼近，她還沒有騎夠呢！柳嫣剛要和穆廷說找個地方再騎一會兒，就見穆廷示意她拐進旁邊另一條野徑上。
兩人又沿著小徑慢慢放馬走了一會兒，前面是一大片已經成熟了的紅高粱地。
穆廷下了馬，向柳嫣伸出手；柳嫣扶著他的手也下了馬，但是他並沒有鬆開手，而是拉著她的手走進高粱地裡。
那紅高粱的秸稈有一人多高，柳嫣嬌小的身子進去便沒了頂。
他這是想幹什麼？他知不知道這紅高粱地意味著什麼？難道他想今日就成了好事？
柳嫣臉一紅，偷偷的去看穆廷。
穆廷一手拉著柳嫣，一手撥開秸稈，帶著柳嫣往裡面又走了幾步，方才停下來。
接著他放開柳嫣的手，脫掉外衣。
……他竟然脫衣服了！這、這人怎麼忽然變了性子，這麼著急，不是說古代人保守嗎？
那她該怎麼辦？先欲拒還迎？可她已經肖想這男人的身子很久了，她到現在還記得穆廷劈柴時充滿渾身的男性力量。那她也主動些？主動到什麼程度才好？

柳嫣兀自胡思亂想起來，就見穆廷把他的衣服鋪在地上，又拉過她的手。「來，阿嫣，坐下吧！」

這就要開始了嗎？沒有一點前戲？柳嫣瞄了瞄穆廷的身下。他那個一定不會太小，自己這小身板能受得了嗎？

腦海裡在拔河，柳嫣的身體卻聽話地坐在他身邊。

穆廷沒有放開她的手，側頭看了看她的臉。「阿嫣，妳很熱嗎，怎麼臉那麼紅？」是嗎？柳嫣拿另一隻手摸了摸臉，果然有些熱。沒想到穿越成十五歲的小姑娘，人也變得害臊了。

柳嫣低頭，聲音如蚊蚋般。「我沒事。穆大哥，你……你……」你要做什麼趕快做啊，她還想好好看看、摸摸他的腹肌呢！

「阿嫣，這裡說話能安全些，妳如今也猜出那個莊子裡的人是誰了吧？」

說話安全些？他把她帶到這裡就是為了說話？

穆廷見柳嫣愣愣地看著他，奇怪道：「阿嫣，妳怎麼了？」

柳嫣看著他一臉莫名。她剛才居然會那麼想這個古代的禁慾保守男……唉，她真是太久沒有談戀愛了。

柳嫣把頭埋在膝蓋上，忍不住笑了起來。

穆廷看柳嫣笑得肩膀一聳一聳的，到底忍不住又問道：「阿嫣，妳笑什麼呢？」

柳嫣把臉放在膝蓋上，側頭看著穆廷。「想起一個笑話，忽然就想笑了。穆大哥，莊子裡的人都是裴家軍的人吧！」

穆廷讚許的看了她一眼。「是，他們都是裴家軍的人，那些孩子大都是烈士的遺孤，而那些受傷、殘疾的都是些老兵。」

柳嫣有些納悶。「這些老兵為什麼不回家鄉？朝廷應該給他們錢吧！」

「他們的家鄉已經沒有什麼親人了，而朝廷早就把這些保家衛國、英勇作戰的有功之臣們給忘了，別說給他們記功發錢，連他們的名字都從這世上抹掉了！」穆廷的聲音裡帶著難以抑制的悲涼。

柳嫣晃了晃他們交握的手，藉此來安撫他的難過。

「那個李將軍也是這樣嗎？」柳嫣想到那個像男子般挺拔堅毅的李將軍。

「她是大齊朝第一位女將軍。」

這麼厲害？柳嫣睜大眼看著穆廷。

穆廷一笑，開始講起這李將軍的來歷。

原來李將軍當年跟隨被抽了兵役的新婚丈夫來到裴家軍，但不久丈夫便戰死沙場。她老家已無親人，便在裴家大營做了燒火做飯、照顧傷員的粗使女兵。

有一年裴家軍與大金國作戰，敵軍派了探子混進營中，想在食物中下毒，卻被後廚的李將軍給發現了，她一人敵三，用兩根擀麵棍，敲碎探子們的腦袋。

事情報到裴將軍那裡，裴老將軍見她雖為女人，卻有著勝於男兒的氣魄，軍中也正需要這樣的女將，便有意栽培提攜她，讓人教她寫字、教她領兵之道。她也一路拚殺，成了大齊朝第一位女將軍。

後來她被派到西北，因她性格耿直，把上司私吞士兵糧餉的事捅了出去，被人陷害下了獄，還是裴將軍找人疏通才放了出來，從此便隱姓埋名，住在山莊裡。

原來如此，竟是這樣一位巾幗女英雄。柳嫣不禁讚嘆。

「阿嫣，我很高興妳能喜歡他們，和他們相處的那麼好。」

柳嫣一笑。高興的應該是她，穆廷和汪夫人讓她去了山莊，知道他們這麼多事情，看來是把她當做自己人了。

「阿嫣，吳嬸子是可憐人，妳今天這麼做，他們很高興，謝謝妳，阿嫣。其實吳嬸子是我們大齊人，她十五歲那年被擄到了大金國，成了女奴，大金國人怕她逃跑，就在她臉上用火鉗烙了個奴字。」

怪不得吳嬸子的臉會變成那樣。

「後來吳嬸子又被金人糟蹋，生下了小石頭，小石頭從小就沒有爹。吳嬸子一直想逃回來，但是都沒成功，另一邊臉就是逃跑時被刀砍的。直到裴家軍打敗了金人，才救了她，可她回不了家了，她的族人覺得她不貞不潔，還帶著小石頭這樣的雜種，要把她浸豬籠，後來被汪夫人救了，來了莊子。這莊子裡還有幾個人都和她一樣，阿嫣，妳不嫌棄他們，我真的很高興……」

柳嫣明白，大齊朝與大金國打了這麼多年的仗，死了這麼多人，老百姓心中都和金人結下深仇大恨，再加上女誡和禮教的觀念，吳嬸子的族人才會如此對待她。

而穆廷和汪夫人之前就是擔心她也會這麼想，會厭惡吳嬸子他們。

「我怎麼會嫌棄她們，這一切不是她們的錯，真正有錯的，是發動戰爭的人，是他們挑起兩個國家人民的仇恨，是他們讓老百姓流離失所、受苦受難。穆大哥，今天我很開心你們能讓我來這裡，為這些英雄、孩子們做些事。你放心，我一定會守口如瓶，不會和任何人洩漏山莊的秘密！」

既然李將軍他們是隱姓埋名在這裡，看來這山莊應該是裴家軍的秘密據點了。

柳嫣的話音剛落，穆廷就一把將她抱進懷裡。「阿嫣！」

他輕輕喚著她的名字，聲音帶著難以自制的顫抖和深情。

「穆大哥！」柳嫣也伸手摟住他的腰。

「阿嫣，我真的很高興妳這麼想。我……我喜歡一顆寶石很久了，我一直想將她據為己有，但是我……我常年在外，若把她揣在懷裡，怕碰碎了她，可是我喜歡她，真的不想失去她。阿嫣，我是自私的人，如今我想了，就算傾盡所有，我也一定要把她留在身邊！」

這是什麼和什麼？這還用糾結？

柳嫣拍了拍穆廷的背。「喜歡就買下來吧，好好保存就好，這有什麼可怕的？既然是寶石，一定很多人喜歡吧？你下手要快些，別讓別人給搶先了。」

「阿嫣，妳答應我了？」穆廷話裡帶著狂喜。

我答應了？柳嫣有些迷糊。哦，對，他的錢都在她這裡，買寶石當然得問她了。

柳嫣又拍了拍穆廷。「我當然答應了！」說完就覺得穆廷摟著她腰的雙臂用力緊了緊。

「哎喲，你輕點，我的腰都快斷了！」柳嫣嬌嗔道。

穆廷忙鬆開手，坐直身子，用雙手捧起她的臉，認真地一字一頓道：「阿嫣，我一定會好好照顧妳的！」

柳嫣看著他明亮的眼睛，那眼裡滿滿的都是她，她忍不住笑了。

穆廷看柳嫣笑了，也不禁笑了。

兩個人傻傻地對笑了一會兒，穆廷道：「阿嫣，我送妳回去吧！」

回去？她可不想！這麼好的氣氛，這麼好的紅高粱、青紗帳，不做點什麼有意思的事情，對不起自己啊！

柳嫣看著面前的男人，不禁舔了舔嘴唇……

穆廷站起身就要往外走，便聽到柳嫣「哎喲」了一聲，他忙緊張的低頭看她。「阿嫣，妳怎麼了？」

柳嫣扶頸。「剛才騎馬時好像顛了下，這脖頸有些疼……」說著又拿手揉了揉，嘴裡哼了兩聲。

穆廷連忙道：「如果是顛到了，不要亂揉，小心越揉越疼。」

「怎麼還覺得有些癢，穆大哥你幫我看看……」說著柳嫣揚起了頭。

穆廷看著柳嫣優美的脖頸，手不禁握成拳。她知不知道她這個樣子有多迷人？

不過他到底擔心柳嫣的脖子，忙斂下旁的心思，低下頭用手撩開柳嫣的頭髮。

脖頸上如玉般的肌膚在陽光下白皙透亮，細膩的不見一絲毛孔。他和她離得如此近，她身上淡淡的海棠花香飄進了他的鼻端。

他只覺那香氣霎時便深入他的血液之中，讓他整個人如喝了美酒般微醺起來。

「阿嫣，妳……妳的脖頸並沒有被蚊蟲叮咬，妳還癢嗎？」

柳嫣聽著穆廷有些沈重的喘息聲，忍住心裡的笑，嬌滴滴道：「可是還有些疼、有些癢，不如你幫我揉揉吧！」

這話一出口，聲音甜膩得讓柳嫣自己都咂嘴。

讓他幫她揉脖子？穆廷的心怦地一跳。這有些不合規矩吧？

他猶豫著攤開手掌，就聽柳嫣嬌嬌的又催促道：「你快點吧！」

穆廷深吸一口氣，抬起手放到柳嫣的脖子上。

手心裡是她微熱的肌膚，細滑得他需要微微用力才能握住，但他不敢太大力，怕捏壞了她。

他小心地拿捏力道，輕揉起來，那感覺就像在揉一塊雪白的麵團。穆廷的心開始打起鼓來，一下比一下重，一下比一下快。

穆廷的大手放在柳嫣脖子上，柳嫣便感覺到他像在撫摸一顆明珠般小心、虔誠。他的掌心溫暖乾燥，本來柳嫣只想逗逗他，此刻倒被他揉得舒服極了，忍不住輕哼出聲。

穆廷聽著柳嫣嘴裡發出細細的嘆息聲，這樣的她就像小時候他們養的那隻小花貓，每當他揉牠的脖子，牠都會舒服的叫上兩聲。

可柳嫣到底不是花貓，穆廷聽著她細哼的聲音，嬌柔綿密，就像裡面含著蜜糖，聽得他的耳朵都快融化了。

穆廷覺得自己的心已經不是一面鼓在敲了，是十幾面鼓在一起亂敲！他再也承受不住，捂著胸口向後退了一步。

柳嫣發覺穆廷突然住了手，回頭一看，就見他紅著臉，捂住胸口，立在那喘氣。

這是怎麼了？柳嫣忙伸手拉住穆廷的另一隻手。「穆大哥，你怎麼了？」

穆廷想說自己沒事，他離她遠些，站一會兒就好，可柳嫣的小手牽上他的手，他的身子就像沒有自己的意識般，被她輕輕一拽，便又重新坐到了她的身邊。

柳嫣看著穆廷還捂住胸口，忙道：「穆大哥，你這是胸口疼嗎？我來給你揉揉吧！」說著伸手移開穆廷的手，輕輕揉了上去。

穆廷想說不用，想伸手攔住她，可他整個人就像被點了穴一般，說不出話來，也動彈不得。

柳嫣柔軟的小手在他胸口揉來揉去，他的呼吸都亂了，感覺到柳嫣的小手伸到他的衣襟內，她的指甲在他胸口的茱萸上劃了劃，還用指尖捏了一下。

穆廷只覺得頭轟地一聲，像炸開一般，他一把按住她作亂的小手，眼睛直直的看著她。

柳嫣無辜地眨了眨眼。「穆大哥，你胸口不疼了？可是你的臉怎麼那麼紅，是不是發燒了？我看看。」

穆廷就見柳嫣的頭慢慢靠近，她紅唇微啟，吐氣如蘭，那氣息噴拂在他臉上，讓他全身都燥熱起來，呼吸也愈來愈粗重，兩個人的氣息便膠著在一起。

柳嫣的臉在他的眼前一點一點放大，她的額頭終於抵在他的額頭上。

他聽見她在呢喃：「穆大哥，你的頭不燙啊！」

她的額頭很涼，可穆廷已經聽不清她在說什麼，他的視線落在她飽滿水嫩的紅唇上，看著它一張一合，離他的唇近得只要他微微仰頭就可以吻上了。

穆廷的身子被這想法激得都有些顫抖，他的手此時又像有了自己的主張，逕自放在柳嫣的後腦上，他的下巴猛地往上一抬，吻了上去……

就聽柳嫣「哎呀」一聲，用力地猛推他的身子。

穆廷被嚇得忙停下動作，就見柳嫣一隻手捂著下巴，淚眼汪汪的看著他。「你的鬍子是什麼做的呀，怎麼跟針似的，扎的人好疼！」說著放開手給他看。

穆廷見她白豆腐似的臉上一片通紅，竟真的被他的大鬍子給扎得不輕。他只覺得羞愧難當，一手撐地，一躍而起。「阿嫣，我在外面等妳！」

說著也不等她，大步出了高粱地。

柳嫣看著他的背影竟有幾分落荒而逃的意味，把頭放在膝上，忍不住咯咯笑出聲來。

笑了一會兒，她摸了摸下巴。唉……可惜呀，功虧一簣，竟然沒有吻上，不過想來他也忍不了多久，她還是很期待他們下一次的初吻呢！

第四十章　說媒

柳嫣坐了一會兒，拿了穆廷的衣服出了高粱地。

就見穆廷牽著黑玉站在那裡正在等她，他的臉色已經恢復正常，眼中也清明了許多，只是眼角還帶著點桃花粉。

這人調適得挺快的嘛！可柳嫣哪裡知道，穆廷出了高粱地便開始運功調息，直運行五次，才壓下心中的慾火。

柳嫣走了幾步，站在穆廷面前，低下頭，雙手在自己身前扭啊扭的，嬌聲道：「穆大哥，我的脖子還有點疼，我不想自己騎馬了。」

柳嫣就聽穆廷輕聲一笑，她的腰被他的雙手握住，向上一提，便被他抱起坐在黑玉身上，然後就見穆廷一挺腰，翻身上馬，嘴裡道：「我帶著妳騎。」

居然開竅的這麼快？柳嫣把頭埋進穆廷的懷裡，臉上不禁露出小花貓偷腥得逞後的狡黠笑容。

穆廷低頭，看見她嬌俏的樣子，嘴角的笑意也壓不住了。他如何不明白她的小心思，他心中的喜悅和她是一樣的。

穆廷策馬沿著小路往牛頭村村口慢慢走，已近黃昏，路上沒有一個人。

柳嫣靠在穆廷懷裡，看著天邊橘黃的夕陽，遠遠有炊煙裊裊，還有牧童騎著牛，吹著短笛歸家。金紅色的餘暉灑在他們兩人身上，竟有種如畫般歲月靜好的美。

「阿嫣，十日之內我就會來見柳叔。」快到牛頭村村口，穆廷才開口道。覺明大師已經傳信，十日內必到永平府，他那時帶著大師的批語，便可以找柳叔提親。

柳嫣抬頭。她當然明白穆廷的意思，只覺得心裡一陣陣的甜。

「穆大哥，你送我到這裡就好，天晚了，你也早些回永平府吧！」如果十日內要來提親，穆廷肯定很忙，今晚就不留他了，而且若真的留他在家裡住，她怕自己會忍不住化身女色狼吃了他，家裡還有她爹呢！

再有，到了村口，她坐在他懷裡被人看到就不好了。柳嫣從馬上下來，看著馬背上的人，還是忍不住向穆廷勾了勾手。

穆廷從馬上俯下身子。「阿嫣，還有事嗎？」

柳嫣踮起腳尖，手扶住穆廷的胳膊，嘴便咬上了他的耳垂，輕輕吸吮了一下。「我等你！」說完才轉身跑開。

柳嫣跑進村裡，回頭就見穆廷依然在原地看著她。柳嫣忍不住笑了，向他揮了揮手，意思是讓他快走。

穆廷也向她揮了一下手，意思是她先進村。

柳嫣跺了一下腳，又揮了一下手，那意思是我要看著你走。

穆廷笑了，終於掉轉馬頭，抖了抖韁繩，離開牛頭村。

柳嫣見他騎著黑玉，手裡牽著另外一匹馬，兩騎一人慢慢消失在官道上，才回了家。

一回到家，柳成源馬上就問是誰送她回來的？

柳嫣怕她爹多想，就說是穆廷的手下，又問她爹吃過飯沒？

柳成源昨天是被胡老六給送回來的，今天胡老六一直陪他吃過晚飯才走，灶上還給柳嫣留著飯菜呢。

柳嫣洗了手，吃過飯，伺候她爹睡下；等到自己洗漱完，躺在炕上，回想這幾日的經歷，真是如過山車一般。

入獄、退婚、與穆廷的關係明確……現在回想起穆廷在高粱地裡說什麼喜歡上一顆寶石，原來說的就是自己啊。

這個悶騷男，好不容易表白一次，還繞了這麼一大圈，不過看在他生在古代的分上，就原諒他吧。

最難得的是她退婚，還與韓雲清有了不知道如何的關係，他竟是一點沒有介意。不過他是真不介意嗎？下回她一定要找機會探探他的口風。

柳嫣這是戀愛中的女孩的典型症狀，患得患失的，她輾轉反側了一會兒才睡著。

第二天一早，院門外有人叫道：「柳姑娘！」

柳嫣打開門，竟是那姓張的年輕貨郎。

從上回他給她送了一朵大絨花後，她已有很長時間沒看到這貨郎，後來聽說他病了，今日一見，果然清瘦了許多。

柳嫣不禁關心地問了句。「張小哥，你病好了？」

張貨郎的眼睛一亮。「嗯，好了，就是前段時間染了風寒，將養了一段時日。」

柳嫣想起那絨花，忙道：「張小哥，你等一下。」

柳嫣回屋取了絨花，遞給張貨郎。「張小哥，這絨花一直想還給你，謝謝你了，但這花真的不適合我……」

張貨郎的臉立刻就白了，接著又脹得通紅，結結巴巴道：「柳姑娘，我、我是真心真意的！我家有四個兄弟、六畝地，還開了一家豆腐坊，有五間瓦房，我成親的房子都準備好了，我……」

柳嫣看他一臉可憐，但她還是得委婉地說明白。「張小哥，我還不想嫁人，只想好好照顧我爹，謝謝你的好意了。」

張貨郎整日在鄉間行走賣貨，很會察言觀色，他聽柳嫣說得很客氣，但表情卻是拒人於千里之外。他沮喪道：「柳姑娘，叨擾妳了，我、我就是昨天聽妳爹說想給妳找婆家，所以今天就來了。妳放心，我以後不會再打擾妳了！」

柳嫣聽得一愣。「你說是我爹告訴你要給我找婆家？」

張貨郎忙擺手。「不是，是我昨天過來賣貨，聽見妳爹和柳嬸子說的，我才……」

柳嫣可沒心情再說下去，她客氣地送走張貨郎，進了屋。「爹，您昨天託柳三嬸給我說親了？」

柳成源見女兒一進屋就皺眉質問他，有些慌亂道：「阿嫣，是柳三嬸跟妳說的嗎？」

柳嫣一聽這話，就知道她爹是真的找過柳三嬸了。「爹，您怎麼不等我回來，和我商量一下呢？」

這個爹呀，真能給她拖後腿。

柳成源看女兒有些急了，不禁紅了眼眶。「阿嫣，妳如今和韓家退了親，又到了官配的年齡，爹心裡著急啊！妳娘死得早，這事只能爹出面為妳張羅，所以我昨天回來就找了柳三嬸，託她幫妳看看十里八鄉有沒有適合的人家，咱們也好相看、相看。」

柳嫣知道自己退婚這事，最受打擊的就是柳成源，如今把他著急的都亂投醫了。可她不好把穆廷的事先跟她爹說，因為那相當於她和穆廷私相授受，而且求親這種事，怎麼也得男方先開口才好。

柳嫣只好勸道：「三姑姑不是說了，這事她會幫忙安排嗎？而且穆大哥也說了，他也會幫我看看。」

「小山子說幫妳看看？他一個大男人能幫妳看什麼？不過，小山子的性格也不是亂說的，那是不是他手下有適合的人選？對了，胡老六就沒有成親，嫣兒，妳覺得他……」

柳嫣忙打斷柳成源的話，扶額道：「爹，您就不要再瞎想了，您女兒花容月貌，能詩擅畫，您就不用擔心了，我一定會把自己嫁出去的。如今您的身體也好多了，可以多出去走走，和人聊聊天。」

柳嫣覺得她爹就是在家悶壞了，整日胡思亂想。

這時又有人叫門了。

柳嫣應聲開了門，門外站了一位穿紅戴綠的四十歲婦人。

「請問您找誰？」

那婦人自來熟的一把拉住柳嫣的手。「這位就是柳姑娘吧？真是比年畫上的仙女都美，看看這小手，細皮嫩肉的，真是這十里八鄉最漂亮的姑娘了……」

柳嫣身上的雞皮疙瘩都起來了，忙要抽回自己的手。

那婦人還是緊拉著她的手。「哎喲，柳姑娘，吳嬸子給妳道喜了！」

道喜？她有什麼喜？

只見這吳嬸子向門外一招手。「你們都站著幹什麼？趕快把東西往屋裡搬啊！」

隨著她的話，十幾個家丁打扮的人抬著箱子、捧著禮盒，魚貫著走了進來，最後走進來的是一位穿著綢袍、管事模樣打扮的三十多歲男子。

柳嫣往外一看，這些人竟是趕了四輛高頭大馬車過來的。這麼大陣仗，她家院門外已經圍了一群看熱鬧的村民了。

柳嫣剛要問這位吳嬸子，就見她顛顛的進了屋，一開口就對柳成源說得天花亂墜。

柳嫣聽了幾句才反應過來。這吳嬸子竟是媒婆！

她頓時傻眼。怎麼，她這麼搶手嗎？前腳她爹放話說要給她找婆家，後腳媒婆就上門了？

那吳嬸子不愧是當媒婆的，八面玲瓏，連連給柳成源道喜。「大兄弟，你真是養了個好閨女呀，人家男方家是主動求我來保這個媒的，是真的喜歡柳姑娘！」

柳成源還是有些摸不著頭腦。「這位吳嬸子，妳到底是給金州府哪位老爺說媒？按妳說的，這位員外家這麼有錢，怎麼會到如今還沒有成親，找到我們家了？」

那吳媒婆張張嘴，結巴了下，又笑道：「我說的這位老爺姓趙，是年輕有為，富甲四方，好多人家都想把女兒嫁過去呢！但趙老爺家裡已經安排娶了妻，如今就想找個自己可心的，柳姑娘是他親自看上的，嫁過去就跟正頭娘子一樣……」

這是要讓柳嫣做妾啊！柳成源就是再不通庶務也聽明白了，連忙打斷吳媒婆的話。「吳嬸子，這是萬不可行的，妳不知道，我們家嫣兒不做妾，這是絕對不成的！」

吳媒婆瞄了那管事一眼，就見那管事向她微微點了點頭，吳媒婆又笑道：「哎呀，柳大兄弟，我當然知道了，柳姑娘這麼好，怎麼能隨便給別人當妾呢！只不過我們這位趙老爺也不是凡夫俗子，在金州府可是赫赫有名，他呀，還是當今皇叔英王的小舅子，是正經的皇親國戚呢！」

皇親國戚？柳嫣心頭湧起一股不好的預感。「吳嬸子，妳說的這位趙老爺到底是誰？」

「就是我們金州府最鼎鼎有名的趙天霸趙老爺！」

趙天霸！柳嫣父女驚訝地對視一眼。怎麼求親的竟會是在永平府派人打傷柳成源，把他們父女逼回牛頭村的趙天霸！

柳成源真是沒想到，給女兒找個婆家，竟還招惹來這號人物。他有些驚慌地又看了女兒一眼，見女兒面色平靜，向他微微搖了搖頭。

他的心這才定了定，有些結結巴巴道：「沒想到是金州的趙、趙老爺，謝謝他的抬愛，但我家閨女是真的不做妾，謝謝你們了，讓你們白跑一趟。嫣兒，妳去給這位吳嬸子和這些兄弟們拿些錢喝茶吧！」

柳嫣聞言，就要到自己屋裡拿錢，卻被那管事模樣的男子攔住了。

那男子一拱手。「在下姓趙，乃是趙府的二管家。柳老爺、柳姑娘，我們爺說了，讓柳姑娘做妾的確是委屈了柳姑娘，但柳姑娘如果入了趙家，是按良妾身分進門，而且走聘禮、拜堂成親的儀式與正室是一樣的。柳姑娘成親後，如果不願意在趙家大宅住，老爺會另外安排宅院安置。

「這裡有三萬兩銀票，還有宅子、田產，以及我家老爺手上最好的一家酒樓和布莊的地契，都是聘禮的一部分。我們家老爺還說，柳老爺當年受了連累，被奪去舉人的功名，以後大家如果是一家人了，老爺便會為柳老爺洗刷冤屈，恢復功名！」

良妾身分高於普通妾室，且按照正妻規格迎娶，還可以單獨擁有自己的宅院，另外還有一大筆錢、田產等各種地契，這趙天霸對她可是下了本錢的。

可他為什麼要對自己下這麼大的本錢？她長得雖美，但一個皇親國戚、富甲一方的大地主，柳嫣可不覺得他沒見過美女，家裡也沒有其他美貌的妾室，這裡面肯定有什麼她不知道的陰謀。

不過面對趙家人，她還是不好直接上來說話，可是她爹……錢財什麼的，柳成源未必上心，但是舉人的功名，對她爹這樣的讀書人，吸引力可就大了。

這趙天霸明顯是在投其所好，希望她爹可別再上當了。

柳嫣忙用眼神去看她爹，就見柳成源張著嘴，就像被驚呆一般看著那位二管家。

那二管家得意地微微一笑。「柳老爺，你看怎麼樣？」

柳嫣心裡著急，就要自己開口拒絕，就聽她爹傻呵呵的對那位二管家道：「這位趙爺，你們家大老爺見過我家嫣兒嗎？」

那二管家一愣。「我們爺的事，我們這些下人哪裡知道？」

柳成源又看柳嫣。「嫣兒，妳見過這趙老爺嗎？」

柳嫣忙道：「爹，我一個鄉下丫頭，整日在家，怎麼會見過趙老爺這樣的人物？」

柳成源如釋重負，向二管家笑道：「這就對了，這一定是弄錯了。趙爺，你們是來錯地方了。我們家嫣兒雖好，但就是個鄉下丫頭，不值得讓趙老爺這麼費心。你們給的這些條件，在金州府找什麼樣的人家找不到？所以一定是搞錯了！你們還是回去向趙老爺問問吧，一定不是我們家！」

說完又對柳嫣笑道：「嫣兒，妳也別多想，這多大的腦袋戴多大的帽子，不是咱們的，咱不能貪心。」

喲，她爹怎麼突然變聰明了，這麼說可比直接拒絕趙天霸要好得多啊！

柳嫣忙點頭。「爹，我知道，我們是要找上門女婿一起伺候您的。」

二管家立刻就明白柳家父女的路數，臉沈了下來。

「柳爺，我們家老爺可不會搞錯，您就不再想想您的舉人功名了？」二管家斜著眼睛扔出一句。

就見柳成源的眼眶立刻就紅了，眼淚流了下來，顫巍巍地舉起右手。「這位趙爺，我如今這手啊，已經廢了，寫不了字，我就是再當舉人又能怎樣？我都幹不了讀書人的事了，嗚嗚……」說著大哭起來。

嘿，她爹的眼淚總算哭得有用處了，她怎麼也得配合一下啊！

不過她可沒有她爹這種說哭就哭的本事，柳嫣偷偷狠掐了一把自己的大腿，擠出幾滴眼淚，上前抱住柳成源。「爹，您別哭了，您寫不了字，以後女兒養您，您別哭了！」

二管家一看，鼻子都氣歪了。這柳成源的手是怎麼回事，他當然知道，還是他安排人去打的。

今日柳成源舊事重提，這是在提醒他，他們兩家還有這個結沒解開呢。

二管家沒好氣道：「柳爺，如果成了一家人，我們家老爺一定會找名醫給你醫治的！」

柳成源繼續哭道：「這位爺，你們家老爺一定是找錯人家了，不可能是我們家，咱們小門小戶的，哪有這個福氣啊！嫣兒，妳千萬別多想，這婚姻之事要門當戶對才是正經！」

二管家看著哭得慘兮兮的父女倆。他這哪是來提親，不知道的還以為他們是來弔唁呢。

看來這父女兩個是打算裝傻到底了。

二管家黑了臉。「柳爺，我們家老爺可是一片赤誠，你還是好好想想吧！」

柳成源還是哭，嘴裡只有一句話。「你們這是搞錯了，搞錯了……」

二管家沒了耐性。「柳爺，你們再好好想想，我過兩天再來，這就告辭了！」說著轉身就要出屋。

柳嫣連忙上前，一把拉住也要走的吳媒婆。「這位大嬸，這禮物你們也帶走吧，我家不敢留！」這東西留下來，這事可就說不清楚了。

那吳媒婆忙看向二管家，就見二管家狠狠瞪了她一眼，只得趕緊道：「柳姑娘，這禮物妳還是收下吧，這是趙老爺的一片心，我還是勸妳……」

柳嫣打斷她的話，眼睛看著二管家。「我爹剛才也說了，是你們搞錯人家，我家無功不受祿，這禮物請拿回去吧！」

二管家盯著柳嫣。這女孩還真不是一般人，他這麼看著她，她竟然沒有絲毫害怕，還敢回視，怪不得他家老爺費了這麼大的心思，也要把她搞到手。

二管家陰陽怪氣的來了一句。「柳姑娘這敬酒不吃，難道是想吃罰酒嗎？」

柳嫣輕描淡寫地道：「這位爺的話，我聽不懂，我只知道，不是我的東西，我不能貪心。」

二管家哼了一句。「柳姑娘可別後悔！」說著出了門，讓他的人把東西又搬了出去，上了車揚長而去。

柳嫣見他們走了，連忙鎖上院門，進了屋。

柳成源忙擦去臉上的淚，問道：「嫣兒，那些人走了嗎？」

柳嫣笑道：「走了。爹，您今天哭得真棒！」說著向柳成源豎起大拇指。

柳成源有些不好意思。「爹這也是沒辦法了，妳不知道，他們都不是好人，上次爹被打，他們連話都不說就拳打腳踢的，一點也不講理，爹怕他們這次再動手。嫣兒，這天上可沒有掉餡餅的好事，趙天霸這麼做一定是不懷好意，咱們可不能上當。」

她爹總算是頭腦清楚了一回。

柳成源拉著柳嫣的衣袖，還是有些害怕。「嫣兒，爹昨天才和柳三嬸說妳的親事，怎麼今天金州府的人就知道了？請神容易送神難，這趙天霸到底是什麼意思？我看他不會就此罷手吧！」

這也是柳嫣疑惑的地方。這趙天霸怎麼會知道他爹要給她招親的事呢，難道是村裡有人告訴他了？可他們這窮鄉僻壞的，誰會認識趙天霸這號人物？

柳嫣見柳成源真有些害怕了，忙道：「爹，沒事，我明天就去永平府找穆大哥，把這事和他商量一下。還有，我的親事暫時先擱下，我明天就去和柳三嬸說一聲。」

柳成源也沒想到柳嫣的親事會招來趙天霸這樣的人，忙點頭答應了。

第四十一章　耳光

第二天柳嫣早早起來，剛想去找對門的柳三嬸，就見柳三嬸來敲門了。

柳嫣想請柳三嬸進屋，柳三嬸卻拉了柳嫣的手沒進去，在院裡小聲道：「阿嫣啊，昨天下午上妳家提親的是誰，那麼大陣仗？」

柳嫣實話實說。「是金州府的趙天霸，不過是要我做妾，被我爹回絕了。」

「趙天霸？」柳三嬸驚呼一聲，臉都有些白了。「阿嫣，妳怎麼惹上他了？」

柳嫣忙道：「我也不知道，我從來沒有見過他。」

柳三嬸頓足。「妳這孩子可惹了大麻煩了！他定是聽說妳長得美。妳不知道，這趙天霸在金州府這一帶被稱作『趙閻王』，他的姊姊給當今皇帝的叔叔當妾，號稱皇親國戚，家裡還有錢，在金州府是橫著走，連官府都不敢惹他。他若是看上窮人家的女孩，直接就搶了，還曾經逼死過人，怎會好好地提親？」

柳嫣一聽這事，果然有蹊蹺，忙道：「三嬸子，我這就去永平府找穆大哥商量一下；還有，我的親事，您先放一放吧！」

柳三嬸忙道：「別說妳讓嬸子放一放，嬸子如今知道趙天霸提親，也不敢再給妳張羅啦，妳想這十里八鄉的人，誰有那膽子敢和趙天霸搶女人啊！阿嫣，妳快去找小山子吧，要不，妳的親事就真是事了！」

柳嫣聽了，忙謝過柳三嬸，又送她出屋，這才準備去永平府找穆廷。

這時又聽有人叫門，竟是錢春花的聲音。

這傢伙能有什麼好事？柳嫣沒好氣的打開門，就見錢春花扭著腰，咧著大嘴，笑道：「阿嫣，我在村口遇見這位大嬸，說是妳家親戚，我就把她帶過來了！」

說完，她一閃身。柳嫣看去，錢春花身後站著的，竟是韓雲清的母親！她怎麼來了？

柳嫣見到韓嬸子，也沒請她進屋，冷冷道：「您有事嗎？」

韓嬸子瞪著柳嫣。「我當然有事了，我找妳爹！」

柳嫣把頭往前一湊，低聲道：「不怕我吃了妳嗎？我可是黑山老妖啊！」

「妳就不用和我裝神弄鬼了，如今我可不怕妳！」說著，韓嬸子伸著脖子便往屋裡喊：「他柳叔，你出來！」

柳嫣氣得就要推她出院，這時屋裡的柳成源聽見，已經扶著牆，慢慢地走了出來，他看見韓嬸子，便眼睛一亮。

柳嫣一看柳成源的表情，就知道她爹一定是以為韓家後悔了，韓嬸子是過來重新商量親事的。

果然就見柳成源滿臉帶笑。「韓嬸子，妳怎麼來了，就妳一個人嗎？雲清呢？嫣兒，快讓韓嬸子進來！」

柳嫣無奈地讓開身。也好，當著她爹的面，跟韓家把話說清楚，也省得她爹對韓家老是抱著幻想，以為韓家還是好人。

韓嬸子進了院，黑著臉，大聲說道：「我不進屋，咱們就在院裡把話說清楚！」

柳成源一愣。「韓嬸子，有什麼話還是進屋說吧，妳走了這麼半天路，進屋喝口水休息也是好的。」

沒想到柳成源話音剛落，韓嬸子便發作了，她一手插腰，一手指著柳成源。「還喝水，我可不敢喝你們家的水！進屋說？我才不進呢，我今天來就是要當著大家的面，把話說清楚，讓大家評評理！」

柳嫣見韓嬸子一副要發瘋的樣子，上前一步道：「您想說，我們還不想聽呢，這是我家，請您出去！」

韓嬸子冷冷地笑了。「想攆我？我偏不走！街坊四鄰們，你們都來聽聽，這老柳家兩年前在永平府是我家鄰居，看上我家兒子，他老柳家是什麼人家，是罪臣家眷，可我家兒子老實心軟，沒什麼心眼，就被柳嫣給迷住，加上他家又死皮賴臉的非要與我家結親，我也心軟答應了。

「沒想到啊，這柳嫣就是一個災星，前兩天畫了一幅蔑視朝廷的畫，讓金州府的官差給抓了，還連累我兒子也被官府抓了，就算這樣，我們家也沒埋怨她。可沒想到這白眼狼，竟然去我家撒潑打滾的要退親，弄得我兒子都病了！後來沒辦法，我家只好退了親。

「今天我才知道，原來你們老柳家是傍上了金州府的趙老爺，怪不得妳柳嫣被抓進大牢還能放出來！妳攀上了高枝，便嫌貧愛富，前腳跟我家退了親，後腳趙家就來提親；我還聽說，你老柳家還嫌趙家只給三萬兩銀子太少，管人家要五萬兩，這不是賣女兒嗎？你們家還號稱讀書人家，還要不要臉了！」

韓嬸子這番話是扯著脖子喊的，本來這牛頭村有個風吹草動都是大事，柳家昨天就出了一檔子提親的事，已經很是顯眼，今天韓嬸子一鬧，那看熱鬧的人是圍了裡三層、外三層，聽了她的話，紛紛議論，說什麼的都有。

「喲，沒想到柳嫣是退過親的人，怪不得要急著相親呢！」

「怎麼還進過大牢？聽說進過牢房的，都被那些獄卒給……」

「既然退過親，誰家還敢要？怪不得瞞得死死的，真是不厚道，就這樣還讓柳三嬸幫忙介紹親事呢！」

「你聽到沒？要五萬兩銀子的聘禮，這老柳家要發大財了，還是金州府的老爺呢！」

這明顯是在顛倒黑白，柳嫣上前就要去理論，就聽咣噹一聲，她爹站立不穩，跌坐在地。

柳嫣忙上前扶起她爹。「爹，您快進屋吧，我把她打發走！」

柳成源就著柳嫣的手站好，用手指著韓嬸子，大聲道：「韓嬸子，妳給我住嘴，妳這是血口噴人！」

柳成源性格溫潤，很少有大聲講話的時候，更別說是喊了。他這一嗓子出來，別說韓嬸子一愣，就是看熱鬧的人群都是一靜。

就見柳成源脹紅臉，瞪大眼睛，手指著韓嬸子，大聲說道：「韓嬸子，抬頭三尺有神明，妳說這種話，虧不虧心哪！當年妳家窮得連雲清上學的錢都沒有，是我看你們可憐，沒要你們家一分一毫，親自教授雲清功課，他才考中了秀才。

「當年你們家雲清是怎麼跪在我面前，求娶我女兒的？妳當初又是怎麼說的？是你們求了三次親我才答應，可你們家一直沒有把雲清的庚帖拿過來。街坊們，你們聽聽，沒有換庚帖這算什麼訂親，就是口頭的一個婚約！

「還有，我們家阿嫣是被官差給抓了，但是當天晚上就放了出來，是我們家小山子親自領出來的，小山子還讓人把你們娘倆也給放出來，這和那趙員外根本沒有關係！那趙員外的親事，我家已經明確拒絕，韓嬸子妳今天竟然上門來胡說八道，你們家還有沒有良心！韓雲清呢？妳讓他出來，一日為師，終身為父，我倒要看看他在我面前，敢不敢這樣顛倒黑白，詆毀我們家嫣兒的閨譽！韓雲清，你給我出來……」

「哎喲，這麼說，這女的分明是在造謠啊！」

「對呀，老柳家是什麼人家，咱們都知道，哪能做出賣女兒的事！」

「你看他柳叔氣得眼睛都紅了，這是把老實人都給逼急了！」

韓嬸子聽著外面人的議論。她從來沒見過柳成源發火，如今看他狀似瘋癲的樣子，心中也有些膽怯，但還是色厲內荏地叫道：「我兒子才不想見你們這老柳家的人呢！今天我來就是要說，不是你們老柳家和我家退親，是我們家不要你們家的女兒，你們家就是不要臉！」

柳嫣看柳成源氣得全身都發抖了，忙扶著他道：「爹，您就別理這瘋婆子了，您回屋吧，我來應付她……」

「不，嫣兒，我不回屋，我不能看著他們這麼欺負妳，欺負我女兒！」說著他推開柳嫣的手，就朝韓嬸子撲去。「我、我今天和妳說個明白！」

韓嬸子見柳成源紅著眼撲向她。柳成源到底是個男人，這要是撲上來打她一頓，那她可吃虧了！

韓嬸子忙往後退，嘴裡大叫：「你要幹什麼！來人呀，這老柳家不講理了，要打人了！」

這時人群中擠過來一個人，拽住韓嬸子。「娘，您怎麼跑到這來了，您這是幹什麼？」來的正是韓雲清！

韓嬸子一見兒子來了，心裡便有些慌。「雲清，你怎麼找到這來了？」

柳成源一見到韓雲清，立刻大喝一聲。「韓雲清！」

韓雲清被柳成源憤怒的樣子嚇了一跳，忙道：「柳叔，我、我娘如果說了什麼不好的話，我給您道歉。我、我從來沒有想過退親的事，柳叔，我還想著您和阿嫣……」

柳成源打斷他的話。「你沒有想過退親的事？你過來，到我面前來……」

韓雲清和柳成源學了三年功課，柳成源待他如師如父，見柳成源喚他，忙走上前。「柳叔，您……」

就見柳成源猝不及防地掄圓了胳膊，狠狠打了韓雲清一記耳光。

啪的一聲，這聲脆的，大家都忍不住倒吸一口氣。這柳成源得用多大的勁啊，這挨打的得多疼啊！

韓雲清摀住臉，愣愣地看著柳成源。柳成源是個好性子的人，這麼多年，他功課不會時，柳成源也從未罵過、打過他，但今天他竟被這個像他父親一般的人狠狠打了耳光。

柳成源指著韓雲清，怒道：「韓雲清，你聽著，我教了你三年功課，雖然你沒有正式拜師，我也算是你的先生了。今天，我柳成源在這裡立誓，父老鄉親們也給我做個證，這一記耳光後，我柳成源與你韓雲清就再無瓜葛，我柳家的女兒就是一輩子不嫁人，也不會嫁給你們韓家人。現在，你給我滾出我們家，別髒了我們家的地！滾，給我滾！」

柳成源拿起放在牆邊的大笤帚，向韓家母子打去。

韓嬸子見柳成源像瘋了一般，忙拉著兒子退出柳家大門，還嘴硬道：「就算你求我們，我們還不想待在你家呢！你要是把我兒子打傷了，看我不報官來抓你！」

韓雲清摀著臉，喊道：「娘，您別說了，我們快走吧！」

他一路拖著韓嬸子出了牛頭村才放開手，韓嬸子看兒子還摀著臉，忙道：「你把手放下來，讓娘看看！」

韓雲清這才拿開手，從嘴裡吐出一口血和一顆牙齒。

「柳成源竟然把你打成這樣！不行，我要去找他！」韓嬸子見到韓雲清青紫的臉頰和嘴角的血，心疼壞了，就要回去找柳成源鬧。

韓雲清一把拉住韓嬸子的胳膊。「娘，您再和柳家鬧，就不怕那個小山子來抓您嗎？還有，您今天是坐誰的馬車過來的，您怎麼突然這麼大膽？您今天早上把我打發出去，幸虧我留了心眼，一直留意您的動靜。娘，您和我說實話，您到底瞞著我幹什麼了？」

韓嬸子知道瞞不過他，才湊到他耳邊說了。

韓雲清聽完，瞪大眼睛看著她。「娘，您怎麼能聽那種人的話！您不知道他的外號叫什麼嗎？他根本就不是好人……」

「兒呀！娘這不也是想給你出口氣嘛！你每天半夜為了那個柳嫣哭，娘都知道。還有，他們給了咱家五百兩銀子呢，而且答應今年一定幫你中舉。兒呀，你就不要再想著那個柳嫣了，等你中舉後，要找什麼樣的姑娘沒有？娘一定幫你找一個比柳嫣還要漂亮的姑娘做媳婦，你如今要做的，就是好好讀書！」

是呀，事已至此，已經覆水難收，他如今只有好好讀書了。

韓雲清回頭看向牛頭村。像他娘說的，這世上的確會有其他千千萬萬的漂亮姑娘。

只是還會有那樣一個姑娘嗎？

在大雪的冬日，自己的手都凍出了凍瘡，卻把她的手爐塞到他的懷裡。

在炎炎夏夜裡，陪他讀書到深夜，為他打扇搧風、驅趕蚊蠅，而她的身上卻被咬滿了包。

他歡喜時，她亦開心；他難過時，她亦傷心，她用了她所有的溫柔來愛他……

第四十二章　遇險

柳成源趕走了韓家母子，晚上便發起高燒，嘴裡一直唸道：「小嬌，我對不起妳，我沒有照顧好我們的女兒……」

家裡沒有藥，柳嫣只能為柳成源進行物理降溫。

她用手巾蘸了冷水，敷在柳成源頭上，又找了一瓶白酒，為柳成源擦拭脖頸和胸口。

一直忙到凌晨，柳成源的燒才退下。

柳嫣也沒法去永平府找穆廷了，只能守在父親身邊。

好在第二天一早，柳三姑和崔大虎竟然來了。

柳三姑見到柳嫣蓬頭垢面，眼睛浮腫，嚇了一跳，忙問發生了什麼事？

柳嫣說出她爹病了的事。柳三姑也是一驚，忙讓崔大虎駕著驢車去最近的清水鎮請大夫。

崔大虎連院都沒進，就駕著車走了。

半個多時辰後，他拉了一個白鬍子的大夫來，那大夫給柳成源看過，說並不是什麼大病，就是急火攻心，吃幾服藥就會好。

開了藥方，崔大虎把大夫送回鎮裡，又抓了藥，這才回到柳家。

柳嫣見崔大虎忙得滿頭大汗，給他倒了碗水，自己取了泥火爐到院裡給她爹熬藥。

崔大虎在院裡陪柳嫣熬藥，柳三姑則在屋裡和柳成源低聲說著話。

「大虎哥，今天謝謝你了，如果你和三姑姑沒來，我都不知道怎麼辦才好了。」柳嫣一邊用蒲扇搧著爐火，一邊和崔大虎聊天。

「都是一家人，說什麼謝！」崔大虎撓撓頭，從懷裡掏出一個紙包打開。「阿嫣，這是剛才在鎮上我特地給妳買的，妳原來不是最喜歡吃這個嗎？」

柳嫣一看竟是玫瑰糕。她用手拿了一塊放在嘴裡，甜甜的，的確挺好吃的。

「大虎哥，今天你和三姑姑怎麼會來我家？」

「明天是我爹的四十大壽，我娘說過來和老舅說一聲，讓妳和老舅明天一起來我家吃壽宴。」

「啊？你們怎麼不早說，我都沒有給姑父準備賀壽的禮物呢！」柳嫣皺了眉頭。

「不用，我娘就是怕妳和老舅亂花錢，把禮物都帶來了，妳明天再帶過去就行。」崔大虎笑道。

柳嫣感激地看了崔大虎一眼。她知道這是三姑姑心疼她家沒錢，又怕他們去了拿不出好禮物丟了面子，才想了這個法子。

崔大虎又從懷裡掏出一個盒子。「阿嫣，這是我買給妳的。」

柳嫣看了崔大虎一眼，從他手裡接過盒子，打開一看，竟是一支白玉梅花簪。

「這個我不能要。」柳嫣忙把盒子推給崔大虎。在古代男女之間，這簪子也不是隨便能送的，她現在頭上戴的是那晚從金州府監獄出來，穆廷為她買的銀簪子。

「阿嫣，妳為什麼不要？明天妳正好可以帶著呢！」崔大虎的眼神一下子黯淡了。

「這麼貴重的簪子，我一個鄉下丫頭戴著不適合，況且玉太脆弱，我怕幹活時碰壞了，你還是拿回去給三姑姑吧！」

「什麼給我？」柳三姑正好從屋裡走出來，看見柳嫣手裡的玉簪，瞪了兒子一眼，笑道：「阿嫣，這簪子既然都拿來了，哪有拿回去的道理？妳留著吧，就當姑姑送妳的，明天妳就戴著，也算有個像樣的首飾。」

既然柳三姑都這樣說，柳嫣不得不收下。

柳三姑又抬腿踢了兒子一腳。「還傻站著幹什麼，準備走了！」

「三姑姑，你們這就走嗎，還沒吃飯呢！」柳嫣連忙挽留。

「不了，妳姑父過壽辰，家裡一堆事呢。阿嫣，我和妳爹說好了，妳爹身體不好，妳明天一個人來就好，我讓人駕車來接妳。」

「不用，我自己坐車就好了。」

「沒事，妳早點來，也幫姑姑忙活忙活！」

柳嫣送走柳三姑和崔大虎，端著熬好的藥進了屋，見她爹竟然自己坐起來，靠在炕沿邊發呆。

「爹，您怎麼不披著衣裳？您身上都是汗，小心再著涼！」柳嫣忙放下藥碗，給父親披上外衣。

柳成源看著柳嫣，喃喃道：「嫣兒，爹是不是太沒用了，連累妳受了這麼大委屈，爹還不如死了算了……」

柳嫣被嚇得一驚。「爹，您胡說什麼呢，您怎麼會有這樣的想法？」

柳成源的淚滴了下來。「爹識人不清，竟然被韓雲清給迷惑了，如今韓家這樣上門一鬧，黑心腸的敗壞妳的名譽，村裡所有人都知道妳被退過婚、坐過牢，妳以後可怎麼嫁人啊，這都是爹的錯！」

柳嫣忙給柳成源擦去臉上的淚，拉了他的手。「爹，韓家的事，您就不要再自責了，這人心易變，今日我們早點看清韓家的真面目，總比我嫁過去再遭罪不是好很多嗎？爹，您昨天為了女兒痛打韓雲清，有您這樣的爹，女兒覺得很幸福！」

柳成源摸了摸她的頭，嘆氣道：「嫣兒，妳是個好孩子，一直是爹在拖累妳。話雖這麼說，可妳的婚事怎麼辦呢？爹沒能耐，就希望妳能找個好夫君照顧妳。」

柳嫣搖了搖柳成源的手。「爹，您說什麼拖累不拖累的，沒有您，哪能有我，有您在，這才是家啊！至於我的婚事，真的嫌棄我退過親的人，我還不想嫁呢。爹，您就放寬心吧，說不定過幾天就有人來求親了呢！」

柳嫣看柳成源鑽牛角尖，心想不如把穆廷的事跟她爹說，也讓她爹放心。

柳成源嘆息道：「嫣兒，如果我們家還像原來一樣，是能護住妳的，可我們如今如此落魄，爹就想找個能真心待妳、保護妳的人。其實啊，如今看小山子是最好的人選！」

柳嫣聽她爹提到穆廷的名字，心中一甜，忙扭捏地低下頭。原來柳成源對穆廷不是沒有考慮的。

「可惜當年妳奶奶找人算過，他八字剋妻，你們兩個的姻緣是一點都不配啊！唉，你們兩個如果有緣分，該有多好……」

柳嫣驚訝地抬頭。竟然還有這回事，那穆廷知道嗎？他說十日後來提親，如果她爹因為這事拒婚怎麼辦？

柳嫣有些待不住了，恨不得現在就趕往永平府去找穆廷。

「阿嫣，明早妳去給妳姑父祝壽時，妳三姑如果和妳商量一些事，妳自己拿好主意吧，如今妳長大了，做事也有章法，妳的事就自己做主吧！」

柳嫣心裡想著穆廷的事，並沒有聽出她爹話裡有話。

她咬了咬唇。「爹，您覺得身體爽利些了嗎？我明天去三姑姑那，您自己在家行嗎？」

「爹沒事，妳不用擔心。」

「那，爹，我明日去完三姑那裡，會去永平府找穆大哥商量一下趙天霸的事，可能會在永平府住一晚，到時我讓穆大哥派人給您捎信來，您在家千萬不要著急。」

「這樣也好。」柳成源點頭應了。

第二天一早，柳三姑派夥計駕著驢車來接柳嫣，柳嫣坐著車到了清遠縣。

「崔記米行」前掛了紅燈籠和紅綢，還張貼了「東主有喜」的紅紙，一片喜慶之意。

柳嫣剛下車，崔大虎就從米行裡跑了出來，笑道：「阿嫣，妳可算來了，都等妳一早上了！」

「就你著急，這時辰還早呢。三姑姑呢？」柳嫣笑道。

「在後院，我帶妳去！」崔大虎看到柳嫣頭上戴的玉簪子，喜孜孜地道。

柳三姑看到柳嫣也是十分高興，今天事多，她忙得不可開交，柳嫣正好可以給她打下手，幫她接待女眷。

「嫣兒，隔壁的『望花酒樓』如今也是咱家的，今日不做生意了，擺了十幾桌酒席，中午開席，妳姑父正在招待男客，妳等會兒替姑姑招待一下女客。」柳三姑吩咐道。

柳嫣忙點頭。

今天造訪崔家的客人的確不少，人流不斷。

柳三姑見柳嫣接人待物大大方方、毫不怯場，且安排的很是妥當，竟比她做得還好，是越看越滿意。這孩子真的像變了個人似的。

柳嫣正準備到一樓去迎接一位女賓，就見姑父崔旺本陪著一位男子走了上來。

柳嫣見崔旺本臉上像笑開了花似的，點頭哈腰地奉承那名男子，而那名男子臉上卻沒有什麼表情。

柳嫣見這男子白面厲目、鷹鉤鼻，身材魁梧，穿著富貴，氣勢很是嚇人，這一身做派，和他身後的一大隊隨從，這應該是崔旺本生意上有身分的客戶吧？

柳嫣心中猜測，就見那男子抬起頭，眼風一掃，竟然毫不避諱的盯上站在二樓樓梯上的她。

柳嫣不自覺有種發寒的感覺。

她忙低下頭，也沒和崔旺本打招呼，躲到了一邊。

直到男子就要進到二樓的包廂時，柳嫣才又抬頭看了他一眼。

那男子就像感覺到柳嫣的目光似的，忽地一回頭，竟向她笑了笑，還一拱手，柳嫣就見到他右手大拇指上戴著一塊醒目的綠色扳指。

柳嫣心中有些怪異的不安。

她又忙了一會兒，見客人差不多到齊了，天色也已過正午，便打算和柳三姑告別，去永平府找穆廷。

柳三姑如今對柳嫣可是滿意的不得了，但沒想到她要走了，忙一問，竟是要去找穆廷。

柳三姑心思一轉，拉過柳嫣的手。「阿嫣，妳是不是喜歡那個穆廷？」

柳嫣沒想到姑姑會這麼問，一時紅了臉，低頭不吱聲。

柳三姑心一沈，但面上不顯。「阿嫣，妳忙了這麼長時間，到屋裡喝口水、歇一會兒，我讓人備車送妳去。」

說著，吩咐一個婆子領著柳嫣回到後院，上了二樓一間屋子。

柳嫣進去一看，應該是一間客房，擺著一張大床，柳嫣在床上坐了一會兒，就見門一開，走進來的竟是崔大虎。

她聽見柳三姑在門外道：「阿嫣，妳大虎哥有些話要對妳說，你們好生說話！」然後竟傳來落鎖的聲音。

柳嫣一驚，忙去開門，門真的從外面鎖上了。

柳嫣回頭看崔大虎，怒道：「大虎哥，你們這是幹什麼？」

崔大虎脹紅了臉。「阿嫣，我娘、我娘的意思是讓我們好好說會兒話……」

「說話就說話，鎖門做什麼？」柳嫣看著崔大虎的表情，腦子裡念頭一閃。「大虎哥，你要和我說什麼？」

崔大虎上前幾步，突然跪在柳嫣面前。「阿嫣，我、我想娶妳為妻，妳能答應我嗎？」

柳嫣見他這樣，反而嚇得退後一步。「大虎哥，你快起來，有話好好說！」

「妳不答應我，我就不起來。阿嫣，妳嫁給我好嗎？」崔大虎抬頭，哀求道。

柳嫣見他這可憐模樣，看來今天必須把話說明白了。她狠下心道：「大虎哥，我不能答應妳，我已經有喜歡的人了，過兩天他就會到我家提親的。」

「是小山子嗎？阿嫣，我娘說了，外婆當年有話，你們八字不合，他會剋死妳的！」崔大虎著急道。

「我不怕，我是死過一回的人了。大虎哥，我真的喜歡他，你還是找個喜歡的人吧！」柳嫣語氣堅定。

「可我就是喜歡妳啊，妳就不能再想想嗎？」崔大虎摀著臉，竟然哭了。

「大虎哥，你別哭了，站起來，我們好好說說話。」柳嫣看著這樣的崔大虎，還是忍不住安慰了一句。

「大虎哥，你說你喜歡我，但之前我和我爹在你家住了三年，那三年為什麼你沒有和我爹提親，我反而和韓家訂親？」柳嫣問出了心中的疑問。

「那時我也喜歡妳，舅舅……舅舅也提了我們兩個的親事，可是……」崔大虎抹了一把臉上的淚，站起身。

「可是什麼……」柳嫣逼問。

「可是我爹娘沒同意，所以舅舅才帶著妳搬走了。」

原來竟有這麼一段往事。柳嫣不禁冷笑了一聲。

崔大虎看著柳嫣嘴角的譏笑，臉唰地白了。

「阿嫣，我娘當年也是怕妳掌管不了這麼一大攤家業，所以才沒有同意，如今她覺得妳長大了，可以擔得起了，當然是願意的！」

柳三姑的想法，柳嫣是能夠理解的。

「那你爹怎麼今日也同意了？他不是一直想給你找個門當戶對的媳婦嗎？」這事柳嫣曾聽柳成源說過。

「今天妳接待的女客中，有一位是大齊朝數一數二的大糧商嚴大老爺的夫人，嚴夫人剛才在壽宴上一直誇妳，說妳有主母風範，貴不可當，我爹聽了，才同意了我娘的主意。」

剛才席面上有兩位女眷說話間言語不合，竟要吵起來，最後被柳嫣拿話安撫住了，沒想到其中一位竟是有位這麼大來頭的嚴夫人。

柳嫣咬牙道：「大虎哥，你們家一開始覺得我不行，便拒絕了我爹的提親，如今又覺得我有用了，又想和我結親？你們是我的姑姑、我的表哥，是我最親的親人，你們怎麼能這麼對我，你們把我當成什麼了？」

「阿嫣，妳、妳不要哭，我一直喜歡妳，我會對妳好的！妳嫁過來，我娘是妳親姑姑，也一定會對妳好的。」崔大虎看柳嫣氣紅了眼睛，心疼地就要上來拉她。

「你不要過來！」柳嫣大喝一聲。「大虎哥，我相信你和姑姑會對我好，但是你爹，我可不信。這樣，大虎哥，我告訴你一件事。前天金州府的趙天霸到我家求親了，讓我做妾，你現在就和你爹說，看看他敢不敢和趙閻王搶女人！」

崔大虎愣住了。「阿嫣，妳說誰向妳求親？」

「趙天霸！」

「妳竟然招惹了他！」崔大虎慌了。「阿嫣，今天這趙天霸也來了！」

「趙天霸也來了？」柳嫣也是一愣。

「對，他來了。我們家和他並無生意往來，可今天他竟主動來了，我爹如今正小心的陪著呢！」

「那一定是為我而來的！」柳嫣故意嚇崔大虎。

崔大虎也沒了主意。「我這就去告訴我爹！」

「大虎哥，趙天霸已經找我找到這裡來了，」柳嫣流著淚看著崔大虎，哀求道：「他是什麼樣的人，你是知道的，我根本不想嫁給他做妾，我爹已經拒絕他的親事了，但他還這樣緊追不捨，如今能救我的只有穆大哥了！你還是放了我吧，我得去找穆大哥！」

崔大虎看著柳嫣。他知道趙天霸的惡名，也瞭解自己的父母，他爹是絕對不敢和趙天霸搶人的，說不定知道後，還會把阿嫣直接送給趙天霸，那就真的是害了阿嫣。

如今看他與阿嫣的親事肯定不成了，可柳嫣始終是他從小疼到大的妹妹，他怎麼能看著她落入狼爪？

崔大虎停了一息，終像下定決心般，說道：「好，阿嫣，妳從這窗戶下去，從後門出去，到『李家馬行』去找我的朋友。這裡有銀子，妳去租一匹馬，趕快去永平府吧！」

說著從懷裡掏出一塊銀子，遞給柳嫣，又解了腰帶綁在柳嫣身上，小心地把她從二樓放下去。

柳嫣從後門跑出崔家，去找「李家馬行」，誰知跑過一條小巷，忽然覺得後腦一疼，眼前發黑，便昏了過去。

等柳嫣醒過來時，就發現自己被五花大綁，嘴裡塞著布，關在一輛黑漆漆的馬車裡。她被人綁架了？

馬車快速地跑著，上下顛簸，柳嫣努力挪動身子，拿頭去撞車壁，一下、兩下……撞了五、六下後，馬車停了下來，車廂門被打開了。

車門口站著兩個彪形大漢，其中一人看著柳嫣道：「大哥，這妞醒了，怎麼辦？再把她打暈？」

柳嫣驚恐地看著他們，一邊嗚嗚叫著，一邊搖頭。

另外一人道：「算了，這麼個小身板，再來一下，別再給打死了，這可是大爺要的人。」

說著，一把將柳嫣拽過來。「妳不亂叫，我就把妳口中的布拿出來！」

柳嫣忙點頭。

那人拿出柳嫣口中的布。「老實點！」說完從腰間拿出水壺，遞到柳嫣嘴邊。

柳嫣忙喝了一口水，才怯生生地道：「大爺，我要如廁，我憋不住了！」

那兩人互看了一眼，也不能真讓柳嫣尿褲子，其中一人把柳嫣拎出來。「妳最好不要打什麼主意，妳若是敢跑，我就直接砍了妳！」

柳嫣忙點頭。「我不跑、不跑！」

她下了車，才發現他們走的是一條山間小路，人跡罕見。

柳嫣被兩人帶到一棵大樹前，其中一人解開柳嫣手中的繩索，道：「妳就在這後面上吧！」

這裡山高林密的，沒有別的路，他們根本不怕柳嫣逃跑。

柳嫣也明白自己根本跑不了，如今只能走一步算一步，期待穆廷能發現她被劫的事。

柳嫣穩了穩心神，蹲下身子。今天她穿的是上回穆廷給她買的那身細布衣服，她撕下一截裡襯，塞進襪子裡，準備有機會就扔出去，也算留個記號。

柳嫣上完，又被這兩個人綁了手，口中塞了布，帶回了馬車邊，就聽趕車的車夫道：「呸，真倒楣，馬車輪子怎麼還壞了！」

「那怎麼辦？老爺還等我們回去交差呢！」

「修吧！」車夫從車頭拿來工具箱，從裡面取出錘子開始修車輪。

柳嫣站在車前，眼睛四處瞟著，尋找機會。

忽然，她覺得自己的心突突跳了起來。她好像聽到了一陣馬蹄聲……

第四十三章　初吻

柳嫣猛地回頭看去，就見一匹黑色的高頭駿馬迎著光，出現在山路的另一頭。她看著馬上的人，淚眼婆娑。穆廷！他竟然來救她了……

穆廷遠遠就看見了柳嫣，他使勁拍了下身下的黑玉，黑玉便如一道黑色的閃電，縱身飛向馬車。

馬車邊的三個人也看到了穆廷，大驚失色，忙拉了柳嫣就跑，誰知三支黑漆羽箭帶著破空的聲音從天而降，攜著懾人的力量，直奔他們而來。

這三人嚇得大叫，連忙抱頭蹲下身子。

柳嫣乘機撒腿向穆廷跑去。那三人看柳嫣要跑，就要站起身去追，但是馬上又有三支羽箭直奔他們而來。

這時穆廷的馬已經跑到柳嫣身邊，他俯下身子，摟住柳嫣的腰，把她抱到馬上，調轉馬頭，帶著她離開這裡。

穆廷策馬走了一段，到了安全的地方，才抱著她跳下馬，解開她身上的繩索和口中的布。

「阿嫣，妳怎麼樣，有哪裡受傷嗎？」穆廷看柳嫣流著淚，不說話，忙著急問道。

柳嫣伸開雙臂，摟住穆廷的脖子，一下子跳到他的懷裡，把頭放在他的頸窩上，大哭道：「你怎麼才來啊，你不知道我有多害怕！」

穆廷像抱孩子一樣摟住柳嫣，眼睛也一熱。「對不起，阿嫣，我來晚了，讓妳受委屈了！」

柳嫣窩在穆廷懷裡，雙手摟著他的脖子，嗚嗚地哭了起來。

穆廷感覺到柳嫣的眼淚，順著他的脖子，流到他的胸口，那灼熱的淚燙得他的心一陣陣的疼。

他抱著柳嫣坐到一棵大樹下，把她緊緊摟在懷中，一邊吻著她的頭髮，一邊用手輕輕撫摸著她的後背，以此安撫她緊張的情緒。

他在她耳邊，一遍遍深情地輕喚著她的名字，讓她焦躁不安的心逐漸平靜下來。

這時路邊傳來胡老六的聲音。「老大，那三個人都抓住了！」

「帶回永平府，連夜審訊。」

「是！」

穆廷低頭看柳嫣。「阿嫣，我送妳回牛頭村。」

「不，」柳嫣把頭往穆廷身子裡又埋了埋。「我不要離開你，你去哪裡，我就去哪裡。」

「好，我帶妳回永平府。」穆廷也不想柳嫣離開他。他脫下外衣裹住她，抱著她上了馬。

柳嫣藏在穆廷的衣服下，雙手摟著他的腰，靠在他的懷裡，只想和他永遠相依相偎。

到了永平府府衙的後門，穆廷抱著柳嫣下了馬，柳嫣還是緊緊地摟著他的脖子不撒手。穆廷乾脆抱著她，在府衙內所有人驚訝的目光中，回到他的院子。

他一路把柳嫣抱到他的臥房裡，輕手輕腳地將她放到他的大床上，溫柔道：「阿嫣，妳先躺一會兒。」

「你要去哪裡？」柳嫣急忙拽住他的胳膊。

「我去拿水，給妳洗把臉。」穆廷愛憐地摸了摸柳嫣哭得像小花貓似的臉蛋。

柳嫣這才鬆了手。她在床上躺了一會兒，見穆廷還沒回來，就想起身去找他，這時就見穆廷端了一盆熱水進來。

穆廷見柳嫣坐在床上，眼巴巴地看著他，忙道：「現燒的水，妳等急了吧？」

柳嫣噘了嘴，點了點頭。

穆廷把水盆放到床邊，從盆裡絞了手巾；柳嫣直接揚起臉，這是示意他替她擦。

穆廷微微一笑，也真沒讓柳嫣動手，而是一手托起她的下巴，另一隻手輕輕地替她一點點擦去臉上的淚痕。

擦完臉，他又用手指給柳嫣攏了攏她鬢角的亂髮，然後重新洗了毛巾給她擦手。

柳嫣被熱水敷了臉，覺得臉乾淨了，頭腦也好像清楚了一些。

她看著坐在她身邊、拿手巾一根根給她擦著手指的穆廷，在心裡罵自己道：鮑岩啊鮑岩，怎麼到了這古代，妳就傻了呢？明明知道妳喜歡的這個古代人是個悶騷男，妳還非得按他想的，什麼十天之後的日期安排一切？不管了，這麼一個愛妳、疼妳的好男人，今天妳一定要把他拿下來！

想到這裡，柳嫣狠狠咬了自己的舌尖一下，立刻疼得眼淚汪汪的。

穆廷抬頭看柳嫣又要掉淚，忙放下手巾，摟著她的肩膀，著急道：「阿嫣，怎麼又哭了，是哪裡又不舒服了嗎？」

柳嫣哽咽。「穆大哥，我以後該怎麼辦啊？」

「怎麼了，發生什麼事了？阿嫣妳快說說！」

柳嫣便把趙天霸求親、韓母大鬧她家，還有今天發生在柳三姑家的事一股腦的都和穆廷說了。

「穆大哥，我如今沒了名聲，也沒人敢娶我了，我該怎麼辦？我不如剪了頭髮去做姑子吧！」說著摀著臉，作勢就要跳下床往外跑。

穆廷大急，一把將她扯進懷裡。「胡說什麼，當什麼姑子！我、我再過兩天就去找柳叔求親！」

等的就是你這句話。柳嫣摀住臉的手，狠狠捏了一下自己的嘴巴，壓住嘴角的笑。

她順勢坐在穆廷的腿上，放開手，摟上他的脖子，眨了眨淚濛濛的大眼，抽了抽鼻子。「穆大哥，你說的是真的嗎？你、你不嫌我是退過親的，你也不怕趙天霸？」

「阿嫣，前兩天我不是和妳說了，我十天之後就去找柳叔。妳不是已經明白我的心意，怎麼又胡思亂想了？」穆廷忍不住伸手捏了捏柳嫣的臉。

「可誰知道你會不會變卦？為什麼非得十天之後呢？明天不行嗎？」柳嫣撇了撇嘴，盯著穆廷的眼睛追問。

「阿嫣！」穆廷猶豫著不知該如何跟她解釋八字之事？

就見柳嫣了然一笑，拿鼻子蹭了蹭他的臉。「是不是八字不合的事？」

「妳……」穆廷睜大眼睛看著柳嫣。她竟然知道這事了，而她看上去竟一點也不在乎！

「你這個大笨蛋！」柳嫣像洩憤一樣，輕輕咬了穆廷挺直的鼻頭。「我是你要求娶的人！這樣的事，你為什麼不親口跟我說或問問我？你是從戰場上回來的人，要剋的也是被你殺死的那些人，而我呢，破了頭，也相當於重新活了一遍，這樣還有什麼八字不合？我呀，一直都覺得我們合得很，我們就是天生的一對！」

穆廷簡直狂喜。「阿嫣，妳真的不介意這件事？」

柳嫣像怕穆廷不信似的，堅定地點頭。「不介意，都說我們是天生一對了！」

穆廷高興的都不知道說什麼好了，只覺得心中的喜悅要破膛而出。他看著懷裡的柳嫣，看著她白嫩的肌膚、如水明眸、嬌俏鼻頭，最後他的目光還是不由自主地落在她如玫瑰花瓣的嫩唇上。

從前日他們分開後，這吐氣如蘭的紅唇就一直出現在他夢中……

恍惚間，他覺得柳嫣就像感知他所想的一般，他看著她摟著他的脖子，臉一點一點向他靠近，那姿勢和上回在高粱地裡竟是一模一樣，也是他夢中的情形……

她……她這是想幹什麼？穆廷身上的肌肉都不由得繃緊了。

柳嫣紅櫻桃般的朱唇離穆廷的唇不到半寸遠，她聽著穆廷越來越粗重的呼吸，忽然媚聲一笑，那聲音就像貓爪般狠狠撓了穆廷的心一下，弄得他的心又癢又麻。

他聽見她柔柔地問：「穆大哥，我想問你，你今年是不是二十四歲了？」

她怎麼停下來了？不再繼續了嗎？穆廷有些失望的點頭。

「別人像你這個年紀都當爹了！穆大哥，你身邊就從來沒有過女人嗎？我可聽說軍營裡有軍妓，你找過她們沒有？」

穆廷被柳嫣的話嚇了一跳，連忙搖頭。「沒有！」

「真的沒有？」柳嫣一臉懷疑，眼睛瞪得圓圓的。

「沒有。」穆廷語氣堅定，連連搖頭。

「那到了永平府，你去過煙花柳巷沒？」柳嫣在穆廷懷裡轉過身，跪坐在他腿上繼續逼問。

穆廷嚇得連聲道：「這些地方我都沒去過，阿嫣，我可以向妳發誓！」

柳嫣見穆廷臉色通紅，額頭都見了汗，輕聲笑道：「不必發誓了，我信你，這麼說，你到如今也從來沒有親過姑娘吧？」

穆廷忙搖頭。「從來沒有！」

終於，他看見柳嫣滿意地笑了。

柳嫣把額頭抵在穆廷的額頭上，聲音甜的都要滴出蜜來。「穆大哥，你怎麼那麼乖，我要怎麼獎勵你才好呢？你說你從來沒有親過嘴，不如今天我給你親一下，好不好？」

穆廷只覺得她的話如晴天霹靂一般，震得他一動不敢動，而他的心卻被她的話撩得無處安放了。

他到底要不要真的按照她說的去做？真的要親一下嗎？

就聽柳嫣頗帶嫌棄的又道：「不過你這大鬍子太扎人，你還是不要動了，我來親你吧！」

穆廷眼睜睜的看著柳嫣用一隻小手捂住他的下巴，然後她紅豔豔的唇便湊了過來，輕輕覆在了他的唇上……

柳嫣像吃棒棒糖似的，舔了一遍穆廷的唇，用舌抵開他的唇，在他的牙齒上來回刷了兩遍，但這不解風情的傢伙竟然緊緊咬著牙關。

柳嫣不滿地嚶嚀一聲，手狠狠掐了一把穆廷的腰眼。

就聽穆廷悶哼一聲，張開了嘴。

柳嫣的舌如願進到他的口中，拿舌尖去挑動他的舌，可他卻老老實實地不動彈，沒有絲毫反應。

真是一塊木頭，連接吻都不會，看來自己以後還需要好好調教一番，不過今日也算得償所願了。柳嫣戀戀不捨地微抬起頭，想退出來……

穆廷覺得自己像墜入夢中場景一般，夢裡，柳嫣也是這般用手臂緊勾著他的脖頸，她柔美的紅唇就這樣靠過來，吻上他的唇，軟軟的、甜甜的，就像他曾經吃過的紅櫻桃。

他感覺到她柔軟的舌尖輕輕舔他的唇，然後又像靈蛇般鑽進他的口中。

可他緊張地一直咬緊牙關，就怕驚擾了美夢。
他聽到阿嫣好像有些不滿的輕哼了下，她的手掐了他一把，穆廷便覺得那手彷彿點在他的湧泉穴上，讓他全身的氣血都翻湧起來。
他不由得哼了一聲，可就在他張開嘴的剎那，她的舌便靈巧地越過他的牙齒，觸到了他的舌上。
她輕咬、吸吮他的舌，這滋味竟是如此的銷魂……
這真的不是作夢吧？
他感覺到柳嫣的頭輕輕抬起，她的舌要從他嘴裡退出來。
夢就這樣結束了嗎？不可以，這是他的夢，他還要繼續……
穆廷抬起手，一把按住了柳嫣的頭，他的舌長驅直入，緊緊纏住剛才一直在他口中作亂的香舌。
這是從未有過的奇妙感覺。
她長長的睫毛顫抖著，如羽毛般輕輕翻飛在他的臉頰上。
她的唇溫軟甜潤，吻上去就讓他的心酥麻地縮成了一團。
柳嫣後悔了，她真不該撩撥一個吃素二十多年的大處男，他就像一隻餓了數月的老虎見到一隻美味的麋鹿一般，要把她吞入腹中。
她的舌根被他絞得又痛又麻，到最後連氣都喘不上來，可他還是死死按住她不放。
柳嫣拳打腳踢，百般掙扎，才連滾帶爬地從穆廷的懷裡掙脫出去，仰面躺在床上，大口大口呼吸新鮮空氣。

待她好不容易穩住心神，再看穆廷，這傢伙臉頰通紅，雙眼迷濛，張著嘴，呆愣愣地坐在那裡一動不動。

柳嫣恨得拿腳踹了他的胸口一下。

穆廷這才回過神，低頭看著躺在那裡、胸脯一起一伏的柳嫣，喉結忍不住滾了滾。

柳嫣見穆廷頭低了下來，眼睛裡又冒出狼一般的綠光，忙大叫一聲。「不行！」她從床上拽過枕頭，一把蒙在他的臉上。「不許你再幹壞事！」

穆廷猝不及防，臉被柳嫣手中的枕頭頂到了一邊。

柳嫣看著穆廷有些狼狽的樣子，咯咯笑了。

這一鬧，穆廷總算清醒了過來，他看著躺在床上笑靨如花的柳嫣。這世上怎麼會有這樣的女孩？有她在，這間一直冷清的屋子，一下子變得熱鬧、溫暖起來。

這是他以後的妻子，會陪著他一輩子永不分離的姑娘。

穆廷的心中湧起一股從未有過的柔情。他向柳嫣伸開雙臂，柳嫣警覺地看了他一眼，沒移動。

穆廷笑了，伸手撈起她，把她抱在懷裡，靜靜的不說話。

柳嫣感受到穆廷全身心對她的依戀，心頭也彷彿湧出一股熱流。

她側臉輕輕吻了吻穆廷的頭，也靜靜地靠在他的懷裡。

第四十四章　纏綿

有情人在一起時，時間好像都過得特別快，柳嫣是被自己肚子裡的咕咕聲喚回來的。

天全黑了下來，屋子裡面黑漆漆的，柳嫣推了推穆廷的頭，可憐兮兮道：「穆大哥，我餓了！」

穆廷如夢方醒。天色竟然這麼晚了。

他忙下地，點燃屋裡的蠟燭。「妳等一下，我去給妳拿飯。」

柳嫣忙道：「我去做飯吧！」

「不用，我院子裡有個婆子，負責打掃房間、做飯什麼的，剛才我交代過她。」

果然，一會兒穆廷便端著托盤進來，裡面放著米飯和兩大碗菜。

「飯還熱著呢！」穆廷把柳嫣抱下床，坐在桌邊，拿勺子給柳嫣餵飯。

柳嫣靠在穆廷懷裡。反正她現在只有十五歲，她家男人願意寵她，那她就裝一回飯來張口、衣來伸手的巨嬰吧。

柳嫣嬌嬌道：「你也別光餵我，你自己也吃吧！」

穆廷笑道：「妳先吃飽了，我再吃。」說著舀了一塊豆腐遞到她嘴邊。

柳嫣努努嘴。「我要吃肉！」

穆廷自己把豆腐吃下，給柳嫣挾了一塊肉。

柳嫣被她家男人餵得飽飽的，才從穆廷懷裡坐起身。「穆大哥，我吃飽了，我來餵你吧！」說著就要拿筷子。

穆廷親了柳嫣額頭一下。「妳今天累了，還是先躺著吧，下次妳再餵我。」

他把柳嫣抱著放回床上。柳嫣看穆廷三下五除二把剩下的飯食一掃而光，然後拿著茶壺和飯碗出去了。

一會兒，穆廷又端了一盆水和茶壺進來，他倒了一碗茶水，把已經有些睡意的柳嫣又抱起來，餵了她一口水。「洗完腳再睡吧！」

柳嫣這一天過得跌宕起伏，吃飽喝足就有些睏了，她撒嬌道：「嗯……懶得動彈，不想洗……」

穆廷笑著把她抱到床頭，拿枕頭墊著她的腰。「妳好好坐著，我幫妳洗。」說著蹲下身子，脫下柳嫣的襪子，就見襪子裡竟藏著一塊白布條。「這是什麼？」

柳嫣撩起眼皮看了一下。「被抓時，我從衣服上撕下來的，準備給你留個記號。」

穆廷看著手中的白布，忍不住把它緊緊握住。

他無比慶幸的是，他給柳家派去的是他手下最好的暗探之一，暗衛今天跟著柳嫣去了清遠縣，一直在暗中保護她。

柳嫣被劫持，暗衛一路跟隨，並放出聯絡信號，而他今天正帶著兄弟們在清遠縣附近調查最近女孩失蹤的案子。

也幸虧柳嫣用如廁的方法調走對方兩個人，暗衛得以弄壞對方的馬車，他才能及時趕到。

一想到如果他沒有把柳嫣救回來，柳嫣會經歷什麼，他的心便像被捏了一把，又疼又澀。他真的不能再把她放在外面了，所有的計劃都得提前。

穆廷挽起她的褲腳，把她的雙腳放在水裡，一邊幫她洗，一邊給她按摩穴道。

可是洗著洗著，穆廷便洗不下去了。

他用手掌托起柳嫣的玉足，那腳和他的手掌一樣大，放在手中，就像一件精美的玉雕似的。五根腳趾就像五片可愛的花瓣，指甲泛著健康的光澤；那皮膚被熱水一蒸，透著淡淡的粉色，摸上去像絲綢般細滑。

今日穆廷經歷了他人生中永難忘懷的初吻，此刻又看到他從沒看過的美足，他只覺得剛才接吻時那種奇妙的情感再次湧上心頭。

抑制不住的渴望，讓他想重溫剛才的美好。他忍不住抬頭去看柳嫣，才發現他的女孩竟然靠在那裡睡著了。

穆廷無奈一笑，重重的吸了口氣。沒辦法，等會兒只好練功來壓下慾念。

可是這樣想著，他的手卻怎麼也放不開那雙可愛的小腳丫。

最後他鬼使神差地低下頭，吻上它們，可僅僅是吻也無法表達他的喜愛。他張開嘴，用牙齒輕輕咬著那圓潤可愛的腳趾，就像幼童找到最可心的玩具。

睡夢中的柳嫣感到腳有些癢癢的，嚶嚀一聲，動了動腳趾頭，正好戳在穆廷的鼻頭上，他這才如夢初醒。

穆廷看著手中的美足，嘆了口氣。還是趕快成親吧，成親後他才能盡情的去把玩它們。

穆廷給柳嫣擦了腳，托著她的身子把她平放在床上，讓她躺得更舒服些。

他剛要撤回手臂，柳嫣就像感覺到他要走一般，閉著眼睛，伸手在空中亂摸。

他忙伸手握住她的手，柳嫣才安穩下來，死死地拽著他的手，臉枕在他的手上，才又沈睡了過去。

她今天一定是被嚇壞了。穆廷用另一隻手愛憐地摸摸她的頭，想了想，乾脆脫了鞋，上了床，靠在床頭邊，拿了被子替柳嫣蓋上，他自己則調息練功。

柳嫣以為昨天晚上受了驚嚇後一定會作惡夢，可她睡得很踏實，而且早上時，她還作了一個春夢。

夢中，她和穆廷在做臉紅心跳的事，在高粱地裡、在她的房間裡、在馬車上、在院子的樹下，他們的身子一直糾纏在一起，怎麼愛也愛不夠。

柳嫣睜開眼睛時，還覺得自己的心像揣了一隻小兔子似地跳啊跳，她感覺到身下湧出的春潮，拿手摀住熱熱的雙頰。

古代的女孩的確成熟得早，不過她這顆熟女心也的確按捺不住了。

她坐起身，外面已經天光大亮，屋裡不見穆廷的蹤跡，她向屋外叫了兩聲，沒人應答。

柳嫣坐不住了，跳下床就要去開門。

這時穆廷端著水盆走了進來，見到柳嫣，笑道：「醒了？」忽然一皺眉，放下水盆，上前抱起她，嘴裡埋怨道：「怎麼光著腳下地了，地上涼，小心肚子疼！」

柳嫣用手臂勾住他的脖頸，嬌嬌道：「人家沒看到你，著急了嘛！」

穆廷把柳嫣放在床上，蹲下身，用衣襟給她擦了腳，幫她穿上襪子，抬頭道：「阿嫣，等會兒吃過早飯，我讓胡老六送妳回牛頭村。」

柳嫣立刻皺眉，撲到穆廷身上，像八爪章魚抱住他，嘴裡嚷道：「我不走，我不要離開你！」

穆廷也伸手摟住她，吻了吻她的髮頂。「阿嫣，聽話，等我安排好事情，太陽下山前一定趕到牛頭村去和柳叔提親。」

「你今天就要和我爹提親？」柳嫣抬頭，驚喜地看著穆廷。

「嗯，今天晚上就和柳叔說。」

「那為什麼我們兩個不一塊走呢？就差半天，我等你一起走不就行了？」柳嫣不依。

穆廷看著她如花的臉龐，不由得嘆了一口氣。他如今是真的明白什麼叫做英雄難過美人關了。

柳嫣如果待在這裡，他根本就沒有心思去做別的事，只想就這樣抱著她、吻她、愛她……

他用手捧起柳嫣的臉。「阿嫣，乖，妳先回去，要不柳叔在家該著急了。我傍晚一定到，晚上就在家裡睡，聽話。」

柳嫣知道他事情忙，不得不答應了。

吃過早飯後，穆廷把柳嫣送出府衙後門。

柳嫣上了車，穆廷忍不住又掀開車簾。「阿嫣，在家等我，哪裡都不要去。」

柳嫣眨了眨大眼睛，聽話地點頭。

穆廷看著她乖巧的樣子，忍不住摸了摸她的臉。

胡老六偷眼看著這兩人難分難捨的樣子，忍不住咋舌。

昨天他跟著穆廷救人，看著他們老大一路抱著柳姑娘回到自己的院子，一夜都沒有出來。

如今看這如膠似漆的情形，昨天晚上肯定是吃乾抹淨、春風幾度了！不過老大這體格，也不知道柳姑娘能受得住嗎？

胡老六在心裡啐了一口。自己這是瞎操心，這麼漂亮的媳婦，老大還不知怎麼疼呢！

穆廷和柳嫣又纏綿了半盞茶的時間，才依依不捨地分開。

穆廷回到衙門，直接去了地牢，最後面的牢房裡關著昨天抓到的三個人。

穆廷問負責審訊的趙老四。「他們三個招了嗎？」

「都招了！」趙老四將供詞遞給他。

穆廷拿著供詞出了地牢，直奔汪柏林的書房。

一進屋，汪柏林故意睜大眼睛，笑道：「穆大人，今日怎麼還有心情到我這裡來？不用陪阿嫣姑娘了？」

穆廷臉一熱，不理會汪柏林的打趣，從懷裡掏出供詞。「大人，您看看吧！」

汪柏林看完後，氣得一拍桌子。「沒想到近日丟的這些女孩，竟是被趙天霸擄去送給了英王！」

穆廷亦是氣憤。「那邊的探子傳來消息，英王最近拜了一位天師學習道法，在當地就廣收處子為他練功，沒想到竟禍害到我們永平府！大人，您看此事如何處置？」

「英王勢大，這些還不足以扳倒他，不過他如果再繼續作惡下去，天道也不會放過他。這供詞也不能白費了，你派人送往金州府衙門，給李墨洪瞧瞧，讓他們收些手，不然我就將此事捅上去！」

「好，我這就去安排。不過，大人，屬下還有一事請求。」

「是要去柳家提親的事吧？也是，你昨天抱著柳姑娘回來，你嫂子知道了，今天早上還派人問過，讓你有時間趕快進去商量此事呢！」汪柏林笑道。

「大人，今日我就不去內宅了，今天晚上我會先去找柳叔提親，您再告訴嫂子請媒人正式上門提親的事，我明天回來會去麻煩嫂子。」

「這麼急？」汪柏林上下打量穆廷。「不等覺明大師的批語了？」

「阿嫣昨天已經說過她並不介意此事，所以只剩下柳叔那邊了。」說到這裡，穆廷嘴角不禁露出一絲甜蜜的笑容。

「哦，阿嫣姑娘竟然不介意，這倒是一個奇女子啊！」汪柏林讚嘆了句。

「不過，還得請大人模仿覺明大師寫一張批語出來，我好拿給柳叔看。」

汪柏林拿手點了點穆廷。「你這小子，倒是會物盡其用！」

汪柏林是大才之人，還與覺明大師是好友，寫這種批語是信手拈來。他鋪開紙，唰唰幾筆便寫好了，穆廷拿起來，吹乾紙上的墨，小心疊好放在懷裡就要走。

「哎，你手裡可有錢？去提親可要拿些好東西！」汪柏林叮囑。

「知道了。」穆廷應了一聲，出了門，心想該拿什麼好東西去看柳叔呢？杜仲最近得了幾支靈芝和山參，應該適合吧。

他腳一拐，直接往杜仲的院子走去。

進了屋，杜仲不在，穆廷直接打開百眼櫃找了起來。

他正翻找著，身後就傳來杜仲的聲音。「哎哎！幹什麼呢，這不請自拿，可是賊啊！」

穆廷懶得理他。「你的人參和靈芝呢？給我拿一些。」

「你要這個做什麼？怎麼，昨晚陽氣外洩，累著了，需要補一補？」杜仲一把抓住穆廷的手腕，號了號。「不對呀，這怎麼是肝火旺盛、陽盛陰虛之狀？按理說，昨晚你和阿嫣應該是陰陽調和啊！」

穆廷一把抽出手。「胡說什麼呢！你趕快找東西來，我要送給柳叔。」

「喲！」杜仲拿肩膀撞了穆廷一下。「沒想到你老穆還是柳下惠，坐懷不亂啊！」

穆廷瞪他。

杜仲連忙舉手。「好、好，我這就給你準備。」

杜仲也知道穆廷去柳家要做什麼，拿了兩個描金的黑漆匣子，分別裝上兩支上好的山參和靈芝遞給他。

接著又神秘兮兮地拿了兩樣東西，向穆廷擠眼道：「別說做兄弟的沒想到你，這對你可是極有用的！」

穆廷一看，竟是一本《辟火圖》，還有一個藥瓶。

杜仲低聲道：「這藥可解女子破瓜之痛，這圖你好好研究研究，別以後成親時，連入花的道都找不到……」

穆廷知道杜仲是好意，到底紅著臉，把兩樣東西帶回屋子，放進包袱裡。接著又到街上買了糕點，便一路策馬前往牛頭村。

黑玉似乎也感覺到主人急迫的心情，撒蹄狂奔，不到一個時辰，太陽剛剛西斜，便到了柳家。

第四十五章　提親

柳嫣上午到家後，柳成源便開始問東問西。

柳嫣從他的話中聽出了意思。「爹，是不是前天三姑找您提過我的親事？」

柳成源忙道：「妳姑姑提了，但我說要看妳的意思，並沒答應她。妳昨天去妳三姑家，她和妳說了嗎？」

柳嫣看了看她爹，覺得還是不要把昨天的事和她爹說，省得她爹鬧心，只簡單道：「說了，但我沒同意。」

柳成源嘆息。「沒同意就沒同意吧，大虎是個好孩子，但他爹那人就不好說了。」

咦？她爹怎麼看人還挺準呢！

柳成源看著女兒驚訝的目光。「他們是商人，商人重利，很多事都是鑽在錢眼裡的。」

柳嫣默默點頭。這點她爹說得沒錯。

不過她現在可沒心思和她爹說這些，她如今只嫌時間過得太慢，還有半天才能見到穆廷呢！

她盼啊盼，終於過了正午。

柳嫣忙打了水，回到屋子洗了頭、擦了身子，抹了上回在清遠縣買的護膚膏。

等梳妝打扮好，柳嫣看著鏡子裡的自己。膚白唇紅，杏眼含春，那麗色奪人的樣子，分明就是一個墜入情網的女孩。

柳嫣拿手捧住自己的臉，忍不住笑了。

太陽剛剛西斜，柳嫣就在院子裡開始踱步，一圈又一圈。

柳成源在屋裡忍不住問：「嫣兒，妳在院子裡幹什麼呢？」

柳嫣隨口道：「遛雞呢！」

轉到第九十九圈時，院門終於被敲響，柳嫣幾乎是撲過去打開門。門外站的果然是她盼了又盼的人。

柳嫣看著穆廷，飛快摀住自己的嘴，就怕尖叫聲會脫口而出——她的男人，竟然刮去他臉上亂糟糟的鬍鬚，露出他本來的樣貌。

柳嫣看著那稜角分明的俊臉，心臟激動得都要蹦出來。

穆廷看柳嫣直直盯著他，不由得拿手碰了碰自己的臉。他留了這麼多年的鬍子，就像臉上戴了面具，如今一下子摘下面具，心裡總是有些不自在。

可是如果不刮掉，阿嫣總說他的鬍子太扎人……

穆廷看著柳嫣，一頭黑髮竟編成了兩條新穎的大辮子，上面點綴著紅紅的小花苞，一張小臉粉嫩嫩的，大眼睛裡像蘊含一汪春水，波光瀲灩。

她笑盈盈地站在那裡，俏生生的，說不出來的好看。

兩人在門口傻站了一會兒，直到屋裡的柳成源大聲問：「誰來了？」

穆廷大聲回道：「柳叔，是我！」

柳嫣這才回過神來，忙讓開身子，讓穆廷牽著馬進院。

「小山子？」柳成源很是激動。「快進屋！」

穆廷應著，把馬栓好，剛一轉身，柳嫣就撲進他的懷裡，在他臉上猛親兩下，低聲笑道：「真帥！」

帥？什麼意思？看她高興的樣子，應該是在誇他吧！穆廷摸著被自己女人親紅了的臉，心裡甜得都要冒泡。看來這鬍子是刮對了……

柳嫣笑道：「傻子，快進屋吧！」反正今天有一晚上的時間呢。

柳嫣牽著穆廷的手進了屋，在東廂房門口才放開。「爹，穆大哥來了！」

柳成源從炕上坐起身，看著穆廷，眼睛又紅了。

穆廷連忙上前安慰。「柳叔，怎麼了？」

柳成源把這幾日發生的關於柳嫣親事的事一股腦地都說了，最後拉著穆廷的手，又流淚道：「小山子啊，你看嫣兒的命怎麼這麼苦啊，這以後可怎麼辦啊！叔是沒能耐的人，小山子你是當哥哥的，一定得幫幫我、幫幫嫣兒！」

一旁的柳嫣心裡憋笑。她爹說對了，小山子的確是哥哥，但是前面還得加一個字，是「情哥哥」。

就見穆廷給柳成源擦了擦眼淚，然後站起身，整理了下衣服，恭恭敬敬地跪在柳成源面前，磕了一個頭。

「小山子，你、你這是做什麼？」柳成源驚訝地問。

穆廷抬頭，誠懇道：「柳叔，今日您和我提了阿嫣妹妹的婚事，小山子不才，在這裡懇求您，希望您把阿嫣妹妹許給我為妻，小山子願一生一世照顧好阿嫣妹妹。」

「你、你、你說什麼？」柳成源驚訝，不禁懷疑自己的耳朵是不是出了什麼毛病？

穆廷又鄭重地磕了一個頭。「小山子求柳叔能把阿嫣妹妹嫁予我為妻。」

「你、你何時有了這樣的念頭？你和嫣兒……你們是不成的！」柳成源有些著急了。

「柳叔，如果您是擔心柳奶奶之前說的，我和阿嫣妹妹八字不合的事情，我這裡有覺明大師為我和妹妹批的八字。」穆廷從懷中取出一張紙，遞給柳成源。

柳成源狐疑地接過紙。「小山子，你怎麼會知道這件事？」

「當年在柳府，無意中聽到柳奶奶說的。」

「你這孩子，你……」柳成源到今天才明白，當年穆廷為什麼非得要去當兵，這分明是被他娘的話刺激到了。

柳成源展開紙，上面無非寫的就是「天作之合、美滿姻緣」等話。

柳成源嘆了一口氣，把紙遞還給穆廷。

穆廷忙道：「柳叔，過幾日覺明大師就會到永平府的金山寺修行，到時我給您引薦。」

柳成源搖頭。「覺明大師乃是大齊朝最有名的得道高僧，哪是我這等凡夫俗子可以見的？這批詞，我是相信的，出家人不打誑語，大師身分如此之高，不會騙我。」

柳成源盯著穆廷的臉：「不過，小山子，你來求親的事，可是真想清楚了？我們如今是罪臣家眷，而你是為朝廷做事的官，你要是娶了嫣兒，只怕會連累你。」

「柳叔，您切莫說這樣的話。小山子當年只是一個孤兒，如果沒有柳家收留我，我可能早就不在人世了，今天如果因為身分和地位，我就棄你們於不顧，那小山子枉稱為人！」

「小山子，叔明白，也知道你是個好孩子，但你如果因為要報恩而娶嫣兒，以後有一天真被我們連累了仕途，叔怕你會後悔啊！」

柳嫣在心裡翻了個白眼。這兩個人分明在雞同鴨講嘛！

穆廷也立刻反應過來，忙向柳成源又磕了一個頭。「柳叔，我想娶阿嫣妹妹並不是為了報恩，我是真的心悅阿嫣妹妹。我愛慕阿嫣妹妹已久，求柳叔成全！」

柳成源睜大眼睛，指著穆廷。「你真的喜歡嫣兒？這是什麼時候的事？」你這臭小子，可別告訴我，你十二歲時就惦記上我家嫣兒了！

穆廷忙解釋。「柳叔，當年在柳府，我真把嫣兒當成親妹妹疼愛，這些年在軍中，我也一直惦記著你們。這次回來，其實在牛頭山上我就先見到了阿嫣妹妹，我那時還不知道她的身分，就、就對阿嫣妹妹一見鍾情了！」

柳嫣聽到這裡，心裡美得都要唱歌了。她爹還真沒白問，竟然把穆廷的實話都問出來了。

柳嫣越想越甜，看著跪在地上的穆廷，越看越覺得她家男人真是好看，怎麼看都看不夠。

柳成源這才恍然大悟。這兩個孩子怕不是瞞著他，早就互相喜歡了吧？不然怎麼昨天女兒去了永平府，今天穆廷就來求親？

柳成源忙看向一旁的女兒，就見女兒嘴角含笑、含情脈脈的看著穆廷。

柳成源和自己的夫人也是有過刻骨銘心的愛戀，如何看不出女兒此時情根深種的模樣？

「這、這……」柳成源來回指著穆廷和柳嫣。「你、你們竟然瞞著我……」

柳嫣一看她爹這是生氣了，忙走上前，跪了下來。「爹，您別生氣，我和穆大哥也是昨天才說好的，今天穆大哥就來和您說了，我們沒有想瞞著您。爹，您看穆大哥都跪了這麼久了，您……您就讓他先起來吧，一家人，有話慢慢說吧！」

「一家人！」真是女大不中留，這還沒嫁過去呢，這心就開始向著自己的夫婿了。

柳成源沈下臉。「我和小山子說話，妳一個女孩家也不知道害羞，快回妳自己的屋子去！」

柳嫣不依。「爹，您還是快點答……」

穆廷忙拽了柳嫣衣襟一下，柳嫣側臉看他，穆廷拿眼神示意。乖，先出去，我和柳叔說。

柳嫣眨了眨眼睛。你能行嗎？

穆廷輕輕點頭。

柳嫣這才站起身，走出房間，但她哪能安心回屋，而是將耳朵靠在門邊。

柳成源看見女兒剛才和穆廷的眉眼官司，就知道他們兩個早就心心相映了。此刻他再看穆廷，已經不是把他當兒子，而是老丈人看女婿的挑剔眼神。

柳成源也知道穆廷是娶女兒的最好人選，可當成寶貝捧在手心十幾年的閨女，要被這個臭小子拐跑了，還是意不平啊！

不過看著老老實實跪在那裡的穆廷……唉，他這個當爹的，也不能做兒女之間的惡人。

他嘆了一口氣。「你先起來吧！」

穆廷驚喜地抬頭看著柳成源。「柳叔，您……」

「起來吧，我答應了。」柳成源終是吐了口。

穆廷狂喜，忙給柳成源磕了一個頭。「多謝柳叔！」

這時門外傳來柳嫣的歡呼聲。

柳成源不禁扶額。這個女兒也太不矜持了！

不過當著穆廷的面，他還是得給女兒找場子。「小山子，嫣兒比你小那麼多，性格還是有些天真爛漫，你以後可要多多包容她！」

穆廷點頭稱是。「柳叔，您放心吧，我一定會照顧好阿嫣的！」

柳成源又問穆廷關於正式提親，以及成親的一些事宜，見穆廷回答的頭頭是道，看來是深思熟慮過的，心裡很是滿意，臉上才露出笑容。「小山子，你做事，叔還是放心的。」

這時，就聽柳嫣在外面道：「爹，穆大哥還沒吃晚飯呢，讓他先吃飯，邊吃邊聊吧！」

唉，這個女兒啊……

柳成源對穆廷無奈一笑。「好了，你先吃飯吧！」

柳嫣把飯端了進來。她有心和穆廷多待一會兒，可她爹一直拿眼睛瞪她。

……這個頑固老頭。柳嫣不情不願地出了屋。

穆廷吃過飯，收拾了碗筷，拿到堂屋灶台邊，就見柳嫣蹲在灶台的黑影裡。

「阿嫣……」穆廷剛要叫她，就見柳嫣把食指放在唇邊，又指了指東廂房，示意他別說話。

穆廷忙住口，柳嫣又拉他衣袖，讓他蹲下來，在他耳邊小聲道：「今晚等爹睡了，你就來我屋裡，我等你。」

穆廷手一抖，手上的碗險些拿不住。

昨天他之所以與她同居一室，是因為她剛剛遇險，他為了照顧她，事出權宜。

今日在柳家，柳成源還在，他是真沒藉口去柳嫣的閨房，這太不符合禮法和他這麼多年來的認知了。

柳嫣也知道自己說的話，對穆廷來說肯定是三觀上的挑戰，可柳成源看得這麼緊，她到現在都沒和她家男人單獨親熱一會兒呢。明天穆廷就要走了，不抓緊晚上的時間怎麼行？

柳嫣也不給穆廷考慮的時間，她輕輕咬了下穆廷的耳朵。「你一定要過來，不然我以後就不理你了！」

說完站起身，躡手躡腳地回去自己的房間。

穆廷蹲在那裡，好半天都回不過神來。

他今晚到底要不要……

這時就聽屋裡的柳成源叫道：「小山子，你幹什麼呢？給我倒口水來！」

穆廷忙站起身，趕緊洗了碗筷，又給柳成源端了一碗水進去，伺候柳成源喝完。

此時天已經全黑了，穆廷點起蠟燭，又伺候柳成源洗漱。

柳成源看柳嫣在自己屋裡沒有動靜，心下滿意。這才像個大家閨秀嘛。

他沒叫柳嫣，就讓穆廷伺候著躺下了。穆廷洗完後，鋪好被褥，也躺了下來。

他想著柳嫣的話，腦子裡就像出現兩道聲音，一道嚴厲的命令「不能去」，另一道則嘻嘻笑說「我要去」。

這兩道聲音攪得穆廷的腦子都亂了。

今日許是穆廷來求親，讓柳成源頗為感慨，竟然睡不著了，絮絮叨叨地和穆廷說起許多往事。

穆廷這邊打起精神陪柳成源說話，心裡還想著柳嫣，真是倍感煎熬。

好不容易快到二更天，柳成源才睡著了。

穆廷正猶豫著，就聽柳嫣屋裡傳來重重的咳嗽聲，他想到她剛才說如果他不去，她就不再理他。

唉，反正他們馬上就要成親了，何苦惹她不開心呢？

想到這裡，穆廷坐起身，看了看柳成源，終抬手點了他的昏睡穴，心裡嘆息。

只這一下，他的節操便全無了……

第四十六章 約會

穆廷走出東廂房，推開西廂房的門，一進屋，藉著月光，就見一個窈窕的身影坐在炕上，耳邊是她的嬌嗔。

「你怎麼才來啊，人家都等了這麼半天了……」柳嫣跪起身，向他伸出手。

穆廷的腳就像踩了風火輪，一步就跨到了炕邊。

那嬌人兒一下子撲到他的懷裡，隨即送上紅唇。

穆廷覺得剛才所有的糾結都煙消雲散，懷裡是她柔軟的身子，嘴上是她甜如蜜的唇。

昨日酥麻銷魂的感覺，再次湧上心頭。他今日刮了鬍子，可以肆意地去吻她了……

只一會兒，柳嫣就承受不住了。這個傢伙還是這麼不管不顧的，她想移開臉，可他的大手緊緊箍著她的頭，讓她動彈不得。

柳嫣只好伸出手去拽他的頭髮，穆廷只覺得頭上一疼，不得不鬆開嘴，喘著粗氣，有些委屈道：「阿嫣……」

柳嫣聽出他語氣中的慾求不滿，拿手勾住他的脖子，在他懷裡扭了扭，輕輕啄著他的唇。「你輕點，人家都被你親疼了，你看都有些腫了呢！」

穆廷忙放輕力道，學著柳嫣的樣子，輕輕回啄她的唇，才發現這樣一下下的輕啄細吻，更有一番銷魂滋味。

穆廷到底是一個男人，有些技能是與生俱來的，而且他還受了軍營兄弟那麼長時間的夜話薰陶，今天臨來之前，也忍不住翻了翻杜仲給他的《辟火圖》，裡面的畫面，他當時沒有完全看懂，但此刻軟玉溫香在懷，便如醍醐灌頂，一下子開了竅。

這一回他放輕動作，一邊吻著柳嫣，一邊用心感受她的反應。來回幾次，便掌握了些技巧。

一遍、兩遍、三遍……由生澀變熟練，穆廷盡情挑逗著柳嫣的唇舌，感覺到她的身子越來越軟，像水一般融化在他的懷裡。

耳邊傳來她的嬌喘，那聲音彷彿是一張無形大網，緊緊纏住他，讓他也沒了力氣。

兩人糾纏著倒在了柳嫣鋪好被褥的炕上。

穆廷把柳嫣壓在身下，一遍遍地吻著，漸漸的，光是這樣吻著她的唇，好像也無法滿足。

他去咬柳嫣小巧的耳垂，可他才剛咬上，柳嫣便呻吟了一聲，穆廷像明白了什麼，用嘴裹住那耳垂，吸吮起來。

柳嫣被他吻得心癢難耐，她緊摟住他的脖子，在他耳邊呻吟道：「你這個大壞蛋……」

柳嫣在他懷裡，像蛇一般扭著身子蹭，她的雙腿纏上他的腰，小手伸進他的懷裡……

她的手在他背上劃過，穆廷就覺得一道白光隨著她的手指直衝到他的腦中。

他承受不住這種感覺，撐起身，一把抓住她作惡的手，乞求道：「阿嫣！」

柳嫣睜著霧濛濛的大眼，不滿道：「人家早就想摸了，我還要看，你知道嗎……」

穆廷聽柳嫣在他耳邊說著情話，她的每一句話都像一把火，將他的全身都點燃了。

柳嫣聽著他越來越粗重的呼吸聲，咬了下他的下巴。「不讓你吃虧，你也來摸摸我的吧！」說著便拿過穆廷的手，放在她隆起的胸脯上。

穆廷覺得自己的腦子都要炸開了，他顫抖著聲音。「阿嫣……」

真是個木頭，還不動手？柳嫣不禁向上挺了挺身子，他的手便扎扎實實地抓住那顆大團子。

穆廷隱約感覺自己一掌握不住，他揉搓了下，就像在捏一個剛出鍋的山東大饅頭。

他如今終於明白什麼叫做慾火焚身，他只想甩開身上所有的束縛。

剛才阿嫣說什麼？她說想看、想摸、想吻他身上每一塊肌理，那就給她看、給她摸、給他吻。

穆廷騎坐在柳嫣身上，一把扯開上衣，露出精壯的胸膛。

柳嫣被眼前的男模身材吸引的快要流口水，她雙手摸著那線條流暢的肌肉。這是她的男人，這些以後全都是她的了，她可以盡情地摸它們、吻它們、畫它們了……

穆廷見柳嫣雙手都覆在他的胸上，她的嘴裡發出像小貓咪吃到魚時滿足的嘆息聲。

穆廷的手慢慢伸進柳嫣的衣裡，終於攀上那兩座高挺的玉峰，滿手的滑膩香軟，讓他忍不住大力的揉搓起來。

「壞蛋，疼，輕些……」身下的柳嫣嬌啼聲聲。

穆廷抱著柳嫣轉了一圈，讓柳嫣坐在自己身上，眼前的嬌人兒頭髮披散，一半垂在胸前，她的衣襟已經敞開，露出胭脂紅的肚兜和一大片如凝脂般的肌膚。

他顫抖著手掀開肚兜，看到了他手中白嫩嫩的兩顆大桃子。

穆廷被眼前活色生香的畫面刺激的悶哼一聲，他猛地抬起頭，要去吃那熟透的仙桃，誰知柳嫣的炕不大，他剛才抱著她時就在床邊，這樣猛一抬身，兩人就一同栽到了炕下。

穆廷聽到柳嫣呼痛，所有的旖旎都嚇沒了，他連忙把柳嫣抱上炕，手摸上她的頭。「摔到哪？哪裡痛？」

柳嫣的頭重重磕在地上，疼得眼淚汪汪的，嘴裡不禁埋怨。「真討厭，那麼大力做什麼？磕到我的頭了……」

穆廷忙給柳嫣揉揉，嘴裡哄道：「都怨我、都怨我。」

揉了好一會兒，柳嫣的頭才不疼了。

經過這一摔，穆廷的腦子也清明了些。他不能再待下去了，今晚進來已是不合規矩，如今看來，他根本無法控制自己，可有些事情只能成親後再做，不然對阿嫣的閨譽不好。

穆廷攏起衣襟。「阿嫣，妳睡吧，我回去了。」

「剛才那麼大聲，不會把我爹給吵醒了吧？」柳嫣也有些擔心。

「不會，我點了柳叔的昏睡穴。」為了讓柳嫣安心，穆廷只好交代自己的「惡行」。

「什麼？你點了我爹的昏睡穴？」柳嫣驚訝，忍不住笑得癱軟在炕上。這個悶騷男啊……

「阿嫣！」穆廷聽著柳嫣的嬌笑，身上又開始發熱，他必須得走了。

「不許你走！」柳嫣從後面抱住穆廷的腰。

「阿嫣，我……」穆廷懇求。

「就是不許你走，我們說會兒話，你把我哄睡了才能走！」

……好吧！真是溫柔鄉、英雄塚。

穆廷又上了炕，雙膝盤坐，運了一回氣，才像抱孩子般把柳嫣抱在懷裡，手輕柔地拍著她的背，哄她睡覺。

柳嫣靠在他的懷裡，聽著他沈穩的心跳聲，只覺得無比溫馨、甜蜜。

「穆大哥，你真的不介意我訂過親的事嗎？那天在韓家，韓嬸子的話，你聽到了吧？」柳嫣用手指在穆廷胸口畫圈圈。

穆廷捉住柳嫣又要調皮的手指。「阿嫣，我是從戰場上回來的，看了太多的生死離別，能活著回來與心愛的人在一起，這是老天憐我，已經足夠了。有些事情妳不要胡思亂想，就算今日妳嫁過人，對我來說，都是世上獨一無二的寶貝。」

喲，她的男人開竅了，這情話說得太動聽了！柳嫣拿手摸了摸穆廷的下巴。「不是在哄我？」

「我怎麼會騙妳？我們裴家軍都鼓勵那些軍屬再嫁，活著的人只有活得更好，才有機會替死去的人留下希望。阿嫣，就是我們裴大將軍的夫人，都是二嫁呢！」

「那裴將軍呢？」

「裴將軍只娶過裴夫人一個。」

哇，這裴夫人好厲害，二嫁居然還能嫁給大齊朝的戰神。

「而且在邊關，對面的金人部落，有些至今還保留走婚的習俗。女孩家在嫁人之前，會相看兩、三位訂親的人選，然後在每家都住上一段時日，看覺得哪一個更適合，最後定下人選，所以邊關的民風要比這邊開放許多。」

婚前同居，而且不止一個同居人選，這古代人也挺猛的啊！

「不對！」柳嫣一下子從穆廷懷裡坐起身。「沒想到你挺開放的，之前你說你從未碰過別的姑娘，如今這麼說，是不是打了以後要納妾的主意啊？我告訴你，你要敢納妾，我就與你和離！還有什麼通房、外室、去花樓，通通都不許！」

穆廷哭笑不得。他為了開解柳嫣才說這些話，沒想到被她曲解成這樣。

不過看著她炸毛的嬌俏模樣，讓他忍不住咬了她的鼻頭一下。「又胡思亂想，這輩子我只有妳一個，一生一世一雙人。」

「真的？」柳嫣笑著用手環住穆廷的脖子。

「妳看我身邊的裴將軍、汪大人，都只和他們的夫人恩愛一生，我曾經無比羨慕他們身邊有這樣的人陪伴，如今我有了妳，我也會一樣守著妳一輩子！」

真是被這情話甜死了……

柳嫣就要去吻穆廷的唇，穆廷卻一側頭，用手捧住她的臉。「阿嫣，我要跟妳說，嫁給我，是有危險的！」

危險？什麼意思？

「阿嫣，妳知道嗎？裴夫人為了救裴將軍，被刺客一劍穿心；汪夫人那一身病，是因為奸細在汪大人的茶裡下了毒，卻被汪夫人喝了，如果不是杜仲在，這些年一直用藥維持著，汪夫人早就香消玉殞。遺憾的是，當年汪夫人有孕在身，他們的孩子沒有保住，以後可能也不會再有孩子了……

「還有，妳入獄、被劫，其實都不是妳的關係，是英王要拿妳來對付我，所以妳才遭了這麼多的罪。阿嫣，我本來不想連累妳，可是我真的不能沒有妳，妳會不會覺得我太自私，把妳拖了進來……」

穆廷屏住呼吸，有些害怕聽到柳嫣的回答。

柳嫣拍了穆廷的胸口一下。「放鬆些，我靠得都不舒服了。我就說嘛，發生了這麼多事，我還以為自己最近要去拜拜了呢，原來是因為你！既然你知道把我拖了進來，那就要對我好一些！」

「阿嫣，我一定會對妳好的！」穆廷緊摟住柳嫣。

「我信你。人總有一死，有的輕如鴻毛，有的重如泰山，我想裴夫人在替裴將軍擋那一劍時，一定是心甘情願的。能為自己所愛的人做一些事，甚至獻出生命，也是歡喜的吧。裴將軍也一定很愛裴夫人，才換得裴夫人的這片真心。穆大哥，你對我好，我就算受些罪也不在乎。」

「阿嫣……」穆廷低下頭吻著她。這個吻無關慾望，是他為自己的女孩獻出的承諾。他心甘情願臣服在她腳下，當她一輩子的護花使者。

天光漸亮，穆廷輕輕把懷裡睡熟的柳嫣放在炕上，下了地，輕手輕腳地出了西廂房。

他站在院中，看著漸白的天空中掛著的那彎殘月。他沒有告訴柳嫣，在裴夫人去世後，裴將軍立誓不再娶妻，直到去世，他的身邊再無其他女人。

他原本曾想過，若有一天他真的戰死沙場，他不希望柳嫣像裴將軍這樣孤孤單單地走完一生，他要柳嫣快快樂樂地活著，找到一個像他一樣愛她的人，生幾個孩子，偶爾會想著他就可以了。

可現在他不這麼想了，他要好好活著，盡他所能去保護好柳嫣和自己，他要和她白首一人，永不分離……

第二天早上，柳嫣又起晚了，不過她爹沒有催她，讓她睡到自然醒。

柳嫣躺在炕上，回想起昨晚的事，不禁拿被子摀著臉笑了。她坐起身，摸摸頭。昨晚磕到的地方已經不疼了，不過……胸脯和脖子怎麼會那麼疼？

柳嫣低頭一看，昨晚散亂的衣襟已經被穆廷繫得整整齊齊，她解開一角看去。怪不得她胸口痛呢，那兩個大桃子上，清晰地印著五個指印，旁邊的肌膚也青青紫紫的。

柳嫣忙拿過鏡子，脖子上有被穆廷吸出的紅印子。

柳嫣不禁哀嚎一聲。已經入夏了，大家穿的衣服都是敞口的，這麼一塊「大草莓」，讓她怎麼見人？

她磨磨蹭蹭地出了屋，迅速打了水、洗了臉，找了件低領的衣服，頭頂綰了個小髮髻，剩下的頭髮則披在肩上，勉強擋住印記。

等柳嫣再出來，柳成源看著她的眼睛瞟啊瞟的，沒好氣地道：「小山子去打水了。嫣兒，妳還沒成親，行為舉止得注意點，別讓人笑話了！」

「知道了，爹。我餓了，您吃飯沒？」柳嫣笑問。

柳成源看著她難得的開心笑容。這麼久了，他何曾看到女兒這樣笑過？看來女兒是打從心底喜歡小山子，唉，只要女兒高興就好吧！

想到這裡，柳成源臉上也露出笑容。「小山子一早就做好了飯，爹和他都吃完了，剩下的在灶上給妳熱著呢。嫣兒，以後妳和小山子成了親，可不能再像今天這樣。」

「爹，我知道了。」柳嫣忙打斷她爹的說教。「我去吃飯了！」

柳嫣到了堂屋，看著鍋裡的米飯和炒雞蛋，就直接站在灶台邊，拿筷子吃了起來。

剛吃了兩口，就見穆廷挑著水回來了。

水缸就在灶台邊，穆廷一進來，就見柳嫣咬著筷子，眼睛眨啊眨地看著他。

經過昨晚，兩人的情感相比之前是大不一樣了。

穆廷拎著水桶，看著柳嫣，不由得就笑了起來。經過柳嫣身邊時，他忽然伸頭，吻了她額頭一下，小聲道：「好好吃飯！」

柳嫣被他這個早安吻，弄得心裡美滋滋的。

她看穆廷彎腰往缸裡倒水，聽柳成源屋裡沒有動靜，便端著碗，一下子跳到穆廷背上。

穆廷不防，向前一衝，怕把柳嫣摔著了，忙回手摟住她，大掌恰巧放在她的翹臀上。

穆廷一怔，腦子裡忽然閃過兄弟們夜談的一句話——女人身上都是寶，每一樣都會讓你愛不釋手。

果然，掌下翹臀軟嫩有彈性，那舒服的手感，讓穆廷忍不住又大力揉搓了一下。

柳嫣在他耳邊嚶嚀了一聲，就聽屋裡傳來柳成源的一聲咳嗽，她忙從穆廷身上下來，可還是有些捨不得，便拿胸脯在穆廷的背上又蹭了兩下。

穆廷的身子明顯一僵，柳嫣笑著向轉過身來的穆廷吐了吐舌頭。

穆廷兩眼發光地看著她，忽然向她一挑眉，彎腰拿起斧頭道：「我去外面再劈些柴。」

劈柴？屋裡的柴火還夠燒啊！

柳嫣忙吃完飯、洗過碗，就想出去看看穆廷。

她剛走到門邊，看著院子裡的穆廷，差一點就被門檻給絆倒了。她忙一手扶住門框，一手摀住嘴，掩飾嘴裡的驚叫。

院子裡，穆廷竟然脫掉外衣，露出他穿衣顯瘦、脫衣有肉的上半身。

他身上那勻稱的肌肉，每一塊都隨著他劈柴的動作，展示著無窮的力量。

她一個學美術的，今日竟然見到活生生的古代大衛在院子裡劈柴。柳嫣只覺得雙腿發軟，如果不是倚著門框，她早就癱軟在地上了。

忽然，穆廷回頭向她一笑，柳嫣一愣，彷彿從那笑容裡聽到了一句話：怎麼樣，看到妳想要的了嗎？滿意嗎？

柳嫣想起昨晚她在穆廷耳邊說的那些情話，忙用手摀住差點脫口而出的笑意。她的悶騷男人竟然敢色誘她！

她轉了轉眼睛，扶著門框站起身，走回灶間倒了一碗水，端到院子裡，遞給穆廷。「穆大哥，你歇會兒，喝口水吧！」

穆廷看著她，笑著接過碗，就聽柳嫣道：「這天真熱！」說著一撩胸前的頭髮，露出她優美的脖頸。

穆廷清楚地看見雪白肌膚上的一顆「紅草莓」，一下子便反應過來，這是他昨天情不自禁吻出來的。

他拿碗的手一抖，碗裡的水便灑到了地上。

柳嫣可不管這水是灑在地上，嘴裡叫著：「穆大哥，水灑在身上了，快擦擦！」說著兩隻小手在他身上胡亂摸了幾把，又在他腰眼上狠狠擰了一下，看著穆廷疼得皺了眉，才放開手，笑著回屋。

穆廷看著柳嫣扭著腰、邁著小碎步往屋裡走的背影，才發現她的纖纖細腰和圓潤的翹臀，形成一道美麗的弧線。

真是美人殺人不用刀，斬將追魂全在腰啊！

穆廷一口喝光碗裡的水。不行，他得趕快回永平府，找汪夫人討論正式提親的事。至於婚期，就在這個月裡挑個吉日，他是真的等不了了……

第四十七章　訂親

穆廷穿了衣服，進了屋，和柳成源約定好，三天後正式上門求親。

柳成源心裡很是滿意，看穆廷的眼睛一直往柳嫣那屋瞧，如何不明白他的心思？算了，都是孩子。柳成源朝西屋喊了聲。「嫣兒，小山子要走了，妳替爹送送吧！」

算她爹有眼色。柳嫣咬著唇，把穆廷送到院門口。

柳嫣回頭看了一眼，他爹屋子的窗戶是半開的，應該看不到院門的情形，便摟住穆廷的脖子，踮腳親了上去，穆廷亦火熱回吻，兩人親得氣喘吁吁才分開。

穆廷一路策馬回到永平府，換了身衣服，洗了把臉，就去內宅找汪夫人。

汪夫人一見穆廷進來，笑問：「看來昨天柳家同意你的提親了？」

穆廷點頭。

汪夫人笑道：「我就知道能成，昨天都把禮單給你弄好了！」說著讓周嬤嬤把禮單拿過來。

穆廷看了這份禮單。汪夫人的確是費了心思，但最主要的就是成親日期。

汪夫人聽穆廷要本月成親，心想時間是不是有些緊？不過她看穆廷略帶扭捏的表情，和周嬤嬤互相笑看了一眼。

這清心寡慾了二十幾年，如今是老房子著火，再也等不得了。

汪夫人也不打趣穆廷了，笑道：「昨天我翻了翻黃曆，這個月二十八倒是個好日子，我再找人看看，如果沒有什麼問題，就定在那天可好？」

穆廷也知道婚期定得急，可如果再提前的話，安排的時間就太少了，便點頭同意了。

兩人又商量了些細節，坐了半個多時辰，穆廷謝過汪夫人，才出了內宅，回到自己的院子。

柳嫣送走穆廷後，一回屋，柳成源便和她討論訂親的事，像是女方該準備什麼、如何操辦？

他們兩個都不懂，怎麼也得請柳三姑過來，柳嫣便託趕車的周老蔫給柳三姑傳話。

沒想到第二天中午，柳三姑就坐著驢車來了，車上還拉了一大堆東西。

柳三姑趁柳成源沒注意，拉了柳嫣的手，掉淚道：「阿嫣，如今妳和小山子成親，姑姑也是高興的，咱們到底還是一家人！」

柳嫣看柳三姑帶來的都是女方給男方回禮用的油包、繡品。看來三姑姑是真的用了心。

柳三姑一來，柳嫣要訂親的事就在村裡傳開了，牛頭村的人知道柳嫣要嫁的人是穆廷，都羨慕不已。

這柳嫣退了親，居然還能嫁得這麼好。村裡人紛紛到柳家道喜。

只有隔壁的錢春花得了消息，在家摔了兩個碗。錢寡婦罵道：「妳這個敗家的，摔什麼碗！」

「娘，您看他們都要訂親了，這怎麼辦啊？」

「什麼怎麼辦？反正妳也沒想當小山子的正頭娘子，這柳嫣嫁給他，不更是近水樓臺，妳的機會不就多了嗎？」

「我才不要在柳嫣下面當妾呢！穆大哥娶誰都行，就是不能娶那個騷丫頭！您沒辦法，我自己想辦法！」說著，錢春花甩門出去了。

「妳這個死丫頭，妳可別胡來，妳要去哪！」錢寡婦看著錢春花的背影，忽然心裡一驚。女兒這身材明明已經……

錢春花一路去了牛頭山，在半山腰的林子裡等了許久，才看見柳耀宗一搖三晃的上了山。

「你怎麼才來啊？」錢春花掐著嗓子，扭著腰迎了上去。

柳耀宗伸手掐了一把她的大胸脯。「妳這個小浪蹄子，爺不是前天剛幹完妳嘛！怎麼，如今那裡又癢上了？」

錢春花抱著柳耀宗的胳膊。「爺，你聽說柳嫣那個賤丫頭要嫁給穆廷的事了嗎？你趕快想些辦法啊！」

「怎麼，妳還想著那個穆廷？」柳耀宗沈下臉，斜眼看著錢春花。

錢春花忙賠笑。「我如今心裡都是爺，哪裡還想著那個穆廷了！」說著伸手就去握柳耀宗那裡。「誰能趕上爺這裡的雄風啊！我就是看不慣柳嫣那個賤蹄子。爺，你不是讓我看著她嗎？上回不都把她弄進監獄了嘛，可又讓她出來了！本來想著那個姓韓的老婆子來，把她的名聲弄臭，可沒想到卻被穆廷給娶走了。爺，你不是也想弄她一回嗎，你就這麼放過她啊？」

柳耀宗扯開錢春花的衣襟。「要論賤，誰能賤過妳這個騷蹄子？這事爺自有辦法，不過得要妳娘幫個忙，今天晚上，妳給我留門，我去找妳娘說！」

「晚上到我家說？」錢春花立刻就明白了柳耀宗的意思。「爺，我一個伺候你不行嗎？我娘她……我們娘兩個，她不會答應的！」

「她有什麼不能答應的？妳當妳娘是黃花大閨女呢，爺上她，是給她面子，怎麼，她還敢不願意嗎？」柳耀宗聽他爹說過，錢寡婦在床上還是有點手段的，今晚正好與這騷娘倆玩個雙飛什麼的。

在柳耀宗狠狠的目光下，錢春花終於點了點頭。

入夜，錢寡婦家門一響，一道黑影進了院，不一會兒，燈影綽綽，忽然聽見錢寡婦一聲尖叫，接著一切便歸於平靜……

六月初六，宜納采。

天光剛亮，柳家人便早早起來了，柳三姑給柳成源換上她買來的新袍子，好好給他捯飭了一番。

柳成源這麼一打扮，原來那個美秀才的風采又隱約可見，看得柳三姑抹了一下眼圈。

對門的柳三嬸也帶了兩個姑娘來幫忙，柳三嬸幫柳嫣穿衣打扮，一個女兒幫著掃院子，一個往窗上和門上貼「喜」字，還有左鄰右舍也來幫忙，院子裡一片喜氣洋洋。

唯有錢寡婦家大門緊閉，柳三嬸在柳嫣耳邊輕聲道：「聽說那錢寡婦病了，好幾天都沒出屋了！」

病得好，省得在她眼前添堵。

柳嫣現在心裡想的，都是永平府那邊的人什麼時候才會到？

永平府那邊，胡老六等十幾個兄弟前一天也是沐浴淨面，一大早換上嶄新的官服，每一匹黑色駿馬的脖子上都掛上紅彩球，拉了滿滿三大車的聘禮，在府衙門口精神奕奕地等著。

汪夫人作為永平府知州夫人，辦親事當然是極有臉面的，請的是永平府有名的十全老者作為贊者，還請了兩名鄉紳名流同行，媒婆和吹鼓隊也都是永平府最好的。

吉時一到，鞭炮齊響，一行人熱熱鬧鬧的出了永平府，兩個時辰後，終於到了牛頭村。

柳三姑聽到敲鑼打鼓聲，笑著對柳成源道：「四弟，你聽，他們到了！」

柳嫣躲在自己的屋子，忍不住笑了。

村裡人都跑出來看熱鬧，一看那三大車聘禮、胡老六幾人威風凜凜的官差模樣，還有跟著的豪華大馬車，都讚嘆不已。

到了柳家門口，三個老者下了車，大家進了院子，十全老者代表男方唸了聘辭，遞出禮單。

媒婆一揮手，胡老六等人便把車上的聘禮抬了進來。

就聽媒婆大聲唱禮——（注）

四色糖各一盒：新人甜甜蜜蜜，白頭到老。

十二罈桂花酒：敬拜祖先，平安順遂。

一對鴨母：婚姻永固，一片祥和……

這些倒都是次要的，當媒婆唸到聘金一盒時，眾人就看著胡老六端著一盒子銀元寶進了院，看熱鬧的人是一陣驚呼。他們哪裡見過這麼多銀元寶？今天真是開眼了！

後面接著是一盒子金銀首飾、一盒子綢緞，以及一盒子衣裳。

柳成源看著院裡堆著的聘禮。經歷了柳家破敗、人情冷暖，今日女兒下聘還能有這樣的風光，他是感慨萬分。

旁邊的柳三姑忙拽了拽他的袖子，示意這場合可不能哭。

柳成源忙眨了眨眼睛，把淚意壓下去。

走完所有儀式，柳家人要到柳家祠堂去祭祖，里正和族長要陪著三位老者用飯，這三位老者笑著推辭道：「今日我們就不在這裡用飯了，還要趕回去與知州大人報喜，這幾位小兄弟就留在這裡跟著熱鬧吧，而且還有一個人也來了，雖然不太合規矩，但是今日咱們也不拘小節，就請他出來吧！」

是誰來了？柳嫣從窗縫裡往外瞄，就見穆廷大步走進院子，柳嫣的心都要高興的蹦出來了。

就聽老者道：「我們穆大人一直在村口等著呢！既然禮數已經走完，這穆大人也是柳家的一份子了。穆大人，還不快來拜見泰山大人！」

穆廷上前，面對柳成源，雙膝跪倒。「穆廷拜見岳父大人！」

柳成源忙扶起他。「都是一家人，就不要客氣了！」

按照規矩，訂親時，穆廷不應該出現，可這孩子連規矩都不講了，看來心早就飛到女兒身上了。

穆廷安排胡老六等人跟著里正去柳家祠堂大院吃了飯，他則送三位老者和媒婆等人出了村。

待屋裡只剩三人時，穆廷對柳成源道：「柳叔……」

旁邊的柳三姑笑道：「怎麼還叫柳叔？遲早都得改口！」

穆廷忙改口叫道：「爹！」

柳成源激動地紅了眼眶。「三姊，有沒有紅包啊？」

柳三姑笑道：「你真是高興的糊塗了，這改口的紅包是要成親那日才給，今天就是私下先叫著了。」

柳三姑又嘆了口氣，感慨道：「真是『不是一家人，不進一家門』，誰能想到小山子竟真成了我們柳家人？小時候，你和阿嫣就是要好，十幾年沒見，這感情也沒變，看來這姻緣都是天注定的！」說著也紅了眼眶。

穆廷忙道：「爹、三姑，我有事要和你們商量。」

注：一些內容借自網路。

柳成源兩人看向穆廷。「你說吧！」

穆廷道：「爹、三姑，我想三天之後，爹和阿嫣就去三姑家住幾天，然後再從三姑家去永平府。我在永平府租了宅院，以後我和阿嫣成了親，您就住在那宅子裡，離我和阿嫣還能近一些。」

柳成源納悶。「反正月底你們就成親了，還繞那麼大圈，搬來搬去的做什麼？」

穆廷解釋道：「就是因為婚期近，你們搬到永平府準備成親的物品也方便些，大家離得近，有什麼事也好商量。到三姑那裡住幾天，有什麼事情，三姑也會多指點阿嫣一些。」

柳三姑聽明白了穆廷的意思。如果弟弟直接從牛頭村搬去永平府，就怕有人會說柳成源沒能耐，被女婿養等閒話。從她家離開，一是她也算娘家人，也合規矩，二是到她家過渡一下，沒人盯著柳成源，也就少了閒話了。

柳三姑直接拍板。「行，穆廷也是打算好了，就按他說的辦吧！而且這麼多聘禮，今天這麼熱鬧，放在這沒得招賊了。」

柳成源聽見這話，緊張道：「那三姊，妳明天回家，就把值錢的帶到妳那裡放著，反正也要從妳那裡離開。」

柳三姑應了。

三人又說了一會兒話，柳三姑看穆廷一直往西屋那兒瞟，明顯有些坐不住了。

柳三姑便對柳成源道：「四弟啊，今天里正也來幫忙，如今還陪著小山子的兄弟喝酒呢，咱們也過去看看。小山子忙活這幾天，等會兒還要騎馬，就在家裡歇一會兒吧！」

柳成源知道自己三姊的意思，點點頭，不過嘴裡還是道：「小山子，那你就好好休息一會兒，我和你三姑等等就回來！」後面那句話加重了語氣。

……雖然給你小子一點面子，你小子也不能胡來。

穆廷心裡高興，面上卻絲毫不顯，忙施禮道：「謝謝爹和三姑體恤。」

穆廷送柳成源和柳三姑出了院，想了想，還是把院門用門栓門上。

他大步回了堂屋，一進屋，就見柳嫣已經笑吟吟地站在西廂房門口。

因為今日是訂親的好日子，柳嫣也用心打扮了一番，穿了水粉色的長裙，中間是同色的束腰，更襯得那細腰盈盈一握，體態苗條修長。

她的頭上盤了垂髻髻，插了朵大粉色的牡丹花，臉上抹了淡淡的胭脂，更顯她精緻的面頰膚色勝雪，豔光四射。

穆廷今日也是精心打扮過的，頭髮梳理的整整齊齊，插了支白玉簪，身上穿著一身深紫色的錦袍，襯托出他高大的身材和凜冽的氣勢。相較他本來不是黑就是灰的衣服，今日竟別有一番風流倜儻。

穆廷本想先與柳嫣交代幾句重要的事情，可兩人就這樣站著互看了幾秒，也不知道誰先主動的，不知不覺就抱在一起。

穆廷的唇在柳嫣的唇上流連著。這嬌人兒讓他牽腸掛肚，徹夜難寐，一閉上眼睛，腦子裡全是她。

他實在忍不住心裡的相思，今天便不顧規矩，跟著過來了。

不過也幸虧過來了，不然哪能看到如此美麗的她？

他一聲聲柔情地呢喃著：「阿嫣、阿嫣……」

柳嫣雙手摟住穆廷的脖子，可這樣踮腳與他親吻實在有些累，她便用腳環住他的腰，像隻大花貓似的掛在他身上。

穆廷下意識一手摟住她的腰，一手托著她的翹臀，把她抱得穩穩的。

柳嫣咬了他的唇一下，撒嬌道：「如今我們都訂親了，剛才我也聽見你叫我爹為爹了，那你現在還叫我阿嫣嗎？」

穆廷笑著回吻。「妳想讓我叫妳什麼？」

柳嫣嬌嗔。「這個還要人教？你自己想五個，想不出來，我打你屁股！」說完在穆廷身上蹭了蹭。「快叫嘛！」

穆廷看著柳嫣紅紅的小臉蛋和期待的眼神，又狠狠親了她一口。「嫣兒！」

柳嫣嗯了一聲，啄了他一口，還算滿意，以示獎勵。

穆廷再接再厲。「媳婦！」

柳嫣連啄兩口，嬌笑道：「還有三個，快點嘛，我要聽！」

穆廷腦袋裡閃過他這幾日看的話本子，便脫口而出。「娘子、大寶貝、我的親親小心肝！」一叫到最後一個，已是有些情動了。

柳嫣哪裡料想得到會從穆廷嘴裡聽到這些，簡直讓她心花怒放，狠狠親了穆廷兩口。

「那我也叫你五個。小山哥、廷哥哥、好哥哥、好相公、我的親親大寶貝。你喜歡哪一個？」

隨著柳嫣喊的每一個稱呼，穆廷的心就像掀起一波又一波的甜浪，讓他血脈賁張。他的大手在柳嫣的翹臀上使勁揉搓幾下，還是感到不滿足，不由得又狠狠掐了兩把。柳嫣的屁股被他的大掌掐得隱隱作痛，便咬了他下巴一口，哼哼撒嬌。「討厭，疼！」

穆廷的手這才放過她的臀，慢慢上移，來到纖細的腰肢。

他的手在腰上流連了一刻，才戀戀不捨地往上，來到兩座玉峰下。

他的呼吸急促起來，眼前又出現那夜他手中握著它們時的美景。

他們已經訂親了，她是他的娘子了，她身上的這些，他理所當然可以看一看了吧？阿嫣一定會同意的吧？

穆廷低頭看柳嫣，就見柳嫣閉著眼睛靠在他肩頭，她的雙睫微顫，面頰粉紅，嬌喘吁吁，就像是在無聲邀請。

穆廷一把扯開她的束腰，她的衣裳便散了開來。

今日柳嫣貪靚，為了突顯身材，裡面只穿了一件正紅色的戲水鴛鴦的肚兜。穆廷低下頭，用嘴咬開肚兜上的紅繩，兩顆大桃子便跳了出來。

眼前是肖想許久的美景，鼻端是馥郁芬芳，穆廷紅了眼睛，悶哼一聲，如一頭猛虎見到香肉，猛撲上去。

滿口的香甜柔綿，讓他怎麼吃也吃不夠！

小穆廷高昂起頭，穆廷抱著柳嫣，本能地前後律動起來。

夏日衣裳單薄，柳嫣雙腿盤在穆廷身上，清晰地感覺到穆廷的慾望。她睜眼看他，就見他眼底通紅，豆大的汗珠滾了下來。

看來今日他已經無法把持，必須得宣洩出來。

自己的男人還得自己疼，也不能眼睜睜的見他給憋壞了，可她爹也不知道什麼時候回來，真槍實幹是不可能了……

想到這裡，柳嫣的手鑽進穆廷的腰裡。

穆廷只覺得身體都要爆炸了，正不知該如何是好時，就感覺到柳嫣柔軟微涼的小手，像是聽到他內心的渴求，來到他的痛樂之源。

只是柳嫣左手換了右手，右手又換了左手，那大蘿蔔被她搓了一遍又一遍，卻絲毫沒有偃旗息鼓的意思。

她爹隨時都有可能回來，柳嫣心裡著急，咬了唇。算了，放殺招吧。

柳嫣放下腿，身子下滑，頭低了下去。

這動作讓穆廷腦子閃過他在《辟火圖》中看到的一幅圖，立刻明白柳嫣在做什麼，激動的身子都顫抖起來。

一股酥麻的感覺從柳嫣嘴裡一直傳到他的腰椎，直衝他的頭頂，他眼前白光閃過，大叫了聲。「嫣兒！」

柳嫣猛地向後一彈，一屁股坐在地上，她忙回頭向灶膛裡呸了兩口，緩了幾口氣，才軟手軟腳的爬起來，到水缸邊舀了水，洗淨臉上和頭髮上的白漿。

弄乾淨之後，她回頭看那罪魁禍首，就見穆廷雙眼迷濛，還靠在牆上喘著粗氣。

柳嫣的眼睛不由得瞄了瞄那裡。雖然她剛才親自感受過它的粗壯，不過現在再看，便想起了一句話：有能耐的真男人，那裡的本錢都是大的。

她男人雖已經鳴金收兵了，但依然十分雄壯。

柳嫣用手摀住發燙的臉蛋，拿腳踢了自己男人一下。「快些收拾，等會兒爹該回來了。」

穆廷長長吸了一口氣，整理好衣服，停了一息，溫柔地輕喚道：「嫣兒！」

第四十八章　陰謀

柳嫣回頭看穆廷，就見他已經收拾妥當，手裡拿著她的束腰，看著她笑。

她瞪了他一眼，到底是張開手臂，讓他為她整理衣服。

柳嫣剛要誇讚一下穆廷恢復得挺快，氣不喘、手也不抖了，就見剛幫她弄好衣服的穆廷，隨手就在她胸口大力揉了一下。

這還是她認識的那個悶騷男嗎？柳嫣咬唇，作勢抬手要打這耍流氓的傢伙。

穆廷笑著把她擁進懷裡，親了親她嫣紅的小嘴，溫柔道：「剛才都是我的錯，辛苦妳了。」

柳嫣靠在穆廷懷裡，支支吾吾道：「剛才那個是……是我之前在醫書上看過的。」

怎麼也得跟這個古代男解釋一下，她之所以會用嘴的原因。

穆廷拿手揉了揉柳嫣的背。「我知道。」

杜仲那裡有許多關於這方面的書，阿嫣之前說過她也學過醫，瞭解這些應該也正常，而且她也是為了他的身體著想。

「嫣兒，我剛才跟爹和三姑說了，三天後，妳和爹就搬到三姑家住幾天。」

柳嫣抬頭看穆廷，穆廷繼續說道：「我會派人到三姑家接你們，從那裡直接去山莊，我們就在山莊裡成親！」

她剛才在屋子裡，聽到穆廷和她爹說的是要到永平府新買的宅子成婚，怎麼變成在裴家軍的秘密山莊裡了？

穆廷看著柳嫣疑惑的目光，解釋道：「那山莊不宜讓三姑和爹知道，所以我就謊稱了一個宅子。嫣兒，在山莊成婚，可能會委屈妳一些，但是有李將軍和裴家軍的人在，會更安全。」

從穆廷的話中，柳嫣敏銳地察覺出一絲異樣。「小山哥，你們那邊又發生什麼事了嗎？」

他的嫣兒真是聰明。穆廷摸了摸柳嫣的頭。

「嫣兒，當今聖上從去年就一直病著，前些日子，杜仲的師傅馬神醫被召進宮給聖上瞧病，聽說聖上已經時日無多了。但如今的兩名皇子都年幼，恐難繼承大統，原太子因為謀逆之罪被貶為庶人，圈禁在皇陵中，之前外公溫閣老就受此事牽連而入獄，所以現在皇叔英王便蠢蠢欲動，我想他很快就會造反逼宮。」

「造反？那是不是又要打仗了？」柳嫣驚詫道。

「嗯，我想英王應該是忍不住了。嫣兒，這金州府也算是英王的老巢，他小舅子趙天霸在此經營多年，黨羽眾多，勢力頗大，而汪大人和裴將軍都算是原太子的人馬，故此趙天霸一定會想辦法對付汪大人。早年我在裴家軍也有些薄名，若要對付汪大人，第一個就得想法子除掉我。所以，嫣兒，這時候我們成親，是委屈了妳。」

「小山哥，不要這樣說，之前我們沒有訂親，他們也一樣拿我來對付你，早把我看作你的人了，如今我倒成了你的弱點。你放心，我都聽你的安排，不會拖你後腿的。」

「嫣兒，妳也不要太擔心，一切有我呢！」他的嫣兒怎麼會這麼好？他剛才還擔心告訴她後，她會害怕，沒想到她竟是這樣雲淡風輕。

「嗯，我知道。不過你如今已經不是一個人了，你有娘子，以後……」柳嫣摸了摸肚子。「以後還會有兒女，就算為了我們，你也一定要多加小心。」

穆廷把頭抵在柳嫣的額頭上，聲音暗啞道：「我知道，我一定會保護好妳、保護好我自己、保護好我們這個家！」

柳嫣吻了吻穆廷的唇。「你知道就好！」

「嫣兒，」穆廷從懷裡掏出龍鱗劍。「這把劍是當年裴將軍贈給我的，我從未離過身，今天我把它交給妳，妳一定要好好保存。」

「你怎麼能給我呢？你還是留著防身吧！」柳嫣上次見過這龍鱗劍，知道它是絕世寶劍，鋒利無比，而且便於攜藏，是防身的利器，穆廷比她更需要它。

「嫣兒，我手裡還有其他的寶劍，這劍給妳，就是想讓妳拿著它防身。妳要記著，一定要保管好。」

柳嫣猶豫。

穆廷溫柔笑道：「乖，讓妳拿著就拿著，我身上也就它最貴重，我就把它當成我們的訂親信物了！」

柳嫣接過龍鱗劍。「小山哥，你等一下，我也有東西要送給你！」

柳嫣回了屋，拿了東西，像獻寶一樣舉在穆廷面前。

穆廷心中一陣歡喜，忙拿了過來，是一只荷包、一方手帕還有一雙襪子。

他拿在手中，翻來覆去地看，嘴裡不住稱讚。「真好、真好！」

柳嫣得意。別以為只有司琴會繡荷包，原主柳嫣的繡工也非常好，而她在現代世界，也迷過一段時間的十字繡呢。

穆廷看那荷包是用綠色細布裁的，一面繡的是他和柳嫣兩人頭挨著頭、笑著的卡通圖像，可愛又生動。

另一面用金線繡了相公、娘子四個大字。

穆廷越看越喜愛，又拿起手帕。手帕是青色棉布做的，一角繡了幾塊奇石和一株楊柳，栩栩如生，也是配合他和柳嫣的名字，兩隻棉布襪子的襪筒上也繡了柳樹。

穆廷把它們小心地放在懷裡，抱住柳嫣，叮囑道：「嫣兒，這些都是極費眼睛的活兒，妳要照顧好眼睛。」

柳嫣笑著點頭。還是她家男人疼她。

正事談完了，兩人又抱在一起膩歪了一會兒，就見穆廷耳朵一豎。「好像是爹和三姑回來了。」

柳嫣聽了，放開穆廷，趕緊鑽進自己屋裡。

穆廷又整理了下身上的衣服，才快步走到門邊，打開院門。

果然，柳成源、柳三姑和胡老六等人正巧走到院門口。

穆廷忙道：「爹、三姑，我正要去接你們呢！」

胡老六跟隨穆廷多年，一眼便從穆廷的頭髮、眼角、嘴唇和衣服上看出些蹊蹺，心中暗暗咋舌。這訂了親的孤男寡女共處一室，乾柴烈火的，看來他們穆老大回去得好好補一補了。

穆廷見眾人都回來了，便向柳成源和柳三姑告辭，想了想，在眾人的目光下，走到柳嫣屋子的窗前，朗聲道：「嫣兒，我走了，過幾日我派妳認識的人來接妳！」

柳嫣在屋裡忍不住笑了。這傢伙一點都不避諱了。「好，我知道了，小山哥，你路上小心！」

穆廷一行人離開牛頭村，剛到永平府府衙，就有人跑了上來。

「穆大人，汪大人請您快點到書房，有急事相商！」

穆廷快步來到汪柏林的書房，就見汪柏林正在屋裡來回踱步。

見穆廷進來，汪柏林也不廢話，指著桌案上的信。「你快看看吧！」

穆廷看過信後，大怒，一掌拍碎一旁的茶几。「英王竟然知道裴老將軍去世之事，定是趙懷水那個叛賊告的密！」

汪柏林也是十分氣憤。「這英王要派人去挖老將軍的墓，將老將軍離世的消息昭告天下，以亂民心。好在老將軍就葬在咱們永平府的七星山裡，但那兒離老將軍的祖宅不遠，英王他們應該很快就會找到。小山子，還得你親自跑一趟了！」

「嗯，我帶著裴家軍的親衛隊過去，從這裡到七星山來回也要四天時間。大人，我和嫣兒約好，三天後要派人接她去清遠縣，此事還得麻煩您安排了。」

「好，我會派手下的四名侍衛去接，柳家那邊的暗衛也會多派幾個人，這事你就放心吧！」

穆廷與汪柏林商量好後，便帶著原裴家軍的親衛隊去了七星山。

柳家送走穆廷後，柳三姑也連住了兩天，如今也要走了。

柳嫣將穆廷的聘禮等物收拾好，放在柳三姑的驢車上，請她幫忙保管。

到了第三天下午，柳嫣的包袱都打點好了，左等右等卻不見穆廷的人來。

正著急時，就聽有人叫門。

柳嫣心中一喜，忙去開門，竟是錢寡婦披頭散髮地站在門外。

柳嫣皺眉。「妳來做什麼？」

錢寡婦咧著大嘴，嚎了一嗓子。「我找妳爹！」說著一屁股坐到門檻上，一拍大腿，嚎道：「柳成源，你這個遭天殺的，你就這麼走了，你有沒有良心啊！你有病，我伺候你，你不領情就算了，可我這身子早就是你的了，你當初還說要娶我，如今你吃乾抹淨，就想偷偷跑了，可憐我還像個傻子似的被蒙在鼓裡。柳成源，你給我出來，你今天不給我一個說法就別想走！」

柳嫣大怒。「錢寡婦，妳不要胡說八道，妳不要臉，我們柳家人還要臉呢！」

「我都沒臉了，還要什麼臉？柳成源，你快給我出來！」

錢寡婦這麼一鬧，村裡看熱鬧的人都圍了上來。

柳成源一出屋，就見他們家門口聚集了一堆人，錢寡婦正在那裡哭爹喊娘。

他氣得渾身發抖，臉色通紅，指著錢寡婦道：「妳這是胡說八道，不可理喻！」

錢寡婦從地上爬起來，哭道：「當初你哄我、摸我時，怎麼不這麼說？你今天必須給我一個交代！」

柳嫣看著錢寡婦，強壓怒火道：「妳說的這些，可有人證、物證？我爹從我娘過世後，就立誓不娶，多少媒婆上門給我爹說親，我爹都沒有答應，我爹連黃花大閨女都不要，怎麼可能看上妳這樣的人？我勸妳還是回家拿鏡子好好照一照，如果再敢胡說八道，誣衊我爹的清譽，我就去找里正，到官府去告妳！」

柳嫣的話音一落，看熱鬧的人就一陣哄笑。

「對呀，這錢寡婦也不照照鏡子，人家柳大哥可是讀書人，怎麼會看上她！」

「哈哈，這錢寡婦是想男人想瘋了吧！」

「不過，說不定這錢寡婦床上有兩手，把這柳大哥給拿下了呢！」

「喲，錢寡婦床上有兩手，你怎麼知道？難不成你和她上過？這種破鞋你也敢穿，哈哈哈……」

錢寡婦聽了眾人的話，就是那忒厚的臉皮，也覺得臊得慌，不過她想著前夜柳耀宗的話，便一狠心，一頭扎進柳嫣懷裡，開始撒潑。「你們父女兩個，如今不認帳，就是欺負我這孤兒寡母沒有靠山！」

柳嫣忙推她，可錢寡婦卻像狗皮膏藥一般，黏在她身上。

正大鬧時，有人喊道：「族長和里正來了！」

錢寡婦立刻放開柳嫣，跪在族長面前，哭道：「族長啊，你可得給我做主啊！這柳家人把我欺負完了就要走，我都是柳成源的人了，我以後可怎麼辦啊？我活不了了！」

柳成源看族長來了，也忙道：「族長，你來得正好，這錢寡婦血口噴人，你要還我清白啊！」

因為穆廷的關係，里正是向著柳家的，便皺眉道：「錢寡婦，妳說柳家人欺負妳，妳可有什麼證據？」

錢寡婦大哭。「這上了床的事，還要什麼證據？我一個婦道人家，連名聲都不要了，還能撒謊嗎？老天爺喲，你怎麼不睜開眼，劈了這不講良心的人！」

族長一聽，瞅著柳成源。「成源啊，這錢孀子跟你無冤無仇，她一個女人家這麼說，你就真的沒什麼可說的？」

柳嫣一聽，沈了臉。「族長，您這話說得就不對了，自古就是一句『捉賊捉贓，捉姦捉雙』，這段時間我們家對錢寡婦是什麼態度，左鄰右舍都看得很清楚，我爹根本都沒有和她接觸過，還談什麼別的？錢寡婦在我生病的時候，照顧過我和我爹，但我爹那時肋骨、大腿、手和胳膊都骨折了，如何能碰得了她？」

旁邊的人又是一陣哄笑。

「就是呀，以柳大哥的體格，還能動得了錢寡婦？錢寡婦就是一頭母牛啊！」

「哈哈，許是錢寡婦自己作夢，強上了柳大哥也有可能！」

這時人群中傳來錢春花的尖叫聲。「你們不是要證據嗎？我這裡就有證據！」

柳嫣見錢春花從人群中擠了過來，站在她面前，用手指著她。「柳嫣，你們老柳家就是男娼女盜，上梁不正下梁歪，你爹見我娘好性子，就欺負她。妳呢，裝成黃花大閨女，其實妳早就是殘花敗柳了，不知被人弄了多少回！」

柳嫣還沒答話，柳成源就紅著眼睛衝上來。「妳們欺負我好性子，不會打人是嗎？竟敢這麼說我的嫣兒，我柳成源今天就破了例，打妳這個賤人！」

柳成源像瘋了一般，舉手就要打錢春花。

錢春花忙往後躲。「柳家打人了！你們這是被我說中了，惱羞成怒了！」

柳嫣聽了錢春花的話，腦中忽然一閃。

錢春花大字不識一個，剛才她說的幾句話裡，竟然用了好幾個成語，這話一定是有人教她，她們娘倆這是有預謀的。

柳嫣心裡一驚，就聽錢春花又大叫道：「我說的都是真的，我親眼見過柳嫣和柳耀宗在牛頭山的林子裡做那種事！」

此話一出，眾人都驚呼了一聲，里正忙喝道：「錢春花，妳不要胡說，柳嫣可是剛訂親的人！」

錢春花大叫：「我沒胡說，我看到他們後，那柳耀宗為了堵我的嘴，給了我十兩銀子！

你們看！」

錢春花從懷裡掏出一錠銀子。

這下大家都有些驚疑了。這麼一大塊銀子，錢寡婦家肯定不會有的，所以真是柳耀宗給她的？那柳耀宗為什麼給她一錠銀子？

眾人忙都看向柳嫣，就見柳嫣冷冷一笑。「就憑這錠銀子，妳就敢胡說？妳怎麼不說妳和柳耀宗有些什麼事情，他才給妳這錢呢！」

錢春花看著柳嫣冷冷的目光。這死丫頭竟然猜出他們要做什麼了嗎？不過猜出來就猜出來吧，費了這些時日，今日一定得把這個死丫頭給踩死！

錢春花咬牙。「不信你們就去問柳耀宗！」

這時就見人群一分，柳耀宗晃著身子走了出來，跪倒在族長面前。「爺爺，不孝孫子耀宗求您可憐，成全了我和嫣兒妹妹吧！」

說著又轉身跪行到柳嫣面前。「嫣兒妹妹，我們的事既然被錢春花說破了，我也實在捨不得妳嫁給別人，妳也跪下來，求求爺爺吧！」

柳嫣剛要說話，就覺得頭一陣痛，她忙用手捂住腦袋，眼前似乎出現了一幅幅畫面。

族長大聲道：「你這個兔崽子，你到底在胡說什麼？你們都姓柳，而且柳嫣已經訂親了，怎麼能嫁給你?!」

「孫兒也是沒有辦法了，嫣兒妹妹已經是孫兒的人，孫兒真的不能沒有她！」柳耀宗也大聲辯解。

「你胡說！」柳嫣忽然捂著頭，痛苦地尖叫一聲。

「嫣兒妹妹，我怎會胡說？我這裡有妳送我的手帕，還有妳肩胛上有一顆紅痣，另外！」柳耀宗解開衣襟，露出肩頭上的傷疤。「這是妳情濃時撓的，妳的右小指都撓破了，也留了疤的！」

柳嫣眼前一幅幅畫面像走馬燈似閃過，她頭痛欲裂，大叫一聲，終於想起所有的一切……

第四十九章 涅槃

初春的午後，小柳嫣揹著竹簍上了牛頭山。家裡已經沒有米糧了，她只能上山找些吃的；還有她爹身上的傷，也沒錢再買藥了，她也不好意思去向別人借。聽對門的柳三嬸說，這山上有種叫蒲公英的草可以治病，她從柳三嬸那裡要了一根，準備挖一些回去給她爹用。

柳嫣邊走邊挖，竟意外挖到幾顆野山薯。這個當晚飯正好。她心裡高興，身上也有了力氣，不知不覺往密林深處走去。

柳嫣在一塊巨石旁，放下身上的竹筐，蹲下身子，專心在挖一叢蒲公英草。忽然有人從背後抱住她的腰，接著一張臭嘴就親在了她的脖子上，那人嘴裡胡亂叫著。「嫣兒寶貝，哥哥今天終於等到妳了！」

柳嫣聽到這人的聲音，便驚慌失措。

……柳耀宗！

自從她來到牛頭村，第一天便在村口的井邊見到了柳耀宗，他讓他的大白鵝上來咬她，她嚇得連水桶都掉進井中，四處躲避白鵝的攻擊，卻被柳耀宗乘機一把抱進懷裡，他還在她耳邊無恥的調笑，讓她晚上到小樹林等他。

她奮力掙扎，跑回了家，從那以後，她不會隨便出門，即使出門，也小心翼翼的。

可就是這樣，她還是被柳耀宗堵過四次。前三次，柳耀宗還嬉皮笑臉的動手動腳，給她財物，想誘惑她。

最後一次，他看柳嫣態度堅決，對他一臉厭惡，還說出她已經訂了親的話，便黑了臉，惡狠狠地道：「小爺看上的女人，沒人敢拒絕的，如今給妳臉不要臉，就別怪爺不客氣！」

柳嫣慌張地逃回家時，仍記得柳耀宗在她身後，如毒蛇般惡狠狠的目光。

今天她不得不出門找吃的，沒想到再次被柳耀宗給堵住了。

柳嫣在他懷裡奮力掙扎，嘴裡大聲喊道：「放開我！你放開我，來人啊！」

柳耀宗露出猙獰的笑。「爺等這機會已經等了很久了，嫣兒妹妹，妳就從了爺吧，爺一定會讓妳舒服的，不然再鬧下去，等會兒有妳疼的！」

柳嫣大哭道：「求求你了，你放開我，我是訂了親的，我有相公的，求求你了！」

「嫣兒妹妹，爺想妳想得都睡不著覺，妳就不要再想妳那個相公了，以後跟了爺，爺給妳穿金戴銀、吃香喝辣，讓妳舒舒服服的過日子！」

柳耀宗一邊說，一邊把柳嫣壓在地上，去解她的衣襟和腰帶。

柳嫣一邊猛力掙扎，一邊用手胡亂地去抓柳耀宗。

此時柳耀宗已經半解了衣裳，忽地他的肩頭被柳嫣狠狠一抓，疼得叫了聲，低頭一看，竟被柳嫣摳下一塊肉。

他大怒，抬手狠狠打了柳嫣一記耳光，嘴裡罵道：「妳這個死丫頭，還敢給爺裝什麼貞潔烈女？我告訴妳，這山高林密，是沒人會來的，今天爺就要好好幹死妳！」

說著，一手抓住柳嫣的雙手按在她的頭頂，一手扯開她身下的褻褲。

柳嫣被柳耀宗打得頭昏眼花，她到底是嬌弱的女子，怎麼能比得過柳耀宗的蠻力？她只覺得身上的力氣一點一點消失，眼淚如泉湧般流了出來。她還想掙扎，可柳耀宗已經坐在她的身上。

她聽到柳耀宗著急地罵道：「媽的，還亂動，怎麼這麼緊！」

她感到有硬物在她身下來回蹭著，蹭得她的花蕊都有些疼了。

有一次韓雲清情難自禁時，也曾用他那裡蹭過她，但是她當時羞得沒有答應。

難道今日她就要被柳耀宗這個畜生這麼玷汙了嗎？她以後還怎麼去見韓雲清、見她爹？怎麼苟活在這世上？

淚眼朦朧中，柳嫣側頭看見旁邊的巨石，有一角像竹筍一般立著。

這時柳耀宗因為一直入不了巷，見柳嫣停下身子，便放開她的手，一手扶住下面那話兒，一手去掰開柳嫣的雙腿。

趁他分神之際，柳嫣猛地推開柳耀宗，柳耀宗不防，從她身子上被推了下去。

柳嫣身子一輕，奮力爬起，向那塊巨石的岩角撞了過去！

柳耀宗罵罵咧咧的從地上爬起來，見柳嫣臉朝下，趴在巨石上一動不動。他一手拽起柳嫣的胳膊，將她翻了個身，不禁大吃一驚。

柳嫣的額頭被尖銳的石角撞出一個血窟窿，鮮血從傷口中汩汩流出，石頭上、柳嫣臉上和胸口上都是血。

柳耀宗也有些慌了，他哆嗦著手，去探柳嫣的鼻息，卻是沒了一點聲息。

他還是不甘心，把手放在柳嫣的心窩上，那裡已沒了跳動，且他清晰的感覺到，柳嫣的身子開始發涼了。

真的死了？

柳耀宗此時也有些害怕了，他玩過許多女人，最難纏的也就是給些錢物便能搞定，何曾出過人命？

他胡亂地整理好自己的衣服，又把柳嫣的衣服、褲子也弄整齊，再看看滿臉是血、一動不動的柳嫣，倉皇地逃下山去。

回到家後，他也不敢多待，收拾了些衣服，便去了金州府的舅舅家。

柳嫣的腦子裡閃過當日在山上的畫面，心裡再一次湧起憤恨、不甘的情緒，那是來自原主的情感。

她能感同身受小柳嫣離開這世界時，是多麼的悲傷、無助……

柳嫣看著面前惺惺作態的柳耀宗，憤怒席捲全身，她的頭像炸開一般，忍不住悲鳴。

「我殺了你——」

說著便衝向柳耀宗，雙手狠狠掐住了他的脖子。

柳耀宗被柳嫣掐得滿臉通紅，但仍深情款款道：「嫣兒妹妹，妳儘管要我的命去，能死在妳的手裡，我心甘情願！」

只是柳耀宗畢竟是族長的長孫，族長看自己的孫子被柳嫣掐得舌頭都吐了出來，心疼不已，忙指著柳嫣，喊道：「你們還不把她拉開，這是要出人命了！」

柳三嬸幾人與柳家關係好的忙上來抱住柳嫣，將她拉開。

族長指著柳耀宗。「你這個兔崽子，你到底說不說實話？你和柳嫣都是姓柳的，怎麼能做出這等沒有倫常、沒有羞恥的事！」

旁邊圍著的人一下子便聽出這是族長在袒護自家孫子，把人往外摘呢！

柳耀宗道：「孫兒哪裡敢違背倫常？但是嫣兒妹妹一次又一次找到孫兒，說家裡沒錢、日子苦等等，孫兒心軟，便給了她錢物。後來嫣兒妹妹說沒法還，還說我們雖然都姓柳，但已經出了五服，是沒有干係的，她願意給孫兒做妾，所以孫兒一時便控制不住，與她有了肌膚之親。

「後來她又說，她爹要把她嫁給穆廷，說和孫兒以後只能做露水夫妻，孫兒也同意了。不過今天孫兒與嫣兒妹妹的事被說了出來，孫兒若不出來把事情擔下，嫣兒妹妹不就沒了名聲，得被浸豬籠了嗎？」

浸豬籠！

他們這般費盡心思，如今終於把目的說了出來。

柳嫣的目光掃過錢寡婦、錢春花和柳耀宗的臉。她看到錢寡婦心虛的躲避、錢春花的色厲內荏，看到了柳耀宗眼裡的洋洋得意。

柳耀宗拿出她的手帕，那是她丟在金州大牢裡的。

柳耀宗說出她肩頭的紅痣，應該是韓母告訴他們的。

只這兩樣就讓她百口莫辯，足以把她拖進深淵。

不過這些事情，只有柳耀宗三人應該無法辦到，一定是金州府趙天霸的人在搗鬼，他們對付她，最終目的一定是穆廷。

她一定要冷靜下來，穆廷說要派人來接她，她一定要拖到穆廷的人來，事情才會有轉機。

這時，就聽錢春花又尖聲叫道：「大家都聽到了吧？是這柳嫣不要臉的勾引柳耀宗大哥，他們柳家還敢欺騙小山哥、欺負我娘，這種偷漢子、不守婦道的賤貨，按照族規就得給她浸豬籠。族長，您不能放過她啊！」

圍觀的人一陣譁然。村人都知道柳耀宗的德行，但他今日說得信誓旦旦，還拿出柳嫣的手帕、說出柳嫣的體徵，難道兩人真有了瓜葛？那可真是鮮花插在牛糞上！

錢春花聽到大家的議論，偷偷頂了頂她身邊的女孩，這裡面有幾個是她已經給過錢的。

那女孩就喊道：「如果不信，就讓人去看柳嫣的肩膀，如果她肩頭真有紅痣，那事情就是真的，這種蕩婦就該給她浸豬籠！」

她旁邊的人紛紛附和，看熱鬧的人此時都不敢再說話了。

族長開口了。「既然如此，柳嫣妳勾引耀宗，犯下淫蕩罪，按照族規，要沈塘以儆效尤，妳可有什麼話說？」

柳嫣腦子飛快轉著。她得想什麼方法拖延時間？

這時就聽身後的柳成源大喊一聲。「你們都住口！」

柳嫣回頭，就見她爹竟然拿了一把菜刀，站在院子中央。

柳成源舉著菜刀，指著錢寡婦和柳耀宗等人，悲憤道：「我柳成源讀了一輩子的書，一生謹記聖人之言，與人為善，從不出惡語，可沒想到今日你們竟如此欺辱我們父女兩個。各位街坊、族長、里正，我柳成源今日在此發誓，我如果與錢寡婦有半點非分的事情，就如我這手指一般！」

說著，揮起左手的菜刀，揚起自己的右手——

在柳嫣的驚叫聲中，柳成源手起刀落，三根手指便被生生砍飛！

錢寡婦看著飛到自己臉上的大拇指，尖叫一聲，昏了過去。

眾人看著這突然的一幕，也都驚呆了。

「爹！」柳嫣撲向柳成源。

柳成源卻用血肉模糊的手掌把柳嫣推到身後。他站在柳嫣身前，拿著菜刀指著剛才叫囂著說要沈塘的人，嘶聲道：「你們哪一個敢動我的女兒！今日除非殺了我，從我的屍體上跨過去，否則便是休想！」

院內、院外一片安靜，誰都沒有想到溫潤如玉的柳成源會如此爆發出來。

他手指鮮血滴落在地上，臉色慘白，身子搖搖欲墜，卻依然努力地擋在自己女兒身前。

柳嫣站在柳成源身後，看著他瘦弱的肩頭，淚如雨下。

在這女孩不值錢的朝代裡，她爹能這樣站出來保護她，是付出多大的勇氣與力量。

柳耀宗看著柳成源，心裡也有些慌。本來一切都按照他們的計劃，進展的很順利，馬上就可以釘死柳嫣了，可沒想到柳成源卻來了這麼一齣！

他看圍觀的人臉上都露出不忍之色，狠狠瞪了嚇得躲在人群中不敢說話的錢春花一眼。

他自己則往前跪走兩步，抱住族長的大腿，假嚎道：「爺爺呀，您不能把嫣兒妹妹給浸豬籠啊，嫣兒妹妹就是情難自禁喜歡我，才犯了錯的！」

族長心裡這個氣呀。本來按照族規，男方要受五十杖刑，收回名下田產，撤掉族譜中的名字，趕出村子，永遠不許回來。

他今日一直想法子替孫子逃避責罰，沒想到這傻小子還一個勁地往上貼，如今只能坐實是柳嫣主動勾引孫子，才能保住柳耀宗。

族長踹了柳耀宗一腳。「你這小子還敢胡說？父母之命，媒妁之言，婚姻之事哪裡輪得到小輩說話？什麼情難自禁，女孩家就要遵守女誡，貞靜賢淑，怎麼能幹出勾引你這少不經事的青年男子之事？雖然人不風流枉少年，但是你也得睜大眼睛看看，如今是世風日下，人心不古啊！」

有些看熱鬧的人不禁撇嘴。這族長做事有些不地道了，他家孫子是風流、少不經事，是被女方給勾引的，這樣不是明晃晃的把責任全部推到柳嫣身上嗎？

錢春花聽到族長這麼說，底氣也好像足了些，捅了捅身邊幾個女孩，七嘴八舌大聲道：「就是，族長說得對，這柳嫣就是狐狸精！」

「對，必須把柳嫣給沈塘！」

柳耀宗朝身後使了個眼色，村裡幾個和他臭味相投的狐朋狗友也擠了上來，嘴裡嚷道：「族長，這種蕩婦必須沈塘，否則傳出去，我們柳姓一族都跟著沒臉了。外人不知道內情，定會認為牛頭村是淫窩，大家家裡都有姊妹，她們以後還要不要嫁人了？」

「說得對，族長，今天必須抓了這淫婦，給大家一個交代！」

族長摸了摸稀疏的山羊鬍，對柳成源道：「成源啊，你看大家都這麼說了，如今人證、物證俱在，你們家柳嫣的確壞了族裡的規矩，今天不是你說不讓就不讓的事，這國有國法，家有家規，你必須給族裡一個交代。來人，把柳嫣給捆了！」

幾個人便如狼似虎的撲向柳嫣。

柳成源嘴裡叫道：「我跟你們拚了！」可是他流血過多，身上已經沒了力氣。

這時就見柳嫣一把奪過柳成源手中的菜刀，朝第一個衝向她的人猛砍過去。

那人一時不防，差點被柳嫣劈中面門，嚇得大叫一聲，坐在地上。

這幾人都沒想到柳嫣竟然會反抗，他們看著柳嫣手持菜刀、紅著眼睛的樣子，都嚇得不敢再上前了。

柳嫣拿著菜刀，指向族長。「族長，你說人證、物證都在，所以定了我的罪名，我倒要問問，人證在哪裡，物證又在哪裡？」

柳嫣又把菜刀指向錢春花。「她是人證嗎？焉不知她是不是在撒謊！要我說，她才是與柳耀宗勾結在一起的人，兩人狼狽為奸，給我潑髒水，她手裡的銀子就是柳耀宗收買她的錢！」

被柳嫣說中事實，錢春花心虛的看了看身邊的人，才想起要大聲反駁。「妳胡說！柳、柳耀宗為什麼要收買我？分明是妳……」

柳嫣大聲打斷她的話。「為什麼？因為妳一直嫉妒我的美貌，見錢眼開！因為柳耀宗一直貪圖我的美色，對我圖謀不軌，今日看我要嫁人了，便狗急跳牆，想出這樣誣衊我的方法！」

柳耀宗沒想到柳嫣會直接拆穿他們的陰謀，忙故作深情地叫道：「嫣兒妹妹……」

他的話還沒出口，柳嫣就狠狠啐了柳耀宗一口。

「呸，你不要叫我的名字，我覺得噁心！」柳嫣指著柳耀宗，譏笑道：「你也不撒泡尿照照自己，你一個柳藥豬、大種豬，連我小山哥哥的一根頭髮都比不上，我瞎了眼都不會看上你。

「我與小山哥從小青梅竹馬，一起長大，當年若不是小山哥要去當兵，我們早就訂親了，這次小山哥是特地回來找到我家，第一次來就向我爹求親了！我會看上你？你作你的春秋大夢吧！你三番五次調戲我，搶了我的帕子，還偷看我洗澡，今日竟然夥同錢寡婦一家來誣衊我們父女，族規要懲罰的應該是你們！」

柳嫣半真半假的話，說得在場的人都驚呆了。這劇情怎麼變成這樣？到底誰說的是真的？

柳耀宗沒想到柳嫣這時竟然沒有害怕，還說出這樣一番條理清晰的話來。

他看有些人臉上顯出認同的意思來，惱羞成怒道：「妳、妳胡說八道，我、我什麼時候偷看過妳洗澡！」

柳嫣大聲道：「就是半個月前的事情。你一更天進了我們家院子，後來被我爹打了出去。我們家念著族長的面子，沒有聲張，可你這柳藥豬卻不知悔改，竟然弄出淫婦的名頭來敗壞我的名聲，真是是可忍，孰不可忍！族長、里正，我在這裡請求你們捉了這顛倒黑白、胡說八道的柳耀宗和錢寡婦母女，還我柳家清白！」

柳嫣話一說完，柳耀宗就急了，從地上爬起來，指著柳嫣，氣急敗壞道：「妳這臭丫……」

他話一出口，就意識到不對，忙咬住了嘴唇。

柳嫣諷刺的笑了。「怎麼不裝深情了？如今被我戳穿了面皮，我便是臭丫頭，不是嫣兒妹妹了？」

柳嫣又轉頭面向人群。「大夥兒都看到了吧？你們仔細想想，錢寡婦一心想嫁進我們柳家，我爹根本看不上她；這柳耀宗一心占我便宜，我不甘，他們就弄了這麼一齣！的確是國有國法，家有家規，可這家規是在國法之下，若有人今日濫用族規，要置我父女於死地，我就是有一口氣在，也要告到官府，讓我夫君小山哥替我報仇！」

柳嫣這番話說完，外面的人又炸了鍋。是呀，柳嫣如今的夫婿穆廷可是吃官糧的人，這事如果真的如她所說，人家相公肯定得過來說道說道的！

這時錢春花不得不又跳出來，大哭道：「族長啊，柳嫣這是被我揭穿她的醜事，來報復我們家啊！可憐我沒有爹，就任她這麼欺負。族長啊、大夥兒啊，可得為我做主啊！」

那柳耀宗也擠出幾滴眼淚。「嫣兒妹妹，我知道妳是因為我不能娶妳為妻，對我因愛生恨才這麼說的。我不怪妳，妳心裡痛快就好！」

這一下圍觀的人是議論紛紛，說什麼的都有了。

里正看柳成源已經面白如紙，身子抖得不成樣子，這樣下去非得出人命，忙道：「大家都不要吵了，今天就到這裡吧，我和族長會把此事調查清楚，給大夥兒一個交代的！」

柳嫣聽了里正的話，心才稍稍放了下來。

這時又聽錢春花身邊的女孩叫嚷道：「里正，這可不行，今天如果算了，這柳嫣跑了怎麼辦？留下一堆臭名聲，我們還要不要嫁人！」

她旁邊幾人都喊道：「不能放過柳嫣，把她關起來！」

這時族長沈了臉。「好了，不要說了，今晚我會在祠堂的議事堂召開大會，和里正與族裡的幾位長者一起商量此事，會弄清楚一切的。在此之前，柳家父女、錢寡婦母女與柳耀宗都關在自己家裡，派人看管著，不許走動半分。」說著指了柳耀宗幾個狐朋狗友道：「你們幾個把柳家封了，負責看管他們父女，不許有半分差錯！」

說完又陰沈著臉瞅著柳嫣。「柳姑娘，這回妳沒什麼話可說了吧？」

此時柳嫣已經沒工夫和他說話，因為柳成源已經堅持不住了。

她忙扶著她爹回屋，找到杜仲上回留下來的紗布、藥和白酒，給他消毒、止血、包紮。

柳嫣看著被白酒刺激、疼得抖成一團的柳成源，眼淚一行行的流了下來。

柳成源勉強睜開眼睛，看著傷心不已的女兒，他的淚也不由得湧了上來。他雖然不通庶務，但也有讀書人的聰明腦子，雖然還想不到女兒遭受過什麼，但之前便明白他們父女兩個是被人算計了。

他用力抬起左手，顫巍巍的摸向柳嫣的臉。「嫣兒，是爹無能，讓妳受委屈了。不過妳別害怕，只要爹有一口氣在，就不會讓他們欺負妳……」

柳嫣抓住柳成源的手，把臉埋在他冰涼的手心裡。她心如刀絞，委屈、傷心、不捨，還有淡淡的幸福，所有情緒交織在一起。

那個可憐的女孩終於等到她爹這一句歉疚的話，等來她爹站在她身前，捨命保護她的那一刻。

「爹——」柳嫣放聲痛哭。這是小柳嫣一直流淌在她心中的淚。

第五十章 自救

待柳嫣給柳成源包紮好傷口，才發現她爹屋子的窗戶已經被人給封上了。

那幾個地痞凶神惡煞地進了屋。「你們兩個都去西屋，這屋子我們也要封了！」

柳嫣看著他們。好漢不吃眼前虧，如今不是和他們爭論的時候。

她忍著氣扶柳成源回到西屋，可還沒等她再回東屋拿柳成源的被褥等物，東屋的門就被這些人給封了。

其中一人指著柳嫣道：「妳這個死丫頭，今晚給爺老實點，妳要敢出什麼么蛾子，別怪爺不客氣！」

說完，這些人出了堂屋，直接反鎖堂屋的門，又把柳嫣西廂房的窗戶也封了。

柳嫣知道自己被軟禁了，好在堂屋裡還有食物和水，她忙生火熬粥，餵柳成源吃飯。

她雖然沒有胃口，但也要強迫自己吃，這樣才有體力應付明天的事。

她吃過飯，從箱子裡拿出穆廷送給她的龍鱗劍，想了想，脫掉褻褲，用紅繩把劍捆在自己的大腿內側，然後穿上褲子，再從外面套上裙子，便一點也看不出任何痕跡。

入夜，柳嫣坐在炕角，睜著眼睛看著門和窗戶。她不能睡，得時刻防備著柳耀宗這些人。

隨著時間的流逝，柳嫣心頭的希望之火一點點熄滅。穆廷那邊的人到現在沒有出現，一定是出事了，如今只能寄望柳三姑了。如果柳三姑看她和她爹沒有去清遠縣，應該會派人來看看，這樣才有希望把他們受困的消息傳出去。

不過柳嫣不知道，清遠縣「崔家米行」裡，柳三姑和崔大虎同樣被崔旺本分別關在一間黑屋子裡，軟禁起來。

半夜，柳嫣最擔心的事發生了。柳成源發起高燒，面色潮紅，呼吸急促，病情來勢洶洶。

柳嫣大急，忙敲門讓外面的人找大夫來，可是沒有任何人理睬她。她無奈，熬了些蒲公英藥草讓她爹灌了下去，又解開柳成源的衣襟，拿酒擦拭他的胸口、腋窩，用她能想到的所有物理方法給柳成源降溫。

可是柳成源一直高燒不退，到早上時，人已經昏迷不醒了！

柳嫣急得實在沒有辦法，打算掏出龍鱗劍去砍堂屋的門闖出去，這時門打開了。

先走進來的是族長和族裡的幾位長者，柳嫣一看跟在他們後面的男子，便是一愣。這不是前些日子，她在「崔家米行」祝壽時見過的那人嗎？

那男子見柳嫣直直盯著他，嘴角扯出一絲笑容，雙手一抱拳，聲音有種做作的醇厚。「柳姑娘，別來無恙啊！」

柳嫣看著他右手大拇指上那塊醒目的綠色扳指，心頭一跳，脫口而出。「趙天霸！」

趙天霸點頭一笑。「正是在下，柳姑娘的確是冰雪聰明！」

柳嫣已經從穆廷那裡知道這趙天霸的底細，今日見他現了身，便知道自己遭遇這所有的一切，定是這人在背後操縱的。

她不再理他，直接向族長著急道：「族長，我爹病勢沈重，必須找大夫給他看一看！」

族長沈著臉，看著柳嫣。「你們父女兩個這又是演什麼戲呢！」

柳嫣看族長的樣子、聽了他的話，心立刻一沈。她指著炕上已經昏迷的柳成源，激動道：「族長，你看我爹都成什麼樣子了，你哪隻眼睛看到我們是在演戲？一個快死了的人，他怎麼演戲！」

族長見柳嫣出口不遜，便要呵斥，旁邊一位上了年紀的柳家叔公攔住他，走到炕邊，摸了摸柳成源的頭，朝族長和另外兩個族裡的長者點了點頭。「成源的確病得不輕，必須得找大夫了。」

族長沈著臉。「那也得先把柳嫣給處置了！」

柳嫣心下冰涼。「處置我？為何要處置我？你們講不講道理！」

柳叔公嘆了口氣。「阿嫣姑娘，昨天我們和族長連夜審了妳和柳耀宗的事，阿嫣姑娘，妳說半個月前柳耀宗偷看妳洗澡，可村裡很多人都知道，那幾日柳耀宗去了金州府給他舅舅賀壽去了，妳實在不應該撒謊！」

柳嫣當時只是為了攪混水，拖延時間，才想出這樣一個說辭，沒想到被他們抓住了漏洞，一下子便被哽住了。

族長見柳嫣不說話了，便黑臉道：「柳嫣，妳這婦人簡直是蛇蠍心腸！勾引柳耀宗在前，此後還敢如此狡辯，如今真相大白，按照族規，必須把妳這種壞了心性的淫婦給處置了！」

柳嫣知道自己今天可能在劫難逃了，她看著族長。「你們想如何處置我？」

族長冷哼。「浸豬籠，沈塘！」

柳嫣咬牙。她會游泳，而且身上還帶著龍鱗劍，如果有一線希望用龍鱗劍弄開豬籠，她就可以潛水逃走。

可她即使能跑，柳成源該怎麼辦？

柳嫣也不看族長了，對柳叔公道：「叔公，對我，你們就是欲加之罪，何患無辭，可我爹卻是沒有什麼錯的，你們如果不趕快找大夫給他救治，就是我柳嫣今日一死，做鬼也不會放過你們！」

柳叔公忙擺手嘆氣。「妳這孩子，妳爹也是我們從小看到大的，我們怎麼會見死不救？定會找大夫給他醫治的。就是妳，今日也是有法子免去族規的處罰的。」

「免去處罰？」他們會放過自己？柳嫣半信半疑地看著柳叔公。

柳叔公焉能猜不出柳嫣的想法？他又嘆了一口氣。「阿嫣，叔公沒有騙妳，是這位金州趙老爺親自為妳求的情。他答應以妳的名義，賠償柳耀宗和錢嬸子母女各一百兩銀子，安撫住他們，每戶鄉親家裡各給一兩銀子作為封口費，然後再以柳家宗族的名義，在牛頭山上建一座山神廟，祈求山神保佑我們牛頭村的所有人家，還有重新修牛頭村的路等等，這樣族裡就不再處罰妳了！」

柳嫣看向趙天霸。昨天所有的一切都是他在搗鬼，把她逼入絕境後，今天他又裝好人出來救她，他到底在打什麼主意？

柳嫣冷笑一聲。「就不知趙老爺這般救我，是所謂何故？」

趙天霸一笑，對族長等人一拱手。「在下想和柳姑娘單獨說兩句話，還請各位行個方便。」

族長面對趙天霸，像換了一副面孔似的，滿臉堆笑。「趙老爺客氣了，您隨意，只不過這丫頭很是難纏，可能還要您多費些口舌。」

趙天霸微微點頭。「應該的。」

待這些人出去後，柳嫣冷冷看著趙天霸。

趙天霸不以為忤，笑道：「看來阿嫣是從別人嘴裡知道我趙某人，因而對我頗有敵意，但妳也是聰明人，今天咱們就打開天窗說亮話，我趙某人做這些，就是為了要娶阿嫣姑娘，想與阿嫣姑娘結一段美滿姻緣。」

「娶我？你費盡心思就是為了娶我？」

「當然是為了娶阿嫣姑娘。那日妳去韓家退親，我偶見阿嫣姑娘，便心生愛慕，第二日便派人到柳家來提親。可沒想到妳和妳爹對我誤會頗深，我給了那麼多聘禮，你們都不答應，所以趙某只有用這種法子了。」

柳嫣冷笑。「趙天霸，你不用在這裡假惺惺的做戲了，還心生愛慕？哼，真是笑話，我是訂了親的人，你覺得我會答應你嗎？」

趙天霸咋舌，用手中的摺扇挑起柳嫣的下巴。「唉，所以說，這女人如果太聰明就是無趣！」

柳嫣一把拍開他的摺扇。

趙天霸笑道：「不過，我還真挺喜歡妳這潑辣勁。也好，那我也說些實話，其實呢，妳今天受的這些，都與妳那未成親的夫君有關係。

「穆廷，呵呵，裴家軍第一勇士，得裴老將軍真傳、文武雙全，號稱『小戰神』、『賽閻羅』，好厲害啊，我最好的一位兄弟就死在他的手上，妳說，我是不是得找他報仇啊？不過這報仇也要講究方法的，對穆廷這樣一個根本不怕死的人，直接殺了他，是不是反而成全他所謂的英雄壯志？所以呢，我想來想去，還是把他沒過門的心愛夫人變成我的小妾，對他這樣的男人，才會是滅頂一擊吧！哈哈哈！」

柳嫣看著趙天霸得意洋洋的面孔。這樣一個擅使心計的人，真是陰毒無比，她怎麼可以讓她的愛人陷入那樣的境地？

柳嫣狠狠啐了一口。「呸！作你的千秋大夢吧，我就是死也不會嫁給你的！」

「嫣兒，妳這麼心思靈透的人，說死這種話就沒有意思了。」趙天霸臉上帶著輕鬆與愜意。「一，老爺我是憐香惜玉的人，怎麼能讓妳去死呢？二，妳即使死了，我也會讓人扒了妳的衣服，和柳藥豬那頭豬捆在一起，在這十里八鄉走一遭。妳說每個人指著妳罵淫婦、不要臉時，妳爹和穆廷的心情會是什麼樣呢？穆廷腦袋上那頂綠帽子，是不是這輩子永遠都摘不下來了呢？哈哈！」

「你——」柳嫣撲上去，狠命要去撓趙天霸的臉。

趙天霸一把將她推倒在地，用腳踩住，一手撬開她的嘴，一手從懷裡掏出一個瓷瓶，打開蓋子，將裡面的液體倒入柳嫣嘴裡。

柳嫣奮力掙扎，卻絲毫撼動不了。

……這個趙天霸竟然也是會武功的！

趙天霸捏著柳嫣的下巴，不知按了什麼穴道，柳嫣只覺得嘴一合，那液體便咽下了咽喉。

趙天霸鬆開柳嫣，柳嫣忙用手去摳喉嚨，想把東西吐出來。

趙天霸笑道：「妳就不用白費力氣了，這春水流是這世上最強的媚藥，只一口就可以讓最貞潔的烈婦變成蕩婦。妳喝那麼多，再過兩息，妳就會承受不住，來求老爺我的。妳說我把外面的那些男人叫進來，然後看著妳像狗一樣求他們幹妳可好？還有，妳也不用想著穆廷會來救妳，他派來接妳的人，還有這村子裡的暗衛，已經都被我的人抓住了！」

柳嫣驚恐地發現趙天霸並沒有說假話，她現在頭已經有些發暈，從她的腹部好像升起了一團火，讓她的身子越來越熱，她現在就想解開衣服涼快些。

她看著趙天霸一張一合的嘴，有種衝動想撲過去親吻他。

柳嫣的淚流了下來。她可以死，但卻不能這麼屈辱地去死。

終於，她哽咽道：「求求你，我不要，我答應給你做妾……」

趙天霸笑了。「妳早這麼聽話不就好了嗎？」說著從懷裡又掏出個瓷瓶，倒出一粒藥丸。「吃了吧，這是一半的解藥，另外一半，等妳老老實實的和老爺我拜完堂、成完親再給妳。」

趙天霸看著柳嫣吃下藥丸。他今天是不會給她另外一半的解藥的，他要看她在藥物的作用下，變成比妓女還要淫蕩的蕩婦，在他身下醜態百出、求著他，而且他還要讓所有參加婚禮的人都看到這一幕。

就不知道如今已經中了他的計、跑去七星山的穆廷，若運氣好，從他設的埋伏中逃脫，看到這一幕，會不會被活活氣死？

哈哈哈！想到這一切，他便開心不已！

柳嫣吃了趙天霸的解藥，停了片刻，果然覺得身上的熱度褪去許多，身上也有了些力氣。

她見趙天霸又從懷裡拿出一張紙，打開在她面前晃了晃，上面竟是她爹的字體，寫的是退親書！

趙天霸大笑。「我找人按照那本《西遊記》模仿妳爹的筆跡，寫了這退親書，妳說像不像？」

柳嫣看著趙天霸走到炕前，從懷裡拿出一塊印泥，執起柳成源的手指，在退親書上按下指印。

……這人不但心狠手辣，而且狡猾心細，實在是十分難對付，就是不知道穆廷如今怎麼樣了？

柳嫣從地上爬起來，就覺得身體痠軟、手足無力，晃了幾下才站穩。

趙天霸一笑。「這春水流除了是媚藥，還能洩人內力，所以我勸妳不要想跑，因為妳根本跑不上幾步，就會沒有力氣。如今妳真的想明白了？真的願意嫁給我為妾？」

柳嫣狀似恐懼的點了點頭，哆哆嗦嗦道：「我願意，可是我有條件，你……你必須找人給我爹治病。」

趙天霸滿意的點了點頭。「妳放心，我們成親後，妳爹不也是我的岳父？而且我留著他還有別的用處呢，我不會讓他死的，不過妳得乖乖聽話啊！」

柳嫣乖巧地點頭。「我一定聽話。」

趙天霸叫了族長等人進來，柳嫣當著他們的面，寫了與穆廷的退親書，以及自願與趙天霸為妾的婚書。族長等人作為見證人，簽了字、畫了押。

這時就有人上來抬柳成源去了東廂房。柳嫣見有大夫模樣的人真的給柳成源看病，才放心了些。

這時，就有兩個婆子捧著新衣進來，要伺候柳嫣梳妝打扮。

屋裡只剩下她和婆子三個人，柳嫣身上沒力氣，被兩個人擺弄著換了上衣。要換裙子時，就會看到龍鱗劍，這可怎麼辦？

柳嫣忽然身子一軟，滑坐到地上，那兩個婆子上來拽她。

柳嫣被她們從地上拽起來，嘴裡驚慌失措道：「你們不要拿我的銀子，我統共就這點錢了！」

銀子？那兩個婆子順著柳嫣的目光看去，地上的磚頭竟有一條縫隙。

其中一個婆子一把將柳嫣推到炕邊。「妳老實些！」

兩個婆子蹲下身，挪用磚頭，拿出裡面埋的瓦罐，打開一看，竟是銀票！還是五百兩呢，真是發財了。

柳嫣乘機抓起炕角的兩個瓷瓶，瓷瓶裡裝的是杜仲留下來的藥，是她昨晚給柳成源治病用的。

她打開塞子，一股腦地將裡面的藥都倒進嘴裡。這些藥都是清熱解毒的良藥，不知道對那個春水流的藥性管不管用？

等兩個婆子分完錢、把瓦罐重新埋進地裡，再看柳嫣，她已經自己穿好裙子、整理好衣物，正乖巧的坐在炕沿邊。

一個婆子走到柳嫣面前，嚇唬道：「妳自己私藏銀子，若被老爺知道，會打板子的。這錢我們兩個幫妳先收著，妳不要和別人說，以後回了府，我們兩個不但把錢還給妳，還會照應妳。」

柳嫣害怕道：「我不要被打板子，這錢我不要了，求兩位大娘以後在府裡多照應我！」

那兩個婆子滿意地點了點頭。這丫頭還是有點眼色的。

她們兩個又給柳嫣梳了頭、化了妝，穿戴好鳳冠霞帔，再一看上了妝的柳嫣，簡直是美豔不可方物。

兩婆子又互相看了一眼。這樣一個美人，說不定以後在趙府真的會受寵一段時間呢，今日還真不好太得罪於她。兩人對柳嫣便客氣了許多。

柳嫣被兩個婆子小心扶出了院子，就見院子外裡三層、外三層的圍滿了人。

柳嫣被兩個婆子扶上喜轎，一個婆子便拿繩子要捆柳嫣，柳嫣忙求饒道：「大娘，妳輕一些，我真的不會跑的，求妳了！」

那婆子沒吱聲，拿一塊布堵住柳嫣的嘴，不過到底把柳嫣的雙手反剪在身後，捆的時候並沒太使勁，只纏了幾道，也沒有捆柳嫣的腳，便下了轎子。

外面鼓樂響起，轎子抬起，一路吹吹打打出了牛頭村。

許是杜仲的藥真的起了幾分作用，柳嫣覺得自己的身子好像有了些力氣。她在現代時，常年練瑜伽和跆拳道，身體的柔韌度極佳，穿越到這裡後，也是每天晚上勤練。

她低下頭，抬起雙膝，輕鬆地用膝蓋夾出口中的布，然後抬起雙腿，外裙便滑到腰上，露出裡面的褻褲。

柳嫣身子往前弓，頭抵在大腿根，隔著褲子用嘴去咬綁著龍鱗劍的繩子，咬了幾下，終於咬開，龍鱗劍順著大腿滑到褲管下。她脫了鞋，用腳把龍鱗劍從褲管裡推出來，然後一點點的用腳拔出劍身，人也蹲了下去，背著身子，用手去蹭龍鱗劍。

她看不見身後的劍，只覺得那劍鋒一下下劃著她的肌膚，流出鮮血。她忍著鑽心的痛，繼續蹭著，終於，捆著的繩子被刀鋒給割開了。

柳嫣掙脫束縛，摘了鳳冠，脫下霞披，癱軟在轎子上，喘著氣休息了一會兒，攢了攢力氣，用龍鱗劍在轎身左右、後面各刺了一個小洞，向外看去。

轎子已經來到一個三岔口，一邊是往金州府，一邊是往永平府。

不過轎子剛要往金州的路上拐，迎面也來了一隊迎親的花轎，正好擋住他們的去路，趙天霸這邊便嚷著叫對方讓路。

柳嫣從後面的小洞裡看到，跟在轎子後面的小廝們都紛紛下了馬，擼胳膊、挽袖子的，擠到前面要去打對方的人。

她穩了穩怦怦亂跳的心，深吸一口氣，探身微微掀開轎簾，見守在轎門口的那兩個婆子，也都跑到轎子前面去看熱鬧了。

柳嫣迅速揭開轎簾，弓著身子，鑽出轎子，沿著轎子的一側跑到後面，上了一匹馬，往永平府的方向奔去。

後面兩個抬轎的轎夫也伸長脖子正在看熱鬧，眼角餘光就見一道紅色身影從身邊閃過，一個轎夫回頭一看，不可置信地叫道：「新娘子跑了！」

前面穿著新郎衣裳、坐在高頭大馬上的趙天霸，正要不耐煩地吩咐小廝們去打堵路的人，聽到轎夫的話，心忽然一跳，猛地回頭，就見柳嫣騎著馬，向永平府的方向跑去。

這怎麼可能？這個丫頭是怎麼跑出來的！

趙天霸只覺得氣血上湧，額頭青筋亂跳，他舉起手中的馬鞭，狠狠抽了自己馬下的小廝一鞭，嘴裡大喝：「快追！」說著便調轉馬頭追了上去。

他的小廝們也都大吃一驚，紛紛上馬追去。

第五十一章　報仇

柳嫣剛才從轎子裡跑出來，已經用盡身上的力氣，她趴在奔馳的馬背上，意識越來越模糊。

忽然，有支箭從她頭頂飛過，朦朧中，她聽見後面的人喊道：「快停下，不然我們就射箭了！」

……她不能停下，她要去找永平府，她要活著去見穆廷！

這時馬中了箭，嘶叫一聲，前蹄抬起，一下子便把柳嫣摔下去。

柳嫣重重摔到地上，又一支箭迎面向她的胸口射了過來，她卻已經沒有力氣躲開了。她的淚湧了上來。她真的逃不掉了嗎？

這時，就聽後面風聲響起，一支黑色羽箭從她耳邊劃過，直直對上前面的箭。兩支箭在空中相遇，箭尖相撞，迸出火花，噹的一聲，落在了柳嫣身前。

柳嫣猛地回頭，淚眼朦朧中，看到了一個熟悉的身影。

耳邊是馬蹄飛花，篤速有聲。

眼前是一身黑色戎裝的穆廷，右手持弓，左手搭箭，縱馬飛奔，疾風吹起他的衣袍，似飛鷹振翅，獵獵作響。

他由遠而近，宛如從他身後的朝陽，逐日而出……

柳嫣的淚洶湧而上。她終於等來了她的蓋世英雄……

黑玉如閃電般劃過，奔到柳嫣身邊，前蹄高高揚起，生生停住，穆廷從馬背上跳下，一把抱起坐在地上的柳嫣，將她緊緊摟在懷中。

柳嫣雙手摟住穆廷的脖子，把頭埋在他的肩頭。她緊咬牙關，不讓自己的淚再流下來，因為現在不是他們訴衷腸的時候，他們身後還有一群豺狼追了過來。

馬蹄紛雜，趙天霸帶著家丁趕了上來。

他看著眼前相擁的男女，眼睛瞇了瞇。沒想到穆廷真的逃脫了他設的圈套，不過以穆廷的能力，這倒是在他意料之中。

只是……他看著頭埋在穆廷懷中的柳嫣。這個死丫頭，真是長年打鷹，卻被雁啄了眼，竟然讓她在自己的眼皮底下逃了出來。

趙天霸咬了咬牙，臉上擠出一絲笑，拱手道：「穆大人，在下趙天霸，有禮了！」

柳嫣明顯感覺到穆廷的身上肌肉緊繃起來，她微抬起頭，看向穆廷，就見那張看到她從來都是帶著溫柔笑意的英俊面孔，面對著趙天霸，露出了幾許猙獰，那冷酷凶狠的目光就像一隻蓄勢待發的獵豹，狠狠盯著他的敵人。

趙天霸也是習武之人，他清楚感覺到穆廷身上的氣場像一道巨大的洪流，帶著回山倒海的力量，向自己席捲而來。

趙天霸身下的馬向後退了兩步。

穆廷淡淡開口：「趙員外多禮了。」

趙天霸一笑。「沒什麼多禮的，只不過穆大人懷裡抱著的，是在下剛剛新納的妾氏，還請大人把她還給我，在下還要趕回金州府拜堂成親呢，誤了吉時可就不好了。」說著拉長聲音。「嫣兒，還是乖乖聽話，趕快上轎，今晚爺還要和妳好好洞房呢！」

穆廷就覺懷裡的柳嫣身子一僵，耳邊傳來她如蚊蚋般的聲音。「小山哥，我還要去牛頭村救我爹！」

穆廷心中大怒。他在世上只有這兩個至親之人，這趙天霸處心積慮的對付他就算了，可他竟然敢這麼對嫣兒和柳叔，其心可誅！

穆廷冷笑。「趙員外，嫣兒乃是我訂了親未過門的夫人，不知與你有什麼瓜葛？」

趙天霸哈哈一笑。「穆大人，世事難料，昨日嫣兒和我的泰山大人已經寫了與你的退親書，而與我締結婚約。如今嫣兒是我第十八房小妾，我對嫣兒一見鍾情，必會好好疼愛她的。」

說著從懷裡掏出一張紙。「這就是嫣兒親手所寫的退親書。嫣兒，妳還不趕快回來，妳這麼不乖，惹了老爺生氣，可就不好了！」

穆廷眼厲，一眼便看出那退親書上，的確是柳嫣的字。

柳嫣細聲道：「是真的。」

穆廷霎時明白，這肯定是柳嫣被趙天霸威脅才寫下的。

可這確為嫣兒所書，此刻嫣兒逃婚，趙天霸的確有理由把她抓回去。

穆廷腦中想著對策，就聽趙天霸咄咄逼人道：「穆大人，你乃朝廷命官，身居高位，理應愛民如子，今日卻強抱在下的妾氏，侮辱草民在先，草民雖為一介凡夫，但也是有幾分骨氣，今日就是告到官府，與穆大人對峙公堂，草民也在所不惜！」

穆廷直視趙天霸。「嫣兒與我乃青梅竹馬，情投意合，前幾日剛剛訂親，這兩天穆某不在，便生出退親之事，很是蹊蹺，穆某一定要與嫣兒查清此事，以正視聽。」

趙天霸黑了臉，冷聲道：「穆大人這是說我在退親之事上做了手腳嗎？是不準備放回我的嫣兒了？士可殺不可辱，大人雖位高權重，可草民今日就是拚死，也要拿回屬於我的東西！」

就見他一揮手，他身後的幾個家丁便衝了出來。

穆廷見這幾人身材魁梧，太陽穴微鼓，出腳沈穩，便知之前聽聞趙天霸重金聘請了些江湖高手，應該就是這幾人了。

就聽這幾人道：「穆大人，我們華山五虎有禮了。我等並不想與大人兵戎相見，還請穆大人行個方便，還了我們如夫人回來。」

華山五虎？這怎麼那麼像金庸小說中武功高手的綽號？柳嫣心中一驚。

此時就聽馬嘶鳴鳴，胡老六等五、六個人騎馬趕了過來，接著跳下馬，圍在穆廷身邊。

柳嫣一眼便看到胡老六左臂上纏著繃帶，其他幾人身上也都帶了傷。

這時她才注意到，穆廷身上也帶著淡淡的血腥味。

他們這是經過一場大戰後趕過來的嗎？

胡老六抽刀在手，指著趙天霸罵道：「你這個奸佞小人，竟然出此下作的手段，侮辱我們裴將軍和穆大人，今日我要宰了你這個王八蛋！」

趙天霸冷笑道：「你們竟敢對趙某一再辱罵，雖然你們是官府之人，我也不會怕的。來人，上！」

趙天霸身後的家丁紛紛抽出刀，迎了上來，眼見一場械鬥一觸而發。

柳嫣心下著急。不行，她不能讓穆廷對上趙天霸！趙天霸處心積慮透過她來對付穆廷，今天穆廷他們都受了傷，對方還人多勢眾，有幾個還是武功高手，勝負難料。

最重要的是，這是因為她的婚約而爭鬥，穆廷被趙天霸的毒計所激怒，正好就中了他的圈套，而她也難逃紅顏禍水的名頭。

她說過，她不會當穆廷身上的弱點，她不能一次又一次讓敵人用她來對付她的愛人。

她要為他做些事，她要為那個小柳嫣做些事，她要砸碎趙天霸的如意算盤。

事情由她而始，那就由她而止吧！

柳嫣忽然大喝一聲。「住手！」

眾人一愣，見柳嫣輕輕掙脫穆廷的懷抱，向後幾步，向穆廷俯身一禮。「穆大人，民女和家父的確寫了與您的退親書，家父已經另將民女許配給趙天霸趙老爺，此事柳氏宗族的人都是見證，故此民女與穆大人再無瓜葛，民女今日將此事說清楚，便與穆大人一刀兩斷，還請穆大人不以民女為念。」

穆廷看著柳嫣，就是一愣。「嫣兒，妳……」

柳嫣沒有看他，轉身面向趙天霸，笑靨如花。「夫君！」

這丫頭是害怕了，還是又要搞什麼鬼？

趙天霸臉上堆出笑來。「愛妾這是又要做什麼？」

「夫君，你也說嫣兒是你的愛妾，是真心疼愛嫣兒。嫣兒雖然為妾，但是夫君的求娶儀式，卻是按照正妻的規矩，嫣兒心中感念夫君的真情真意，可是，」柳嫣的淚流了出來。「牛頭村柳耀宗等人對妾身的侮辱，妾身還歷歷在目，夫君對嫣兒一往情深，嫣兒卻不能為一己私利置夫君名聲於不顧，妾身被說淫婦無所謂，但不能給夫君戴上綠帽子。

「夫君，今日正好遇到了穆大人，妾身一家不管怎樣，都與穆大人有過恩情，妾身這就向穆大人伸冤，請穆大人為妾身做主，摘了您的綠帽子！」

趙天霸臉上的笑容一下子凝結了，他惡狠狠的看著柳嫣，面目猙獰滑稽。

柳嫣一轉身，跪在穆廷面前。「穆大人，您是永平府的巡檢使，民女今日得遇大人，民女受了不白之冤，還請大人為民女做主！」

在場的聰明人都明白柳嫣要做什麼了。

若穆廷與趙天霸為了柳嫣的婚約而發生衝突，穆廷身為朝廷命官，難逃仗勢欺人之名，若真的告到官府，穆廷肯定免不了罪責。

可如今柳嫣與穆廷劃清界限，現在柳嫣是以普通百姓的身分，向穆廷這個永平府的直轄官員告狀伸冤，趙天霸也就沒有理由往穆廷身上安罪名，而且以此為由，穆廷就可以名正言順的帶走柳嫣。

穆廷忙道：「柳氏，妳有什麼冤屈，儘管與本大人說來！」

「大人！」柳嫣的聲音如玉珠落盤，聲聲入耳。「民女狀告牛頭村柳耀宗色膽包天，強辱民女；狀告牛頭村錢寡婦母女誣陷我柳家父女，害我爹斷指以示清白。民女所說之話，句句屬實，民女願親往永平府公堂擊鼓鳴冤，還請大人為民女做主，洗脫民女的冤屈！」

柳叔竟然被他們逼得自斷手指?!

穆廷心痛難忍，虎目含淚。「好，本大人就受了妳這案子。來人，把這苦主帶往永平府府衙，請汪大人升堂審理此案！」

「慢著！」趙天霸叫道：「穆大人，沒有狀紙就這麼草率地受理案子，恐是不妥吧！」

「夫君！」柳嫣像唱戲般拉了長調。「妾身知道你心疼妾身，還想著今日成親之事，不過今天既然巧遇穆大人，擇日不如撞日，正好求穆大人正了妾身的名頭，摘了你的綠帽子。妾身為表心志，願意寫一份血書，作為狀紙！」

柳嫣從懷裡掏出龍鱗劍，割下一塊白色裡襟，她雙手被龍鱗劍割傷的地方還流著血，她便用手指蘸了自己的血，寫了「伸冤」兩個大字，再寫上自己的名字，雙手呈給穆廷。

穆廷看著柳嫣鮮血淋漓的手。剛才她的手藏在袖子裡，他竟沒有注意到；他身上此刻也帶著重傷，可都不及柳嫣的傷口讓他感到劇烈的疼。

穆廷接過血書，抬頭看著趙天霸，冷冷道：「趙員外還有什麼話嗎？本官這就要辦案了。來人，帶原告走！」

趙天霸咬牙。這個柳嫣真是詭計多端，一而再、再而三的破壞他的計劃，如今只能讓穆廷先帶走她了，否則他便是公然和官府作對。

柳嫣怕氣不死趙天霸似的，回頭看他。「夫君，你如此寵愛妾身，難道就不陪妾身去永平府公堂嗎？夫君還是與妾身一起同去吧！」

這個歹毒的女子，她剛才從懷裡拿出來像匕首般的短劍，應該就是穆廷那把赫赫有名的龍鱗劍了，就不知道她什麼時候藏在身上的？

現在她又來將自己一軍，她真以為他趙天霸不敢去永平府？

「愛妾既然這麼說，老爺我就陪妳走上這一遭！來人，拿轎子抬了如夫人！」

哦？這趙天霸還真敢來，看來他也是有著後手。

柳嫣和穆廷對視一眼，柳嫣忙道：「夫君，不用了，妾身就騎穆大人的這匹黑玉吧，牠可是妾身從小養的。」

趙天霸嘴角扯出一絲笑。「隨妳吧！」

柳嫣剛要上馬，就見穆廷走到她面前，從胡老六手裡接過繃帶和藥，小心翼翼地給她的手上了藥，包紮好。

柳嫣看著穆廷，忽然顫聲道：「小山哥，我……」

穆廷看著雙目含淚的柳嫣，她的臉上帶著義無反顧的決絕，就見她伸手摸了摸他的臉。

「你一定要好好的！」

穆廷心中升起一股莫名的不安，他看著柳嫣，想說些什麼，卻不知如何開口？

柳嫣卻不再看他，放下手，走到黑玉面前，摸了摸黑玉，苦笑了下。「小黑，我都沒有力氣爬到你身上了。」

穆廷剛要去扶她上馬，就見黑玉像聽懂她的話似的，四肢前屈，在眾人驚訝的目光下，臥倒在地。

柳嫣摸了摸只到自己腰部的黑玉的頭。「好孩子！」她努力抬腿，跨上黑玉的背，黑玉等柳嫣坐好，才站了起來。

一行人快馬加鞭，過了半個多時辰，就到了永平府的府衙。

眾人在府衙門口下馬，黑玉雖然還是臥倒在地，但柳嫣身上已經沒有什麼力氣，下馬時，身體搖晃，險些栽倒。

穆廷忙上前抱住她，柳嫣在他懷裡深吸一口氣，鼓足所有力氣，輕輕推開他。「穆大人，民女要去擊鼓鳴冤！」

穆廷看著柳嫣強撐身子，一步步走到「申明亭」裡，拿起鼓槌，奮力敲響大鼓。

鼓聲響起，府衙大門四開，威武之聲，肅穆森嚴。

汪柏林身穿官服，端坐公堂之上，案前放著柳嫣的血書。

「堂下所跪何人，有何冤屈！」儘管穆廷剛才已經派人告訴他一些事情，可當汪柏林看到跪在大堂中央、面色蒼白的柳嫣，心中止不住一陣悲憤。

這英王與趙天霸，簡直欺人太甚！

柳嫣向上磕了一個頭。「民女為永平府牛頭村柳氏，今日狀告牛頭村柳耀宗等人欺辱民女一事。」

「妳儘管說來，本官一定會為妳做主！」

柳嫣又磕了一個頭，她聲音微顫，卻字字清晰，將那日在牛頭山被柳耀宗強辱一事說了出來。

大堂一片安靜，只有她的聲音迴盪在空中，以致於公堂上的所有人，連帶衙門口的老百姓，都聽得清清楚楚。

隨著講述，柳嫣的淚一滴滴落在地上。

她說的每一句話，都像一把最鋒利的刀子，重新割開自己心上的傷疤，把那血淋淋的傷口，呈現給所有人。

這樣醜陋的一幕、這樣被侮辱的事實，即使是在她原來的世界裡，很多受害者因為不願意面對世人各種異樣的眼光、不想成為別人談論的話題，而選擇寧事息人，或是遠走他鄉。

今天，她在這女子名節大於天的古代，選擇在這永平府的公堂上，把它說了出來。

柳嫣努力控制自己不去看站在公案下的穆廷。她知道，對穆廷、對她的親人而言，她的每一句話不亞於一把刀去挖他們身上的血肉。

可不管以後她將受到什麼樣的煎熬，她和穆廷還有沒有未來，她都要忍著痛，走上這條路。

因為她要替那個可憐的女孩報仇！

只有這樣，才能讓枉死的小柳嫣那孤寂的靈魂，得到永遠的安寧……

第五十二章　公堂

穆廷看著柳嫣垂淚，述說著她永遠都不願意再想起的那一幕。

她說的每一字都像一把錐子，扎在他的心口，一下又一下，字字誅心。

一旁的胡老六忙要去扶身子都有些搖晃的穆廷。他們幾人從趙天霸設的埋伏中殺出來時，穆廷的胸口受了重傷，但穆廷得知柳嫣遇險的消息，帶著傷，兩天一夜都沒有合眼，快馬趕到牛頭村，才得以救了柳嫣。

對穆廷來說，身上受傷是家常便飯，他挺得過，但他未過門的愛妻受到如此大的侮辱，對他這樣一個頂天立地的男兒，如何去面對、去接受？

穆廷推開胡老六扶著他的手，目光凝聚在公堂中央那抹紅色的身影上。

她流下的每一滴淚，都像是對他的無聲指責。看，你就是這樣保護你發誓要一生守護的人！

他在她最需要他的時刻，沒有陪伴在她身邊，此刻他所能做的，就是站在這裡，陪著她一起疼、一起痛……

柳嫣講完所有的一切，向上磕了個頭。「求大人為民女做主！」

汪柏林望著下面這個嬌弱的女孩。是什麼樣的力量，支撐她說完所有的一切？

他怒拍驚堂木，從籤筒中擲出兩枚令籤。「來人，到牛頭村提柳耀宗、錢氏母女等三名疑犯到本府過堂！」

柳嫣再磕頭。「大人，民女還要狀告一人！」說完回頭，看向正站在公堂門口的趙天霸。

趙天霸迎向柳嫣冰冷的目光，心中著實震驚不已。這個女人竟然真的當著這麼多人面，將柳耀宗告上了公堂。

難道她真的不在乎自己的名節、不在乎穆廷和其他人怎麼看她？她不想再嫁人了嗎？

他看著柳嫣對著他笑，那笑容竟然讓他覺得有些發冷。忽然，他見柳嫣抬手指向他。

「大人，我要狀告金州府趙天霸！」

柳嫣一字一頓。「我要告趙天霸乘人之危，與牛頭村族長勾結，逼民女服下春水流媚藥，強迫民女與穆廷解除婚約，與他為妾！」

嫣兒竟然是在這種情況下，被逼迫寫下退婚書？還有，她竟然中了媚藥？

穆廷忙要叫胡老六去找杜仲，就聽身後「哎」了一聲。他回頭一看，正是杜仲。

原來胡老六等人見穆廷不先去療傷，堅持在公堂上陪著柳嫣，便到後院叫來杜仲。

杜仲從後門溜進公堂時，便聽到柳嫣說自己中了春水流的話，心中大吃一驚。他是名醫，當然知道這春水流的霸道，不禁發出聲音。

汪柏林心中也是一驚，他眼角餘光也看到了杜仲，忙對柳嫣道：「妳所說的，句句屬實？」

柳嫣道：「民女不敢撒謊！」

汪柏林道：「拿趙天霸上堂，另找大夫給柳氏問診，看她所說是否屬實？」杜仲忙從穆廷身後站出來，向汪柏林行禮。「大人，杜仲在此！」

汪柏林點頭，杜仲上前一步，握住柳嫣的手腕，就看到手腕上纏著繃帶，已經滲出了血。

杜仲忙叫衙役。「快去我的院子，讓藥童把我的藥箱拿來！」

杜仲仔細給柳嫣號了脈，眾人就見杜仲的臉色越來越嚴肅，眉頭皺了起來。

他又看了柳嫣的眼皮、口舌，忽然站起身，衝向此時已經站在公堂上的趙天霸，伸出手，憤怒地叫道：「解藥，快把解藥拿出來！」

趙天霸輕哼一聲。「你是何人？什麼解藥，真是不知所云！」說著便把頭轉向一邊，悠哉地欣賞起大堂的屋頂來了。

穆廷等人也是頭一次看到杜仲如此嚴肅的樣子，穆廷忍不住喚了一聲。「杜仲？」

杜仲回頭，有些著急道：「阿嫣的確中了媚藥，如果是春水流，那是宮中之物，是十大媚毒之首，如果不趕快用藥解了毒性，中毒之人就必須與男子體交，否則就會傷及心肺，甚至會經脈寸斷而亡！」

穆廷聽了杜仲的話，只覺得氣血上湧，他用力咽下喉間那股腥甜。這趙天霸簡直無恥至極，他的嫣兒竟然忍受著這麼大的折磨！

這時就聽汪柏林一拍驚堂木。「堂下可是趙天霸？見了本官，為何不跪！」

趙天霸輕笑，也不行禮。「在下乃是乙丑年舉人，可以見官不跪，而且在下實在不知，為何大人將在下帶到這永平府公堂上？」

汪柏林看著趙天霸。早知此人是英王手下得意之鷹犬，陰險狡詐，今日一見，果然如此，且在他面前還敢如此囂張。

汪柏林示意人將柳嫣的供詞拿給趙天霸，趙天霸裝模作樣的看了幾眼。「大人，在下冤枉，這柳嫣說我強迫她為妾，實屬誣告，她在牛頭村與那柳耀宗有染，要被族裡沈塘，是她求了在下，在下看她可憐，才出手幫了她，她自願與我為妾。

「此事牛頭村的人都知道，而且還有文書在此，在下實在不知柳嫣為何如此說？另外媚毒之事，剛才這位仁兄也說，這所謂的春水流是皇宮秘藥，我一個小民怎麼會有？真是笑話！而且堂堂永平府審案，直接上來一人說自己是大夫，說柳嫣中毒，是否有些草率？怎麼也得請個有名號的大夫再過來瞧瞧，否則難以服眾吧！」

永平府公堂上的眾人看趙天霸趾高氣揚的樣子，不禁恨得牙癢癢。

汪柏林怒火中燒。這趙天霸在柳嫣一事上佈局已久，很難找出他的漏洞，不過他今日算得意過頭了，竟然被柳嫣激得自投羅網。今天他既然來了永平府，不扒了他這層皮，他汪柏林就白做這麼多年的官！

汪柏林看著趙天霸，冷笑道：「趙天霸，本官如何審案，不用你來教，而且本官這裡除了柳氏告你一案，還有一樁案子與你有關，今日本官就一併審理！來人，帶人犯！另外，把柳氏帶下去，她的案子本官稍後再審！」

趙天霸心裡升起一股不好的預感，這時就見衙役帶了三個人上來，正是前些日子他在清遠縣派出去劫持柳嫣的三人。
當時穆廷救了柳嫣，將這三人抓住，汪柏林還把他們說自己在金州府地界，為英王掠奪少女的供詞，送到金州府李墨洪那裡，警告過他，沒想到這三人還在他們這裡。
他今日竟把這件事給忘了！
汪柏林冷聲道：「趙天霸，你在永平府地界，強搶民女證據確鑿，人證、物證都在，你還有什麼話可說？」
趙天霸心裡有些慌了。汪柏林沒有和他糾纏柳嫣一案，而是抓住此事不放。他的援兵還沒到，好漢不吃眼前虧，只得道：「大人，我和這三人根本不認識，他們這是誣告，請大人明鑒！」
汪柏林心中冷哼。趙天霸仗著英王的勢力，在這金州府狐假虎威慣了，以為自己可以一手遮天，無往而不利，如今就讓他明白，在這永平府公堂之上，能統領全局的是朝廷賦予命官手中的權力，今日就要用皇權，狠狠教訓他一回！
汪柏林從籤筒裡扔出紅色令籤。「趙姓人犯，事到如今，你還敢狡辯？看來不給你用刑，你是不會說實話了。來人，行刑五十大板！」
在場永平府的人都恨趙天霸恨得不行，聽了汪柏林的話，幾名衙役立刻衝上來，就要按住趙天霸用刑。
趙天霸沒料到汪柏林會如此果決，不給他半點說話的機會，直接用刑。
他也是習武之人，本能的就要運功抵抗，那幾名衙役碰到他的身子，被他用力一震，竟跌了出去！

眾人一愣。這趙天霸竟敢在公堂上公然反抗？

這時，趙天霸就覺眼前人影一晃，一隻鐵掌直插他雙眼，他忙伸手去擋，沒想到卻是虛招，那人見趙天霸下盤空虛，腿用力一掃，趙天霸站立不穩，重重摔倒在地。

來人直接點了趙天霸身上的穴道，趙天霸動彈不得，這才看清出手的正是穆廷！

穆廷蹲下身，手在趙天霸懷裡一掏，從裡面拿出幾個瓶子，看了看，放進他的懷裡。接著從衙役手中接過用刑的木杖，也不等衙役們褪下趙天霸的褲子，直接運氣舉杖，朝趙天霸的臀部就是狠狠一杖。

趙天霸被他打得五臟移位，血氣翻湧，承受不住，哇的吐出一口血來。他知道，只這一下，他便受了極重的內傷，沒有三個月是養不好了。

穆廷心中掛念柳嫣，見趙天霸已經被打得吐血，便把木杖還給衙役，轉身回了內堂。

內堂中，柳嫣被放在軟榻上，她身上被杜仲用銀針封了穴道，護住經脈。但是趙天霸給她的解藥，實際上是半顆，此時藥性發作，她全身發燙，意識不清，已陷入半昏迷。

杜仲見到穆廷，著急問道：「在趙天霸身上找到解藥了嗎？」

穆廷從懷裡拿出剛才在趙天霸懷裡翻出來的藥瓶。「你看看這裡面可有？」

杜仲仔細分辨，半刻，指著其中一個藥瓶。「應該是這個！」

穆廷忙倒出一顆藥，旁邊的人立刻端水上前。

這時大家才發現，柳嫣剛才昏迷前，為了抑制因為藥性而發出的呻吟聲，用牙齒狠狠咬住了下唇，此時下唇已被她咬破，滲出血珠。

穆廷顫抖著手，輕輕去摸她的唇，想讓她鬆開口，可柳嫣沒有一絲反應。

杜仲著急道：「阿嫣這個樣子，藥是餵不進去的，只能撬開她的牙關了！」

穆廷搖頭，低下頭用他的唇，溫柔地吻去柳嫣唇上的血珠，然後把藥丸捏碎，放在自己的舌尖上，含了一口水，用嘴把藥餵了進去……

半昏迷中，柳嫣覺得自己的臉變得濕濕的。這是下雨了嗎？

她用力睜開眼，想去看個究竟。

她的眼前是那張熟悉的英俊臉龐，穆廷抱著她、親吻著她，他口中是難以抑制的哽咽，他眼中的淚滴落在她臉上。

柳嫣努力抬起手，摸了摸穆廷的臉。她想告訴他不要哭，她其實是很開心的。

這麼長時間以來，她雖然沈浸在與穆廷熱戀的歡喜中，可內心深處總是有那麼一點惶惑與不安，因為她知道，穆廷對她的愛，是來自於他和小柳嫣青梅竹馬的時光，那是她永遠無法介入的歲月。

她占了柳嫣的身體，便也占去穆廷對小柳嫣的那份純真之愛，她對柳嫣、對毫不知情的穆廷，始終有著一絲無法言喻的愧疚。

今天她終於能為他、為那個小柳嫣，做一些事情了……

穆廷看著柳嫣醒過來，狂喜道：「嫣兒，妳醒了，妳如今覺得怎麼樣了？」

柳嫣眨了眨眼睛，剛要開口，卻發現聲音嘶啞至極。「我沒事，你……你不要哭了……」

杜仲走上前。「老穆，我還得給阿嫣看看。」

穆廷忙擦了一把臉上的淚，抱著柳嫣，抬起她的手。

杜仲號了脈，又問了柳嫣幾句話，見柳嫣頭腦清晰，回答流利，知道春水流的藥性已經解了。

不過媚藥都是屬於熱毒，極傷身子，柳嫣經此一遭，還得好好調養一段時日。

正說話間，一名衙役跑了進來。

「穆大人，牛頭村的三名疑犯已經帶來了，但、但是金州府知府李墨洪大人到了，我們只打了趙天霸兩下，就被他攔下了，如今他帶來的大夫正在救治趙天霸！」

旁邊的胡老六氣道：「怎麼沒把他給打死！」

穆廷擺手。「我剛才用了五分力給他一板子，他至少三個月起不了身，今天是扳不倒他的，來日方長。」

那衙役又看了一眼躺在軟榻上、精神萎靡的柳嫣。「穆大人，那新來的李大人在旁監審此案，如今讓柳姑娘上堂呢！」

穆廷看著柳嫣。「嫣兒，妳……」她能經受再一次過堂的折磨嗎？

柳嫣從軟榻上，強撐著身體坐起來。「小山哥，我沒事，我要去上堂！」

她停了一息，眼睛直望穆廷。「小山哥，我一定要讓柳耀宗血債血償，讓他伏法認罪！可是你……」可是對你來說，你未過門的妻子被人所凌辱、退婚、成為他人的小妾，這些都會成為有些人口中的笑柄，被他們鄙夷！

穆廷目光炯炯地看著柳嫣，雙手捧住她的臉。「阿嫣，不要想別的，真男兒是堂堂正正地活在天地間，而不是活在別人的口舌中。妳去做妳想做的任何事情，我會永遠陪在妳身邊。」

柳嫣的淚一顆顆落了下來，可她的臉上卻綻放出最甜美的笑容。

穆廷看著柳嫣帶笑落淚的樣子，彷彿清晨中第一朵迎日綻放的海棠花，嬌美動人。

他抱起柳嫣，一直快到公堂側門時才放下她。

他替她整理好頭髮和衣服，溫柔笑道：「阿嫣，去吧！記得無論發生什麼事，我都會在妳身邊。」

第五十三章　受辱

這一回柳嫣被衙役再帶上公堂時，就發現公堂上的氣氛明顯壓抑起來。

公堂上，汪柏林的公案邊又放了一張桌案，後面坐的正是她上次在金州府公堂上見過的那位李大人。

柳嫣看見柳耀宗、牛頭村族長和錢寡婦母女已經跪在公堂一側，另一邊，趙天霸被兩個人架著，臉色慘白的站在那裡，見柳嫣出來，目光便如狼般惡狠狠盯向她，像是要把她撕碎一般。

柳嫣剛才聽穆廷說過，他仗打了趙天霸，這是被她的男人揍得惱羞成怒了？真是打得太好了！

柳嫣的目光故意看向趙天霸的屁股，然後笑了……

柳嫣在公堂中央跪下，李墨洪見到柳嫣，也不等汪柏林開口，直接拍下驚堂木。「人犯柳氏，之前所作書畫，藐視朝廷，今日又行為放蕩不檢，還誣陷當朝舉人，簡直罪不可恕！來人，先用刑五十杖！」

一上來就要打她五十大板，這是要活活把她打死，這李墨洪好毒的心腸！

不過李墨洪忘了，這裡不是他的金州府，而是永平府，這公堂上的衙役沒有一人搭理他的話，一個個兩眼平視、脊背挺直，如泥塑一般。

李墨洪大怒，指著下面的人。「你們都聾了嗎！」

這時就聽汪柏林慢條斯理道：「李大人，案子還沒有開始審，您就對原告用刑，是否很是不妥？下官看，還是先正常審案吧！」

李墨洪被汪柏林和他的手下當堂拂了面子，不禁有些惱羞成怒，他陰沈著臉看著汪柏林。「汪大人是想包庇柳氏人犯嗎？這柳氏是你手下穆大人未過門的媳婦，與你們淵源極深，汪大人如此做，可是違背朝廷命官的職責所在？為顯公正，我看汪大人還是迴避，此案我會帶人犯回金州府衙審理。」

汪柏林輕鬆一笑。「大人此話謬矣。這柳氏如今已與穆大人退親，現為堂下趙天霸之妾，與穆大人沒有半點關係，下官何談包庇於她？反而這趙天霸乃金州府名紳，又與英王殿下關係密切，這麼看，大人如果回金州府審理此案是更加不妥。下官為大人之得力手下，此事又是下官分內之事，下官甘願為大人分憂解難。」

李墨洪被汪柏林這一番話，噎得說不出一個字。

趙天霸叫道：「李大人，這柳氏姦淫放蕩在先，忘恩負義在後，趙某救了她，讓她免於族裡浸豬籠、沈塘的懲罰，沒想到卻被她倒打一耙，反咬一口，這樣狠毒的女人，我是不能再要了，趙某就此聲明，此女已於我趙府再無瓜葛，這種破鞋誰願意穿，隨便拿去！」說著目光便如毒蛇般看向站在一邊的穆廷。

穆廷毫不躲避，眼神直直回視，電光石火間，趙天霸咬牙切齒。

你們給我等著，我絕不會善罷甘休！

狗命！

穆廷目光如劍。儘管放馬過來！趙天霸，今日是給你一個小小的教訓，來日穆某必取你狗命！

趙天霸又道：「李大人，這裡有柳氏親手所寫的退親書，還有自願嫁我為妾的手信，趙某把它交還給公堂，就此與柳氏再無瓜葛，趙某可以離開了嗎？」

汪柏林剛要開口，就聽李墨洪道：「嗯，今日趙舉人受冤了，之前說你搶掠民女一事，本官早已查清，與你並無干係，今日你所受的委屈，我會報與英王殿下，讓他為你做主。既然此地的事情已畢，你就下去歇息吧！」

汪柏林看著趙天霸，心中冷哼。今天還不是弄死你的最好機會，就暫且讓你再蹦躂幾天吧。

趙天霸下了公堂，汪柏林敲響驚堂木，分別審了柳耀宗、錢寡婦母女和族長四人。

柳耀宗等人是一個勁地叫屈，只說是柳嫣勾引在先，行為放蕩，根本沒有什麼強辱之事。

李墨洪一心向著這幾個人，而汪柏林要護著柳嫣，一時間竟膠著起來。

這時穆廷上前稟告。「有一牛頭村證人，願意上堂作證。」

「宣！」

衙役將證人帶上來，柳嫣一見，竟是秋杏。

秋杏是第一次到這種場合，見到這麼多官人，明顯有些害怕，但她仍哆哆嗦嗦地把她看到的事說了出來。

原來柳嫣被辱那日，秋杏也正在山下割豬草，她看見柳耀宗神色慌張、跌跌撞撞的從牛頭山上跑下來，還不住回頭向山上張望。

秋杏見他這個樣子，忙躲到樹後藏了起來，待柳耀宗跑遠，才耐不住好奇上了山，在山上發現了衣衫凌亂、頭破血流的柳嫣。她嚇得馬上下山叫人上來，才救了穿越過來的柳嫣。

汪柏林溫語道：「妳所說的可句句屬實？」

秋杏磕頭。「民女不敢撒謊，那天是我叫柳三叔他們抬了柳嫣的，村裡人都可以作證。」

柳耀宗向李墨洪喊冤。「大人，這柳秋杏分明是在胡說！當年她家想把她二姊嫁給我為妾，我沒同意，她這是報復！」

錢寡婦等人紛紛附合。「這柳秋杏與柳嫣關係好，她們是一夥的，她分明是在撒謊！」

秋杏脹紅了臉，大聲分辯。「柳藥豬，你才胡說！分明是你當時調戲我姊，要強納我姊為妾，被我爹給打了！」

正吵鬧間，李墨洪一拍驚堂木。「肅靜！」

他看著汪柏林，陰惻惻一笑。「既然雙方各執一詞，本大人倒忘了，應該先給這柳氏驗一下身，看她是否還是完璧？如不是處子，哼哼，任誰說也逃不了淫娃蕩婦之名。我帶了二名穩婆過來，來人，把柳氏帶下去驗身！」

柳嫣心一沈。她和穆廷之間沒什麼，可小柳嫣與韓雲清之間，到底有沒有夫妻之實，她並不知道。

如果柳嫣真的不是處子，那麼今天的局面就更加複雜了，要釘死柳耀宗是難上加難。怪不得剛才趙天霸會輕易放了她，不再揪著她做妾一事，他是早知道李墨洪會這樣做。一旦柳嫣真的已失身，那麼穆廷作為前未婚夫，也可能被冠上姦淫之名，作為朝廷官員，會被問責行為不檢之罪。

柳嫣忍不住看向穆廷，就見他面色沈靜，向她微微一笑，那沈穩如山的模樣，讓柳嫣的心莫名安定下來。

汪柏林哪裡放心李墨洪的人單獨檢查柳嫣，忙派了永平府的二名穩婆一起檢查。

柳嫣解下裙子，赤裸下身，忍著心中的屈辱，被這四人顛來倒去的檢查了一盞茶的時間，才被重新帶回了公堂。

李墨洪一見她們回來，忙問向他帶來的穩婆。「怎麼樣？快說！」

那二名穩婆互看了一眼，才支支吾吾道：「這、這人犯還是處子之身！」

「什麼?!妳們可查清了？」李墨洪不可置信。這趙天霸誤導他啊，他不是說柳耀宗當時的確強辱了柳嫣嗎？所以他才想出這法子，沒想到……

他忙看向柳耀宗，就見柳耀宗臉色發白，癱軟在地。

柳耀宗心中大罵韓雲清的母親。如果不是那個老虔婆說柳嫣已經和他兒子有了一腿，他怎麼敢向趙天霸吹牛，說他已經把柳嫣給……

如今柳嫣還是處子之身，那他所說與柳嫣有染的假話，就全被戳破了！

此時就聽柳嫣一聲悲鳴，如杜鵑啼血。「請大人為民女洗刷冤屈！」她的頭重重磕在地上，眼淚洶湧而出。這是那個冰清玉潔的小柳嫣，發自內心的吶喊！

汪柏林眼泛淚花，猛拍驚堂木。「來人，將柳耀宗等人拿下！」

錢寡婦沒想到事情會變成這樣，她驚惶失措道：「大人，民婦冤枉啊！是柳耀宗逼我的，他、他強辱了我女兒春花，如今我女兒懷了他的孩子，不得不聽他的話。我、我們也是受害者，大人，我也要告狀，告柳耀宗強辱民女，逼我們說假話！」

柳耀宗連忙大叫：「妳胡說！是妳女兒自己倒貼過來的，她長得那麼醜，我怎麼會看上她！」

真是狗咬狗，一嘴毛！

不過正好穩婆在，便把錢春花帶下去一查，竟然真的有了一個月的身孕！

李墨洪見事情變成如此，臉色鐵青，一拂衣袖，站起身。「既然案子已清，那本官就告辭了！」

汪柏林也笑著站起身。「下官恭送大人。」

李墨洪也沒有心情再與汪柏林囉嗦，轉身帶著他的人走了。真是乘興而來，敗興而歸！

衙役們已經褪下柳耀宗的衣服，換上囚服，他披散著頭髮，戴上鐐銬。

汪柏林繼續審問。「人犯柳耀宗，你所做的一切可有幕後指使者？你要從實招來！」

柳耀宗眼角餘光看向公堂大門口，就見趙天霸的貼身小廝站在那裡，用手指了指他身邊跪著的爺爺，也就是牛頭村的族長，做了一個抹脖子的動作。

柳耀宗身子便是一抖，心中也是後悔不已。那日他強暴柳嫣未遂，便跑到金州府找舅舅，很快便認識了一群狐朋狗友，被他們帶著，每日吃喝玩樂。

也正是這幫人，把他帶進金州府最大的賭場裡。當他中了套，染上賭癮，輸了個精光，要被對方砍手時，他連連告饒，說自己是牛頭村族長的孫子。這時趙天霸現了身，告訴他，只要他肯聽話做這些事，不但會免去他的賭債，還會給他一大筆銀子。

他忙不迭就答應了，沒想到今日連命都沒了。

今天他若是供出趙天霸，不只他，連他的家人也會被心狠手辣的趙天霸殺了。如今他只有扛下所有的罪，才會有一線生機。

柳耀宗全身癱軟，涕淚橫流地認了罪。

汪柏林也知道，光憑柳耀宗的口供是抓不了趙天霸的，只能以後圖之，唯今先要替柳嫣報仇。

他當堂便定了柳耀宗的罪，因他奸辱婦女，罪大惡極，被打入死牢，秋後問斬。牛頭村族長因教子不嚴，包庇壞人，被責十杖，免去族長之職。錢寡婦母女有失婦德，敗壞民風，被掌嘴十下，入獄半年，以儆效尤。

柳嫣走出永平府公堂大門，才發現已近傍晚時分，橘黃色的餘暉灑在身上，讓人感到溫暖靜謐。

柳嫣長出一口氣。她終於為小柳嫣報了仇。

跟在她身後走出來的是杜仲。「阿嫣，走，我帶妳從後門進府衙，我再給妳瞧瞧身上的毒。」

永平府的府衙是一大片建築群，從正門到後面要繞一大圈，穿過幾條街巷。

杜仲貼心地問：「阿嫣，要不找個轎子吧！」

柳嫣笑著搖頭。「不用，走一走活動一下也好，不過能找個地方先吃一口飯嗎？」

精神一放鬆，才想起她竟然快一天沒有吃飯，都餓得前胸貼後背了。

杜仲笑道：「那邊就有一條美食街，我帶妳去！」說完吩咐身邊的小藥童。「你去叫穆大人，說我帶阿嫣去老李家吃麵去了，讓他也過來。」

柳嫣和杜仲說說笑笑地去了美食街，一到那裡，就見街道兩旁什麼吃的都有，看得柳嫣更覺饑腸轆轆。

杜仲熟門熟路地將柳嫣帶到一個麵攤前，笑著對老闆道：「給我來兩大碗牛肉麵！」

只等了不到片刻，老闆手腳麻利地端上兩碗麵，柳嫣拿著筷子，急不可待的挾了一大口。

真是太好吃了，整個人都活過來了！

柳嫣正專心吃麵，就聽到一陣喧譁，她抬頭才發現，不知什麼時候，麵攤前竟圍了一群人，有男有女，正指著她議論紛紛。

其中一名四十多歲的婦人見柳嫣望過來，忽然大聲道：「哎喲，還有臉坐在這吃麵呢，這賤人真是臉皮厚！」

「是呀！」旁邊的人搭話道：「要是我呀，就找一個小樹林吊死算了！」
「對呀，真是太不要臉了，聽說還訂過三次親呢！」
柳嫣心一沈。她擔心的事果然發生了，她成了這些三姑六婆的八卦中心，成了她們眼中的壞女人。
杜仲氣得站起身。「你們胡說八道什麼？剛才衙門都已經判了，是壞人作惡，與她無關！」
「什麼叫與她無關？那壞人怎麼不去找別人？蒼蠅不叮無縫的蛋，定是她行為不檢點，說不定還是她先勾引的！」
「哎喲，看這男的氣的，不會又是她的姦夫吧？」
「對呀！一定是姦夫淫婦，還敢在這髒了我們的地，還不快滾！」
柳嫣和杜仲站起來就要走，就有人喊道：「這姦夫淫婦要走，打他們！」
於是，爛菜葉、臭雞蛋、石頭和草灰，紛紛向柳嫣身上砸來。
柳嫣被一顆雞蛋砸中頭，蛋清順著額角流了下來。
杜仲急得顧不得什麼，拽了柳嫣的袖口就跑。
又有人喊道：「姦夫淫婦要跑了，快攔住他們，打呀！」
柳嫣見美食街的另一邊出口也轉出一群人來，手裡還拿著扁擔、棍棒等物，向柳嫣二人撲了過來。
這件事絕對不簡單，可是她該如何脫困呢？柳嫣看著前後逼近的人群，心中也是大急。

就在這時，她只覺得眼前一黑，一件衣服蓋住了她的頭頂，擋住扔在她頭上的雜物。

就聽穆廷大聲說道：「官差在此，你們還不趕快退後！」

「官差？什麼官差？這不是剛才公堂上說的，淫婦的第二個未婚夫婿嗎？」

「這淫婦一定是狐狸精變的，這男人被戴了綠帽子，還護著她！」

柳嫣的心一痛。這些人說她無所謂，可穆廷是頂天立地的男子漢，他保家衛國，在戰場上出生入死，可這些被他保護過的人卻如此謾罵、侮辱他，該讓他如何承受？

「不管了，這三人都是姦夫淫婦，大家一起上去打！」

穆廷大喝一聲。「你們如果再不住手，就別怪我不客氣了！」

就聽「啪」的一聲，柳嫣從衣縫看去，穆廷一掌打碎了旁邊店鋪立著的石獅子的頭。

這一下，人群立刻安靜一瞬，但這些人還是圍著三人，並不散去。

雙方僵持了一刻，就聽胡老六的聲音傳來。

「都讓開，官差辦案，再不走，就把你們都抓了！」

穆廷把蓋住柳嫣的衣服又拉了拉，雙手抱起她，在胡老六等人的護送下，擠出人群，回了府衙。

第五十四章 姻緣

穆廷一路抱著柳嫣回到自己的院子，把人放到床上，拿了手巾，替她擦拭頭上和身上的汙物。

柳嫣乖巧地坐在那裡，任他一點一點幫她把頭髮弄乾淨。

穆廷看柳嫣兩眼放空、不說話的樣子，心裡一痛。他蹲在她面前，握住她放在膝蓋上的雙手。「嫣兒，我們三天之內就成親，好嗎？」

柳嫣看著穆廷。雖然她決定在公堂上狀告柳耀宗時，便想到會遇到今天這些人，會聽到他們說的這些話。

可當事情真的發生在眼前時，她看著那些人瘋狂的面容，聽他們一句句刻薄的話語，還是難以忍受。

難道她一輩子就得蓋著一件衣服出門嗎？難道她就讓她的愛人和她一起承受這樣的侮辱嗎？難道她以後的孩子，也要面對這些人的指指點點嗎？

柳嫣看著穆廷，搖了搖頭。「小山哥，我現在不能嫁給你。」

穆廷大急。「為什麼？妳不要聽那些人胡說，他們可能是趙天霸的人，我們不用管他們……」

柳嫣剛要解釋安慰他，就聽門外傳來胡老六的聲音。「老大，汪夫人說要見柳姑娘！」

柳嫣拍了拍穆廷的手。「小山哥，你不要多想，等見了汪夫人以後，我們再談這件事吧。」

穆廷把柳嫣送進內宅，柳嫣走進汪夫人的房間。

汪夫人坐在榻上，看著站在門口、一身汗跡的柳嫣。

她已經知道今天發生的所有事情，眼眶一紅，張開手臂，哽咽道：「好孩子，妳受委屈了，快來，快到我這裡！」

柳嫣看著汪夫人溫柔的樣子，今天積壓在心頭的各種情緒令她再也承受不住，她撲到汪夫人的懷裡，就像受了委屈的孩子回到母親的懷抱，大哭起來。

穆廷站在門前，看著這一幕，心如刀割。

汪夫人知道穆廷也受了重傷，也得趕快找杜仲救治，她向穆廷擺了擺手，示意今晚就讓柳嫣留在內宅休息。

穆廷這才轉身離開。

第二天一早，穆廷便來到內宅，屋裡只有汪夫人和汪柏林。

汪夫人解釋道：「我昨天給嫣兒點了安息香，如今她還在睡呢！小山子，嫣兒和我說了，你想三天之後就成親，可她想再過一段時間，我覺得她說的也有些道理。」

汪柏林看穆廷變了臉色，忙道：「小山子，我知道你的想法，阿嫣也知道，你們也算是共患難，是分不開的。不過阿嫣如今正在風口浪尖上，她承受的壓力太大了，你也不要把她逼得太緊，如今覺明大師已經到了城外的雲山寺，我和你嫂子商量過，讓阿嫣到雲山寺小住幾日，待此事風頭過了，讓大師給阿嫣批兩句福語，這樣你們再成婚會更好一些。」

穆廷知道汪柏林是心思縝密之人，他會這樣說，一定是深思熟慮過的。他想到柳嫣昨日痛苦、傷心的樣子，終於點頭答應。

汪柏林點頭，欣慰道：「今日我會親自送阿嫣去雲山寺，和覺明大師把事情說了，你就放心吧，這兩天你也好好養傷。」

柳嫣坐在馬車裡，離開永平府，一路向西，與汪柏林前往雲山寺。

因雲山寺不接待女客，汪柏林便把柳嫣安排在緊挨著廟旁邊的一戶農家院中。

這農家院裡只有一對五十歲左右的鄭氏夫妻，也是掛了單的居士，替廟裡的師父做一些下山採買等雜事。

柳嫣見這農院內的三家大瓦房，白牆黑瓦，是剛剛修繕過的，就知道是汪柏林提前安排好的。

汪柏林進了廟，一盞茶的時間後才出來。「今日不巧，大師正閉關禮佛，等過幾日大師出了關，我再為妳引薦。山下有我們的侍衛守著，妳就放心住下吧！」

許是房子挨著寺廟，也沾染了佛性，柳嫣聽著廟中傳來的鐘鼓聲，以及「噠噠」的木魚聲，也覺得心中清明、安穩了許多。

鄭氏夫婦也知道柳嫣的來歷，對柳嫣服侍的也很是周到，柳嫣很快就和鄭嫂子熟識起來。

不過只過了三天，柳嫣早上在院中鍛鍊，忽然一隻大老鼠從她腳邊竄了出來，嚇得她一聲尖叫。

鄭嫂子連忙跑出來，知道原委後，安慰道：「今年這天氣怪，大熱天的，竟然二十多天也不下雨，咱們在山上還不覺得，這山下河裡的水都旱得快乾了；而且這兩天不知怎麼的，這山上的青蛙、老鼠都跑了出來，井水居然還冒泡了，真是奇怪！」

柳嫣聽了鄭嫂子的念叨，忽然一把拉住她的手。「妳剛才說什麼？」

鄭嫂子看柳嫣緊張嚴肅的樣子，忙把自己的話重複了一遍。

柳嫣忙抬頭看天，就見西北角的天空出現一道一道像魚鱗似的光帶。

她看著這光帶，心裡一沈。在現代，她當過地震救災的志願者，也看了不少資料，知道這些都是要地震的前兆。

她忙對鄭嫂子道：「嫂子，趕快收拾東西下山，這裡就要地震了！」

鄭嫂子並不驚慌，而是一臉奇怪。「阿嫣，妳這是怎麼了，發燒了嗎？我聽說永平府五十年前有過一次龍翻身，從那以後龍就飛走，再也沒有過地震了。妳說地震，不是開玩笑吧！這搬家哪能說搬就搬，妳要這麼說，沒人會信的！」

是呀，她人微言輕，誰會相信她的話呢？

鄭嫂子又道：「阿嫣，妳放寬心吧，我們這裡有覺明大師在，還有佛主保佑，不會發生什麼事的。」

對，覺明！那老和尚是大齊高僧，他的話一定有人會信！
柳嫣鬆開鄭嫂子，跑出院子，來到隔壁的雲山寺門前，狠敲山門。
一個小沙彌打開寺門，見到柳嫣，忙唸了一聲佛號。「施主，寺裡是不接待女香客的。」
柳嫣一把推開小和尚，闖了進去，嘴裡喊道：「我要找覺明大師！」說著就向後院的禪房方向奔去。
那小和尚嘴裡唸道：「施主留步，這裡是不能亂闖的，大師正在閉關，不見外人。」
「我找大師有急事！大師，覺明大師！」柳嫣急得在院子裡喊了起來。
又有一些和尚走出來，忙圍住柳嫣道：「女施主，請安靜，妳還是請回吧！」
正吵鬧間，就聽正中一間禪房的門一響，一個蒼老的聲音唸了一句。「阿彌陀佛。」
眾和尚回身，忙向那人舉手施禮，同唸道：「阿彌陀佛。」
這位就是覺明大師？
在柳嫣的想像中，覺明大師應該是個慈眉善目、不識人間煙火，一副方外高人的模樣，可面前的老人卻是高瘦清矍，氣質儒雅，如果脫下袈裟，戴上眼鏡，就像個大學教授一般。
柳嫣忙稽首道：「大師，這裡就要地震了，還請大師相信我的話，趕快帶寺中人和山民下山，也請大師給我一封手信，我要去永平府通知汪大人！」
覺明大師一抬眼，目光如電地看著她。有那麼一瞬間，柳嫣竟覺得那睿智的眼神，竟像是看透自己的來歷一般。

覺明大師雙手合十，道：「我佛慈悲，既然柳施主有如此機緣，必是我蒼生之福。施主請稍等。」

覺明大師進屋片刻，拿了一張紙出來遞給柳嫣。

柳嫣接過一看，上書一行金字：一切以柳施主所言為實。

「拿去給汪柏林大人，讓他來安排吧！」

柳嫣大喜，向覺明大師深施一禮。「謝謝大師！」

柳嫣拿了覺明大師的手信，飛奔下山，山下有汪柏林留下的侍衛，柳嫣和三名侍衛騎了馬，一路趕住永平府。

半個時辰後，柳嫣就到了永平府衙門口，正好穆廷走了出來，見到柳嫣，驚喜道：「嫣兒！」

柳嫣也不廢話，忙把事情說了。

穆廷大驚，立刻把柳嫣帶到汪柏林的書房。

柳嫣把覺明大師的手信拿出來，汪柏林與覺明私交甚深，一眼便認出覺明的字跡。

「既然大師也這樣說，穆廷，你趕快帶人安排城中百姓及周圍村民避險；還有，派人給金州府送信，讓他們也儘早安排！」

柳嫣忙道：「要快，我看三個時辰內可能就要地震了！」

柳嫣和穆廷出了屋。「小山哥，你上回說我爹被救到裴家軍的山莊，那裡鄰山，更加危險，我現在就去通知他們！」

穆廷也知道事態緊急，便派了一個侍衛，跟隨柳嫣一起去了山莊。

到了山莊，此時天色已經黑了下來，烏雲翻滾，只聽一聲炸雷，暴雨傾盆而下。

柳嫣見到李將軍和她爹，也沒時間多說別的，忙讓李將軍帶人轉移到安全地帶。

柳嫣見她爹邊走邊不住往牛頭山方向拜拜，急道：「爹，您還不快點走！」

柳成源擔心道：「嫣兒，今天的情形與上次牛頭山山神發怒那天極像，就不知這一回會怎麼樣？」

……土石流！穆廷的父母兄弟就死於上次的災禍！

柳嫣看著傾盆大雨。這一次的地震和暴雨，也極可能引起山洪暴發，引發土石流，她得馬上告訴穆廷，讓他找人去疏散牛頭村的村民。

柳嫣騎了馬就要回永平府，剛出山莊，就碰到胡老六，胡老六正是穆廷不放心，派過來查看山莊安危的。

柳嫣聽胡老六說穆廷親自去了牛頭村，心中大急，忙策馬趕往牛頭村。

一路到了牛頭村，她攔住一名官差，得知穆廷正在柳家祠堂，而柳家祠堂就在牛頭山西山腳下，忙奔去祠堂。

柳嫣進了院子，便大叫道：「穆廷！」

穆廷聽見柳嫣的聲音，大步跑了過來。「嫣兒，妳怎麼來了？」

柳嫣拽住他的袖子就往外跑。「這裡危險，快走！」

兩人剛上馬，就聽轟隆隆一聲，地裂山搖，山石紛紛滾落，一道長長的泥漿如一條巨龍般，從牛頭山頂呼嘯而下，帶著摧毀一切的力量，向他們撲了過來。

柳嫣指著斜面一道山崗。「這裡！」

兩人策馬往山崗上奔馳，穆廷的黑玉速度快，跑到山崗時，回頭一看，柳嫣的馬被樹枝絆倒，人栽到了馬下。

穆廷下馬向柳嫣奔去，柳嫣大叫：「你快逃，不要管我！」

穆廷也不答話，抱起柳嫣就往山坡上跑，可是來不及了，柳嫣感覺到巨大的黑暗壓頂時，只來得及對穆廷說一句。「你真傻，我也好傻，早知道我們就早點成親，在床上做個三天三夜不下來……」

朦朦朧朧中，柳嫣覺得自己到了一個從來沒有到過的世界，她正站在一條飄浮在空中的橋上，黑暗中，橋的一邊是漫天大雪，另一邊燃著熊熊烈火。

她這是在哪裡？

忽然，她聽見一陣鈴鐺響，回頭一看，竟是幾名頭帶白帽、穿著奇怪的官差，押著一隊犯人走了過來。

柳嫣忙向那臉白如紙的官差陪笑道：「官爺，這是哪裡啊？」

那官差一瞪眼。「哪裡來的孤魂野鬼，還不趕快與我回了陰曹地府！」說著就要去抓柳嫣。

陰曹地府？那不是死人才能去的嗎？

柳嫣嚇得轉身就跑，沒想到一腳踩空，跌入漫天飛雪之中。

柳嫣覺得自己快被冰雪凍死時，她的身子落到一個白茫茫的天地，四周大霧瀰漫，她找了很久，也找不到出路。

忽然，她聽到一陣哭聲，她撥開眼前的迷霧，就看到一個女孩背對著她，坐在一顆柳樹下，正在哭泣。

總算見到人了！柳嫣心中大喜，一拍那女孩的肩膀。「請問姑娘，這是哪裡啊？」

那女孩轉過身，柳嫣就看到一張與自己一模一樣的臉。

……小柳嫣！

兩人驚訝地異口同聲道：「妳怎麼會在這裡！」

還是小柳嫣先哭道：「我也不知道，妳來了以後，占了我的身子，我就一直困在這裡，找不到任何出路，無法出去！」

柳嫣看著滿臉是淚的小柳嫣，歉疚得不知該說什麼好？

可是這裡到底是什麼地方？她們兩個該怎麼出去呢？

這時空中傳來一聲佛號。「阿彌陀佛！」

是覺明大師的聲音！

柳嫣大喜。「覺明大師，您在嗎？」

眼前迷霧消失，出現現代的景象。

高樓大廈、熱鬧的街道、行駛的汽車、穿著短裙的女孩……

小柳嫣看著眼前的景物，且驚且喜地拉著柳嫣的手。「這是哪裡？」

「這是我原來的世界！」

場景一換，竟然是一間病房，柳嫣看著躺在病床上的人，以及旁邊陪護的男人，驚訝出聲。

原來在原來的世界裡，她竟然還活著！

她看父親鮑誠言摸著病床上鮑岩的臉，流淚道：「女兒啊，妳什麼時候才能醒啊？」

「阿彌陀佛，我佛慈悲，兩位施主就要踏上歸路了！」空中再次響起覺明大師慈悲的聲音。

歸路？她就要回到她原來的世界了嗎？

柳嫣看著病床上的自己。可是、可是穆廷，她的世界裡沒有穆廷……

柳嫣的淚唰地流了下來，她看著小柳嫣，囁嚅道：「妳要好好的照顧他、愛他！」

小柳嫣明白了柳嫣的意思，驚恐地流著淚，搖頭道：「我不要回去！妳做得比我好，爹和他愛的人，如今都是妳。如果我回去，他們不會喜歡我的，我害怕，我不要！」

忽然，小柳嫣一把抓住柳嫣的袖口，指著眼前病床上的鮑岩，道：「我和妳交換好嗎？我去妳的世界，我會照顧好妳的身體、照顧好妳爹，這樣妳就可以和小山哥永遠在一起了，好不好？求求妳了！」

柳嫣看著小柳嫣懇求的模樣，她的耳邊似乎傳來穆廷一聲聲深情的呼喚。「嫣兒、嫣兒！」

也許這樣才是最好的安排……

柳嫣流著淚，向影像中的鮑誠言跪下，磕了一個頭。「女兒不孝了！」

「妳答應了？」小柳嫣驚喜道。

柳嫣點頭，如連珠炮道：「妳聽我說，妳到了那裡，就結束所有的生意，我的錢足夠你們花，剩下的錢就拿去買房子，國內或國外都可以。還有，我的追求者中，有一個叫吳清水，是和我一起長大的，妳一定會喜歡他，妳就和他結婚吧，不過一定要簽婚前協議……」

柳嫣還在交代，就聽鐘鼓陣陣，木魚聲聲，兩道白光籠罩在她和小柳嫣身上，兩個人飛升在半空中，身子慢慢化作點點金星，消散而去……

第五十五章　照顧

柳嫣覺得自己作了一個長長的夢，夢醒時，只覺得身子疼痛難當。

她想起夢中她與小柳嫣分別時的情形。她現在在哪裡？是回到古代，還是回到現代世界？

柳嫣努力睜開眼睛，當她看到屋頂時，長長呼了一口氣。

她又回到了大齊朝！

柳嫣微微側頭，就看見她的左手被握在一隻溫暖的大掌中，那人把她的手放在蓄滿鬍子的臉上，低聲呢喃道：「嫣兒，妳快點醒來吧！」

他們兩個竟然都從土石流中逃了出來，她又回到他的身邊了！

柳嫣笑了，她動了動手指，調皮地戳了戳穆廷的臉，就見穆廷驚訝地叫了一聲，低頭看向她，柳嫣忙又閉上眼。

穆廷長嘆一聲。「嫣兒，我又作夢了吧，我剛才以為妳醒了呢……」

行了，不逗他了。柳嫣睜開眼睛，朝穆廷眨了眨眼。

可她沒有在穆廷臉上看到驚喜的笑容，而是拿她的手揉了揉他的臉，苦笑道：「嫣兒，妳醒了？我是不是又作夢了？這一回我不閉眼睛，只要不閉眼，妳就會一直醒著，是嗎？」

這人是怎麼了，怎麼說的話這麼奇怪？

柳嫣想說話，可嗓子乾得發不出聲音，穆廷還在那裡自言自語。

柳嫣只能又狠狠戳了下他的臉，穆廷才清醒過來。他不可置信的看了看柳嫣的手，又摸了摸自己的臉，忽然把臉一下子湊到柳嫣面前。

柳嫣不由得笑著眨了眨眼，就見穆廷的眼睛忽地睜大，激動的摸了摸柳嫣的眼瞼和嘴角，站起身，踢開身邊的凳子，竟然跑出了屋子。

這人莫非是瘋了？柳嫣一頭霧水，額頭冒出三條黑線。

只過了半刻，就聽房門一響，傳來杜仲嘟囔的聲音。「唉呀，老穆，你知道什麼叫狼來了嗎？這已經是你第七回說阿嫣醒了！你這樣一次一次的，你自己都該受不了了，你還是去睡一覺吧！」

「杜仲，這一回絕對不是我的幻覺，嫣兒真的醒了！」

兩人走到柳嫣床前，杜仲看柳嫣對他笑，驚喜地尖聲叫道：「阿嫣，妳真的醒了？」

柳嫣眨了眨眼睛。

杜仲立刻又緊張道：「阿嫣，妳怎麼不說話，是哪裡不舒服嗎？」說著一把抓起柳嫣的手，號起脈來，嘴裡嘀咕道：「雖然脈象微弱些，但平穩滑潤，應該是沒什麼問題了……」

大哥啊，我就是渴得說不了話，你給我一碗水就行了。柳嫣大力咳了一聲。

可這一聲聽在兩人耳中，就跟小貓微弱地叫了一聲似的。

杜仲忙低下頭，把耳朵湊到柳嫣嘴邊。「阿嫣，妳要說什麼？」

柳嫣咬牙切齒，擠出一個字。「水。」

杜仲這才聽明白。「水？水！老穆，快拿水來！」

看穆廷還像傻了一般，站在那裡不動彈，便給了他一腳，大吼道：「倒水！」

穆廷才如夢方醒，忙到桌邊倒了一碗水，杜仲剛要伸手去接，穆廷卻閃開他的手，自己坐到床邊，一手把柳嫣抱起，摟在自己懷裡，一手端著碗，給她小心翼翼地餵水。

柳嫣靠在穆廷懷裡，喝了一大碗水，還是覺得沒解渴，又像小貓喵喵叫道：「還要。」

「好、好。」穆廷忙不迭點頭，把碗遞給杜仲。「快，再倒一碗水來！」

杜仲看著穆廷手中的碗，頓時無語。這個重色輕友、過河拆橋的傢伙！不過想到穆廷這些日子不眠不休、像瘋子的樣子，到底接過碗，乖乖倒了水來。

柳嫣又喝了一大碗水，方覺得好了一些，她抬頭看著穆廷笑，啞著嗓子喚了一聲：「小山哥！」

穆廷緊緊地把她抱在懷裡，臉埋在她的頭髮中，淚流滿面。

嘖嘖，這穆廷遇見柳嫣，明顯眼淚變多啊！不過杜仲心中也是感慨萬分，他站起身道：「我去給阿嫣熬藥。」便出了房間。

柳嫣輕拍穆廷後背，安撫了他一會兒，穆廷才慢慢的緩了過來。

他擦了一把臉上的淚。「嫣兒，妳再躺一會兒，我去給妳拿藥。」

「你是不是好幾天都沒有好好休息了？」柳嫣看穆廷眼眶深陷、眼裡帶著紅絲、鬍子拉雜的模樣，忍不住心疼道。

「我沒事。」穆廷摸了摸她的臉，輕輕將她放在床上。「妳休息一會兒，我馬上回來。」

過了半盞茶的時間，穆廷端著一碗藥走了進來。

柳嫣一見穆廷的樣子，忍不住笑了。他明顯洗了臉，重新攏了頭髮，最主要的是他又刮了鬍子，看上去精神許多。

穆廷見柳嫣看著他笑，也忍不住笑著摸摸自己的臉。

柳嫣眼尖，見穆廷的腮邊竟有一道小口，忙問：「你的臉怎麼了？」

穆廷這才有些不好意思。「沒有剃鬚刀，我是用、用龍鱗劍刮的，不小心弄破了一點。」

你、你這傢伙是有多著急？柳嫣如何不知穆廷刮鬍子想幹什麼？她可是剛剛才醒啊！

柳嫣橫了穆廷一眼，穆廷見她媚眼如絲的樣子，心裡癢得一動。不過到底她才剛剛醒過來，身子還很是虛弱，有些事還不能太急。

穆廷扶起柳嫣，將枕頭放在她腰後，讓她靠在床頭坐好，拿了湯勺餵藥。

柳嫣喝了一口藥，立刻皺起眉頭。「杜仲在藥裡加了什麼，怎麼又臭又腥的，太難喝了！」

穆廷低聲哄道：「嫣兒，妳全喝了，我給妳倒蜜水來漱口，乖！」

柳嫣噘嘴，把臉轉到另一邊，嘟囔道：「我醒了，病就好了，不需要再喝藥了！」

穆廷沈下語氣。「杜仲說妳身子弱，必須得喝。」

柳嫣一蹬腿，撒嬌道：「這藥真的太難喝了，我不喝了行不行？好相公、好哥哥！」

穆廷忽然向柳嫣一笑，自己端起藥碗，喝了一大口。
柳嫣呆了。這人是被自己這兩聲相公和哥哥叫傻了嗎？
她看著穆廷放下藥碗，一指挑起她的下巴，唇便覆了上來。
柳嫣不禁愣了一下，就感覺穆廷的舌挑開了她的唇舌，那藥便從他的嘴裡餵到她的口中，她下意識把藥吞了下去。
咦？藥怎麼不腥臭了？帶著穆廷熟悉的味道，柳嫣竟感到有些甜甜的了。
穆廷抬起頭，又喝了一大口藥，繼續餵她。兩個人唇舌交纏吸吮，好像怎麼也吻不夠，一碗藥整整餵了半個時辰。
等到兩人纏綿夠了，氣喘吁吁地分開，柳嫣雙頰緋紅，兩眼水汪汪的，已是春色無邊。
柳嫣咬了一口穆廷的下巴。這傢伙什麼時候想到這餵藥的法子，忽然浪漫起來了？
穆廷像知道柳嫣的想法一般，又吻了吻嫣紅的小嘴。「妳昏迷了九天九夜，我都是這麼給妳餵藥的。」
她竟然昏迷了這麼久？柳嫣想起夢中的事，忙問道：「我們現在在哪裡？」
「在雲山寺旁邊的農家裡。我們被胡老六他們冒死救出來後，妳一直昏迷不醒，杜仲也束手無策，後來是覺明大師傳信讓妳來了雲山寺，他和寺中的師父們為妳唸了九天九夜的經，好在佛主保佑，妳終於醒了！」
柳嫣又問：「如今外面怎麼樣了？地震造成的傷害大嗎？」
穆廷微嘆。「這次地震，好險妳發現得早，通知及時，雖民房倒塌多，死的和受傷的人還不算多。但我們給金州府傳信，李墨洪置之不理，誤了時機，百姓死傷嚴重，甚至有的村子幾乎沒有一個生還的……」

柳嫣嘆了一口氣。以她的經驗看，這次地震絕對在六級以上，在這古代應該是巨大的天災了。

穆廷見柳嫣面露不忍，安慰道：「嫣兒，這次如果沒有妳，死的人會更多，妳已經做得很好了，汪大人向朝廷遞了奏摺，為妳請命二品誥命夫人，朝廷對妳的嘉獎，很快就要到了。」

她成二品誥命夫人了？

柳嫣眼睛一轉，笑道：「那是這二品誥命夫人的級別大，還是你的級別大？」

穆廷笑道：「我只是個從五品的官職，當然是妳大了！」

柳嫣得意。「那你以後可要聽我的，你的錢要歸我管；我不開心了，你要哄著我。我說的都是對的，我要你去東，你就得去東……」

柳嫣一口氣說了十三條「尊妻守則」，穆廷笑著應了，站起身，向柳嫣躬身一禮。「為夫一切聽從夫人教誨。」

柳嫣被逗得笑著躺倒在床上，穆廷看著笑靨如花的柳嫣。果然，他的嫣兒一醒來，一切都不一樣了，屋裡的空氣都變得溫馨甜蜜起來。

柳嫣躺了一會兒，忽然坐起身，就要下地，可是她躺的時間太久，一起來就是頭暈眼花，險些栽到地上。

穆廷一把摟住她的腰。「嫣兒，妳小心些，妳要做什麼？」

「我、我……」柳嫣喝了兩大碗水和一碗藥，如今是有些尿急了。

穆廷看了柳嫣的神色，便明白她的意思，嘴裡輕鬆的來了一句。「我抱妳進去。」

穆廷抱著她去了屏風後的淨房，柳嫣見裡面放了馬桶，剛要讓穆廷放下她，就見穆廷夾著她的腰，熟練地解開她的褲帶，褪下她的褻褲，像抱小孩子撒尿一樣抱起她，分開她的兩條細腿。

柳嫣驚慌。「你這是幹什麼？快放我下來，我自己來！」

穆廷在她頭頂道：「乖，妳身子弱，坐不住馬桶的，這些日子，我都是這樣抱妳如廁的。」

什麼？柳嫣一聲哀嚎，用手摀住臉。這也太丟人了！

就聽穆廷吹起了口哨，隨著他的聲音，柳嫣條件反射，控制不住的尿了出來。

柳嫣羞恥地閉上了眼睛。

長長的「酷刑」終於結束，穆廷細心的拿了草紙，替柳嫣擦了擦，才給她穿上褲子，抱了出來。

他把柳嫣放到床上，看著柳嫣抓狂的眼神，笑道：「嫣兒，我去給妳打水擦擦身子。」

柳嫣看著穆廷，欲哭無淚。她剛才還是二品誥命夫人呢，被穆廷這一把尿，簡直是沒臉見人，她還怎麼和他耍威風啊！

一會兒就見穆廷端了兩個水盆進來，又拎來一桶熱水，然後坐到床邊，又是熟練的解開柳嫣的衣襟。

柳嫣一把抓住自己的衣服，瞪眼道：「你又要幹什麼？」

穆廷眼神無辜。「給妳擦身子啊！」說著拿開柳嫣的手，拉開她的衣襟。

柳嫣低頭一看，自己只穿了一件裡衣，裡面並沒有穿肚兜，被穆廷解開衣服，兩顆白嫩嫩的大桃子就蹦了出來……

穆廷一臉平靜，臉不紅、氣不喘的伸手替她掖了掖衣襟，俯身在水盆裡兌熱水、浸手巾。接著拿了手巾，輕車熟路的先給她擦了腋下、脖頸、前胸，然後就移到那兩顆大桃子上。

他手罩上那桃子，順時針一圈，逆時針一圈，把那桃子擦得乾乾淨淨，清清爽爽。

柳嫣是無語凝噎，兩眼放空。

仔細擦過上半身，穆廷又去解柳嫣的褲子。

柳嫣一把拽住自己的褲腰，拉著哭腔道：「我自己來！」

穆廷溫柔地笑。「乖，也不是第一次擦了，今天妳剛醒，還是我來，等過兩天，妳再自己來。」

還要過兩天？柳嫣心中淚千行。她不要做人了！

穆廷笑著褪下她的褲子，拿手巾細細地擦拭腿和腳，然後又換了一條手巾，在另外一個小盆裡洗了。

他又要幹什麼？柳嫣有些慌張的看著穆廷。

就見穆廷一手抓住柳嫣兩隻小腿，提起她下半截身子，柳嫣的臀部立時懸空。

他動作輕柔的給她擦拭私密處的花蕊，然後一路向下，大掌揉了幾圈，給她擦了屁股。

這不是給嬰兒洗屁股的手法嗎？好吧，把尿都把過了，就不差這一遭了。柳嫣眼神渙散，面無表情，已經說不出話來了。

穆廷給柳嫣擦完身子，看她一臉生不如死，笑著捏了她的臉蛋一下。「妳在病中，一切事從權宜，而且我們馬上就要成親，就別不好意思了。」

柳嫣噘嘴。「你不懂啦！」

她的所有都被他看去了，還有什麼神秘感？她可不願意現在就過老夫老妻的生活啊！

第五十六章　成婚

穆廷可不明白柳嫣心裡矯情的小憂鬱，他心滿意足道：「嫣兒，妳餓了吧，我去給妳拿飯。」

提到吃飯，柳嫣的眼睛立刻冒出光芒。她豈止是餓，她是快餓死了！

穆廷笑著，拿著水盆和水桶出去了。

過了一會兒，他端著熱氣騰騰的大碗進來。「嫣兒，來，趁熱喝粥！」

柳嫣忙高興的坐起身，不過她看端到眼前的碗，臉立刻垮了。

這是粥嗎？這分明就是米湯，這、這怎麼能吃飽啊！

柳嫣看著穆廷，眼神控訴。

穆廷笑著解釋道：「妳這麼長時間沒有吃東西了，如果一下子吃得太多，會消化不了。」

柳嫣也知道他是為自己好，噘起嘴，到底讓穆廷一勺勺餵她吃。

吃完飯，柳嫣精神不濟，就有些迷糊了。

穆廷又抱著她去了趟淨房，然後給她漱了嘴，便伺候她躺下，給她蓋了一條棉布單，讓她睡了。

柳嫣側著身子，睡得朦朦朧朧，感覺有一具帶著涼爽水氣的身子上了床，躺在她身邊，把她摟進懷裡。

柳嫣勉強張開眼，嘟囔道：「你、你怎麼睡到這裡了？」

他們還沒成親呢，這是古代啊，這傢伙行事怎麼如此大膽，不怕被人看見？

穆廷笑道：「這些日子我們都是睡在一起的，這樣照顧妳會方便些。沒事的，他們都以為我們已經成過親了，妳是我的娘子呢！」

好吧，那睡就睡吧，反正她也不想他離開。

不過現在是夏日，穆廷體溫高，不到一會兒，柳嫣就覺得自己像靠在一個大火爐旁邊似的。

柳嫣下意識就要躲開，可穆廷的手臂卻緊緊箍著她的身子。

「熱……」柳嫣不滿的嗔道。

穆廷拿手摸了摸柳嫣的後背，真的出了一層汗。

「嫣兒，不如妳把衣服也脫了吧，跟我一樣。」

跟你一樣光膀子嗎？算了，她在現代也經常裸睡。

柳嫣伸起胳膊，穆廷替她脫了衣服。

嗯，的確涼快許多。柳嫣滿意地嘆息一聲。

穆廷也滿足的嘆息，把手放在她的胸脯上。這樣握著果然更舒服。

半夜，柳嫣是被硬物硌醒的，像鐵棍似的，頂著她的腰，好不舒服。

迷迷糊糊間，她拿手去推那硬物，觸手才反應過來。這傢伙什麼時候把褲子也脫了……

穆廷被柳嫣抓住那裡，睡夢中悶哼了一聲，就著柳嫣的手，來回蹭了兩下，大手又在柳嫣的胸口上揉了兩把，才又睡熟了。

真是睡覺都不忘耍流氓……

柳嫣努力把身子向上移了移，把棍子夾在腿間，待稍微舒服一點，又睡了過去。

再醒來時，柳嫣是全身趴在穆廷的身上，如此坦誠相見，胸乳相對，更有一番戀人之間無以言表的親密。

柳嫣抬眼，就見穆廷雙眼亮晶晶的看著她。

柳嫣不由得笑了。醒來就能看見愛人的感覺真好！

穆廷也笑了，兩人又纏綿了一陣，才起了身。

柳嫣又吃了兩天杜仲配的藥，睡了兩宿好覺，第三天就可以出屋了。

穆廷見柳嫣身體已經沒事，便安排鄭嫂子來照顧她。他這些時日也壓下許多事，必須一樣樣解決。

柳嫣知道他事忙，也不再纏他，每天由鄭嫂子陪著聊天，也不算寂寞。

鄭嫂子這次見到柳嫣，更是熱情百倍，忙不迭的感謝、誇讚，柳嫣被她謝的都有些不好意思了。

不過她也從鄭嫂子嘴裡得知，現在外面都傳她是如來佛座下的玉女，是特地轉世下凡，來拯救永平府的黎民百姓。

如今永平府家家戶戶都供了她的長生牌位，以示敬奉；覺明大師也為她寫了八字讖言——「救世機緣，福運綿長」。

另外最讓柳嫣驚訝的是，牛頭村的柳家人竟為她在牛頭山上建一座神女廟，讓她永享百姓香火供奉。

說實話，因為柳耀宗一事，柳嫣對牛頭村的人還是有些芥蒂的。

只是沒有想到，前幾日她還是有些人嘴裡的蕩婦，如今就成了救世的神女。

柳嫣伸了一個懶腰。人生變化太快，真是跌宕起伏啊……

柳嫣想著之前在夢中見到小柳嫣的事，還有這次老和尚替她唸經招魂，以及讖言的事，總想著再去見一見覺明大師，表示一下感謝。

她去了隔壁的廟裡，這次看門的小和尚對她很是客氣，但是覺明大師再次閉關，卻是沒法見到。

柳嫣心中一陣失望，小和尚見她一臉鬱悶，便道大師閉關前交代過，有緣自會再見的。

柳嫣也明白，這覺明老和尚絕非普通人，他如果這樣說，她也只能無奈離開。

柳嫣閒得有些發慌。她看穆廷早出晚歸地忙，她這未婚妻怎麼也得表示一下心疼和慰問。

她跟著鄭嫂子去廚房，翻了翻食材，準備大顯身手給穆廷做一頓好吃的。

穆廷今日正好早回，他和杜仲剛進院門時，就見柳嫣繫著圍裙，正在院中的爐子上烙餅。

空氣中瀰漫著餅香，眼前是他的可人兒在為他洗手作羹湯，他只覺得眼眶一熱。終於又感受到家的溫暖。

溫馨的時光總是過得很快，十五天過去了。

這天早上柳嫣起床，竟發現穆廷難得沒有出門，竟在收拾行李。

「我們這是要走嗎？」

穆廷點頭。

「去哪？」

「到了妳就知道了。」穆廷賣關子。

他帶柳嫣到了裴家軍的山莊，柳嫣見山莊大門上貼著兩個大大的「喜」字，張燈結綵，高掛紅綢。

柳嫣驚喜地看著穆廷，穆廷拉起她的手。「嫣兒，今日我們成親！」

原來這段時間他早出晚歸，一直在秘密操持這件事。

柳嫣的笑容止不住地掛在臉上。

兩人攜手走進山莊，汪夫人和李將軍帶了一群婦人將柳嫣迎進一間屋子，為她梳洗妝扮。

等柳嫣打扮好，蓋上紅蓋頭，乖乖的坐在喜床上，就聽屋門外傳來穆廷的聲音。

「穆廷前來迎接夫人！」

門打開，傳來熟悉的腳步聲，耳邊是人們的聲聲祝福。

喜秤挑開她頭上的紅蓋頭，柳嫣抬頭看穆廷，就見他一身紅服，竟是一番難得的俊美風流。

穆廷見穿著大紅喜服、盛妝打扮的柳嫣，當真可以說是豔麗無邊。

這兩人已經非常熟悉，此時看著對方，都覺得越看越美，怎麼看都看不夠。

最後還是李將軍笑道：「你們兩個就不用在這大眼瞪小眼了，趕快去拜堂吧，晚上有你們看的！」

旁邊的人哄堂大笑，紛紛起哄。

柳嫣配合著，故作嬌羞地低下頭。

穆廷笑著上前，抱起柳嫣，快步出了屋，直到正房門口才放下她。

兩人攜手跨過門前放著的喜盆，進了屋就見柳成源、汪柏林和汪夫人端坐在主座上。

穆廷和柳嫣攜手跪下，拜了天地。

當拜父母時，柳成源的淚是止也止不住，看得柳嫣眼窩也熱熱的。

禮成後，汪柏林拿出一道明黃聖旨，屋內的人立刻跪下聽旨。

「朝廷為表柳嫣在此地震中功績，封柳嫣為二品誥命夫人，享千人封邑！」

汪夫人拉著柳嫣的手，也忍不住垂淚。「從今日起，再也不會有人對妳說三道四了！」

柳嫣真心實意地給汪柏林夫婦磕了一個頭。她知道包括神女說法、覺明大師的謁語，還有這道聖旨，足以消滅所有的流言蜚語，她可以堂堂正正、風風光光的陪在穆廷身邊，站在世人面前。

這是汪氏夫婦送給她和穆廷，最好的新婚禮物。

黃昏，大院中點起了篝火，沒有什麼酒席，篝火上支著架子，上面分別是烤全羊、烤野豬、烤雞、烤鴨……等各種野味，大家圍在篝火旁，吃著烤肉，喝著酒，跳著、唱著、鬧著。

汪夫人對坐在自己身邊的柳嫣笑道：「在邊關，就是用這種方式來結親的。嫣兒，希望妳不會覺得太簡陋。」

柳嫣亦笑道：「夫人，我很喜歡，很開心！」

這時穆廷端了一盤切得薄薄的烤羊肉片，還有一小瓶清酒遞給柳嫣。柳嫣吃著香噴噴的肉，喝著醇厚的酒，只覺得天上人間最美不過如此。

到了二更天，大家都玩瘋了，有些男人打赤膊摔起跤來，旁邊一群人拍手叫好。

柳嫣就見穆廷從人群中擠出來，一把抱起她，向旁邊的密林走去。

柳嫣忙問：「去哪？」

穆廷狠狠親了柳嫣臉蛋一口。「洞房！」

柳嫣把頭埋在穆廷的肩上，看著密林。她在古代的新婚第一次，是要打野戰嗎？

柳嫣正在胡思亂想，就見穆廷抱著她來到密林深處的一座茅屋前，這茅屋明顯是新建的。

穆廷放下她，在穆廷眼神的示意下，她拉開茅屋的門。茅屋裡用竹牆隔成兩間，一間壘了一個池子，池水冒著裊裊白霧，竟是一眼溫泉。
柳嫣驚喜萬分，再看另一間，砌了一面大炕，上面鋪著繡著大紅喜字的紅色喜被，牆上也貼著喜字，對面的桌案上點著一對龍鳳喜燭。
穆廷牽著她的手來到桌案前，上面放著酒杯和酒壺。
柳嫣看向穆廷。他好像從來不喝酒的。
穆廷笑道：「我曾經因為喝酒誤過事，所以立誓不再喝酒，不過今天是我們新婚大喜之日，我就破例喝了這杯交杯酒！」
穆廷在酒杯中倒滿酒，兩人手臂相交，一口乾了杯中酒。
柳嫣被穆廷抱到炕上，一件件解去身上的衣裳。
雖然兩人已經坦誠相見過無數次，可是在這新房裡、喜燭下，不知怎麼的，柳嫣竟有些害羞了。她忍不住用雙臂抱著胸口，蜷起了身子。
殊不知，她這副模樣，看在穆廷眼裡，更是一番美景……
她一身如凝脂般的雪白肌膚，埋在那大紅色喜被中，就像那葡萄露中的一顆白色珍珠，熠熠發光。
穆廷迅速脫掉身上所有的束縛，俯下身，覆在她的身上，感覺到她的身子輕輕的顫抖。
他低下頭親吻她身上每一寸肌膚，像信徒帶著他所有的虔誠與愛戀。
在他飽含深情的親吻下，柳嫣就如那含苞待放的海棠花，慢慢綻開嬌美的花瓣，向著她的愛人燦爛怒放，任他採擷……

不知過了多長時間，柳嫣閉著眼睛，在浮浮沈沈間，聽著穆廷在她耳邊的粗喘聲，聽他一遍遍叫著她的名字，她只覺得眼前白光閃閃，所有意識飛升雲端。

當她再次清醒過來時，發現自己被穆廷抱著，泡在溫暖的泉水中。

穆廷見她醒來，笑著吻了吻她的額頭。

柳嫣看著眼前這張俊臉。她竟然被他做暈了，這是多麼強悍的體力啊！

她看見他眼中冒出她熟悉的那抹狼一般的光，心中警鈴大作，轉身想掙脫他的懷抱，可是來不及了，她的腰被一雙鐵掌給固定住。

柳嫣覺得自己彷彿是池中的一尾小魚，被掠奪上岸，她只有大口大口的喘息，才能保住一線生機。

又不知過了多久，柳嫣迷迷糊糊間，被穆廷抱上了炕，她感覺穆廷用柔軟的布巾擦拭著她的身子，在她已經泥濘不堪的小腹間灑上一些露水，讓她全身舒爽了許多，頓時昏昏沈沈地睡了過去。

穆廷幫她清理好後，上了藥，爬上炕，雙手緊緊摟住她，把她以一種保護的姿態緊緊摟在懷裡，相擁而眠。

他一直以為自己很有自制力，多年的軍旅生涯，見慣生死，讓他變得理智、冷酷、恪守原則。

可自從再見到嫣兒，並與她相愛後，他覺得自己所有的原則都煙消雲散了。

他為她哭、為她笑、為她癡迷、為她瘋狂。

他只想一遍一遍的吻她、愛她，與她做到天荒地老。

而他的嫣兒也是那樣直接，毫不掩飾地與他共享每一次的溫存，讓他深深地感受到她的歡喜、她的熱情。她讓他清楚地明瞭，她也是同樣愛著他，享受與他共赴雲雨的每一刻……

第五十七章 大結局

第四天，柳嫣見到她爹時，真是有些不好意思了。她和穆廷竟然真的做了三天三夜沒出屋……

柳成源終於看到自己的女兒，他見她大熱天的還穿著高領衣裳，全身裹得嚴嚴實實，眼底泛青，眼皮浮腫，和他說幾句話便呵欠連天。

再看穆廷是精神奕奕，臉上的笑容都掩飾不住。

柳成源心疼女兒，皺眉對穆廷道：「阿嫣還小，你得心疼她，有些事你要節制一些。」

柳成源與穆廷感情猶如半子，現在又成了一家人，所以他說話也是直來直去。

不過他也看到女兒與穆廷好得蜜裡調油的樣子，心中又是歡喜，又有幾分酸澀。女兒終於長大了、嫁人了，再也不是他膝下的那個小女娃了。

柳嫣可沒她爹那麼多感觸，她並不覺得她的生活有多大變化。爹還在身邊，每天仍是在一起吃飯，只不過兩口之家變成了三口之家。

穆廷事多，新婚三天後，就得天天去衙門點卯，早出晚歸的。

她白天也不是待在那小茅屋裡，而是和她爹一起教山莊裡的孩子們唸書、畫畫，和這個聊聊天，和那個說說話，時間過得飛快。

不管多晚，穆廷都會從永平府趕回來，兩人陪柳成源吃完飯、伺候他休息後，才手拉手回到他們愛的小屋裡。

一個月的蜜月過去了，柳嫣看著鏡子裡的小婦人，膚勝桃花，目含秋水，豔色更勝往昔，眼角眉梢都是幸福的模樣。

只是穆廷卻是走得越來越早，回來得越來越晚，好幾次，柳嫣是自己陪著柳成源吃過飯，晚上回到小茅屋睡著後他才回來。

這一天，柳嫣雖然睏得不行，但仍強睜著眼，等著穆廷回來，想和他說她發現她爹和那李將軍有了一些新的情況。

沒想到半夜三更，等回來的卻是一身戎裝的穆廷。

「你要去打仗嗎？」柳嫣擔心地問。嫁給裴家軍的第一勇士，她想過有一天穆廷會離開她，奔赴戰場，只不過沒想到這一天會這麼快就來了。

穆廷抱著柳嫣，溫柔地吻去她眼角的淚。「英王造反了，朝廷下令重新組建裴家軍，我是元帥、汪大人為監軍，再過一個時辰，我們就得啟程趕往潼關，跟那裡原來裴家軍的將士會合，圍剿英王。剛才我把汪夫人也送到山莊來了，有什麼事情，妳和汪夫人多商量，山莊由李將軍守著，會很安全。」

柳嫣擦了擦臉上的淚。「我去給你收拾東西……」

「不用了，打仗也帶不了什麼東西，胡老六他們也都準備好了。嫣兒，這龍鱗劍我還是交給妳，妳留著防身。」

柳嫣想起上次趙天霸的事，也是因為有龍鱗劍幫忙，便也沒有推辭。

只剩不到一個時辰，她的男人就得離開她，柳嫣雖然萬般不捨，可她知道打仗是穆廷作為軍人的天職。

柳嫣踮起腳尖，親吻他的嘴角。「你一定好好的，打勝仗，回來見我！」

「好！」穆廷鄭重承諾。

柳嫣脫下衣服，赤裸裸的站在穆廷面前，她要用她最美麗的身體，送她的愛人出征。

半個時辰後，穆廷整理好衣裳，他按住要從炕上起來的柳嫣，狠狠吻了吻她。「嫣兒，不用起身了，我走了！」

就像每天去府衙一樣，他平靜地向柳嫣笑了笑，推開門大步而去。

第三天，柳嫣就收到穆廷的飛鴿傳書，應該是匆忙間寫完的，只有兩個遒勁有力的大字——

想妳！

柳嫣捧著信笑了，她找了一個柳木匣子裝好信。她知道穆廷公事繁忙，是抽出空才能給她寫這封信。她鋪上信紙，給他寫了回信，滿滿的一篇，講山莊裡的事，講她和李將軍練功的事。

信送出去的第二天，她就收到穆廷的回信，上面還是寥寥幾個大字。

不要太累了。

她將信按順序放在匣子裡，就這樣，最遲三天內，她就能收到穆廷的飛鴿傳書，她知道，他是想用這種方式讓她放心。

柳成源本來擔心女兒受不了穆廷去打仗，但看她還是樂呵呵的，給穆廷回信、教孩子畫畫，又和李將軍練起武來，他這才放下心來。

連汪夫人都暗地裡跟周嬤嬤、李將軍誇讚柳嫣，這才是裴家軍女眷應有的樣子。

柳嫣也從汪夫人和李將軍嘴裡，知道一些戰事的情況。原來當今聖上病重，最終召回被他廢了的原太子，重新立為太子，以繼大統。故此英王按捺不住，以清君側的名義，起兵造反。

因英王對造反一事籌畫多年，剛開始打得朝廷軍隊措手不及、節節敗退，所以朝廷才重新組建裴家軍。由於裴老將軍已經去世，便由他最得意的弟子穆廷做了裴家軍的元帥。

原來裴老將軍已經去世了，怪不得一直沒有聽穆廷提及過裴將軍，柳嫣如今也明白了許多之前她不瞭解的事情。

在柳嫣每日的思念中，三個月過去了，戰事還在繼續，但好消息不斷傳來——穆廷帶著裴家軍的千人先鋒隊，在祁連山伏擊了英王的主力部隊，以少勝多，大敗敵軍萬人，改變膠著的戰事。裴家軍趁勢將英王一路打回他的老巢冀州，英王大勢已去。

這天晚上，柳嫣正陪著她爹說話，忽然就聽屋外馬嘶人叫，柳嫣打開房門，就見山莊門口火光沖天。

柳成源在身後著急叫道：「這是怎麼了？李將軍去哪了？」

汪夫人也被周嬤嬤扶著出了屋，見到柳嫣，忙道：「應該出什麼事了。嫣兒，快點，我們先去後山的山洞躲一躲！」

柳嫣拽了她爹，跟著汪夫人往後山走。

就在這時，李將軍手拿寶劍，帶著二十幾名裴家軍的護衛飛奔而來。「夫人、阿嫣，是趙天霸的人找到山莊了，你們快走，我帶著人殿後！」

柳嫣點頭，就聽柳成源對李將軍道：「妳也多小心！」

李將軍點頭。柳嫣扶著汪夫人剛走了不到百米，就聽身後傳來一聲大笑。「愛妾別來無恙，這是準備去哪裡啊？」

……趙天霸！

柳嫣回頭，就見趙天霸和一個馬臉漢子騎著馬，站在一隊手拿火把的士兵前面。

李將軍擋在柳嫣前面，用劍指著那馬臉漢子。「趙懷水！又是你這個叛徒！」

那馬臉漢子陰惻惻地道：「李將軍的脾氣還是那麼火爆，一個女人這樣，當心改嫁不出去啊！」

李將軍罵道：「趙懷水，當年你身為裴家軍親衛隊的副統領，老將軍待你不薄，可你卻恩將仇報，用下了迷藥的酒迷昏穆廷，又將老將軍帶到敵人的埋伏中，裴老將軍才戰死沙場。今日，你又帶著人找到這裡，你還有沒有一點點良心！」

……哦，怪不得穆廷從來不喝酒呢！

趙懷水道：「妳也不用多囉嗦了，人各有志罷了。不過，我勸妳也趕快投降，把汪夫人和那個什麼柳嫣交出來！」

「呸，你作夢，有我在，你休想！」

「那就別怪我不客氣了！」趙懷水與李將軍認識多年，也知道她的性格。

兩人也不再廢話，戰到了一起。柳嫣護著汪夫人，拿眼瞄著趙天霸，怕他乘機出陰招。

這時就聽她爹驚叫一聲，原來趙懷水一劍刺中李將軍的右臂，李將軍寶劍脫手，趙懷水乘機拿劍刺向李將軍的咽喉。

柳嫣也忍不住尖叫。這時一支羽箭破空射來，射中趙懷水的劍上，趙懷水手一偏，李將軍身子向後一縱，逃脫出來。

柳嫣聽到一道熟悉的聲音響起。「趙懷水，今日穆某總算找到你了！」

穆廷！她的男人回來了！

就見穆廷身著黑盔黑甲，手持寶劍，大步而來。夜風吹起他身上黑色的披風，就如大鵬展翅，威武不凡。

柳嫣的眼睛被淚水模糊了。她有多久沒見到他了？一百二十五天零九個小時！

當她終於再見到他時，她清楚地感覺到，她對他的思念已經無法用語言來表達。

穆廷大步走到趙天霸和趙懷水面前，譏諷道：「二位也就只有欺負婦孺老幼的能耐，不過你們沒有想到穆某會回來吧？告訴你們，你們的主子已經在冀州城伏法自盡了，你們兩個也逃不掉的！」

趙天霸和趙懷水不禁互看了一眼，都在對方眼中看到了驚慌與害怕。

英王死了？怎麼這麼快？他們剛被英王派來抓汪夫人和柳嫣做人質，就出了這樣的事？不過看穆廷的樣子，似乎不是騙他們的。兩人的心都是一沈。

穆廷拿劍指著趙懷水。「趙懷水，穆某找了你這些時日，今日就是我為老將軍報仇之時！」

趙懷水色厲內荏地道：「穆廷，你別以為你能打得過我，你的武功還有幾招是我教的呢！」

穆廷也不廢話，揮劍直向趙懷水。

兩人戰在一起，就是柳嫣這不懂武功的也能看出來，趙懷水曾是裴家軍親衛隊副統領，剛才又打敗了李將軍，他的武功的確十分高強，

穆廷與他戰了幾十回合，不分高下。

柳嫣的心都提到嗓子眼了，忽然就見趙懷水一閃身，左手的袖口射出一支袖箭，直奔穆廷面門而去。

柳嫣厲聲尖叫。

穆廷忙用寶劍隔開袖箭，這時趙懷水的寶劍就往穆廷的胸口刺了過來。

趙懷水哈哈一笑。「穆廷，我這一招就是專門為你練的，今日就要了你的狗命！」

柳嫣欲狂奔過去，誰知剛一抬腳，電光石火間，穆廷一個旱地拔蔥，竟然高高躍起，如雄鷹一般，在空中一擰身，手中寶劍從趙懷水的肩胛骨直插下去。

「趙懷水，我這雲梯縱也是為你練的！」

趙懷水手中寶劍落地，人直直摔倒在地。

柳嫣摀住嘴，眼淚嘩的一下流了出來。

柳成源驚恐的叫道：「女兒！」

趙天霸見趙懷水輸了，自己可能也逃不過，便帶著幾個手下朝柳嫣猛撲而去。

守在柳嫣身邊的幾名護衛忙上去迎敵，穆廷見了，也大步飛奔過來。

但是趙天霸的馬快，他的手下纏住了護衛，他便直奔柳嫣而來。

柳嫣看著馬上的趙天霸俯身，伸手來抓她，耳邊是穆廷的大喊：「嫣兒，小心，快跑！」

話音剛落，趙天霸一聲慘叫，從馬上跌落下來。

穆廷見柳嫣側身而立，手裡拿著龍鱗劍，寒光閃處，鮮血滴滴，竟是將趙天霸的一隻手掌生生斬了下來！

哼，她可是與李將軍學了四個月的功夫，還敢打她的主意，找死！

柳嫣擺了一個女俠持劍的姿勢，朝著向她跑來的穆廷咯咯笑道：「夫君，我這樣可厲害？」

穆廷看著柳嫣俏生生的模樣，只覺得心中的柔情再也無法抑制。

他上前一把抱住柳嫣，在她耳邊輕聲道：「寶貝嫣兒，我好想妳！」說著抱起柳嫣，就向他們的密林小屋奔去。

柳嫣大驚，忙在他耳邊道：「那麼多人看著呢，你快放我下來！」

穆廷也不答話，腳下的速度反而更快了。

柳嫣把臉埋在穆廷胸口，哀嚎一聲。所有人都知道他們要去做什麼了，在這種事上，男人的臉皮真的要比女人厚許多。

身後傳來胡老六等人的哄笑聲，還有柳成源跺腳嘆氣的聲音。

穆廷抱著柳嫣到了茅屋門口，用腳踢開門，進了屋，回腳關上門後，就把柳嫣抵在門上，手像剝粽子一般，把她的衣服剝下來，然後一手解開自己身上的鎧甲和褲帶……長長的第一次結束，穆廷抱著柳嫣進到溫泉池水，把頭埋在她的肩上。「嫣兒，我們以後再也不分開了，好不好？」

「嗯，再也不分開了，你去哪裡，我都要跟著你！」

外面的事還很多，穆廷與柳嫣纏綿了一回，不得不起來穿衣。

他整理好衣服，對炕上的柳嫣笑道：「別睡覺，等我回來！」

柳嫣微笑。她知道剛才那一回也就是個餐前小點罷了，哪夠穆廷吃飽，這人還得回來吃大餐呢。

戰事真的結束了，英王自盡，趙天霸等人被凌遲處死。

先皇薨，太子繼位，朝堂上一批新人換舊人。柳嫣的外公溫閣老是當今聖上的老師，即當年的太子太傅，他正是因為太子當年謀逆一案，受到牽連而死。

太子登基後，立刻下旨為溫閣老洗刷冤屈，重立聲名。但溫家已沒落，與溫閣老血緣最近的，就剩下柳嫣這個外孫女了。

皇帝也知道柳嫣地震救人的事情，又大筆一揮，封柳嫣為護國夫人。柳成源也恢復舉人功名，可以繼續參加科舉。

汪柏林因為當年便是太子一派的中流砥柱，此次英王一戰中，作為監軍，又立下了大功，直接被任命丞相一職，統領六部事務。

而穆廷則被封為護國將軍，統領大齊朝兵馬。

她男人成了三軍總司令了，嘖嘖！柳嫣在永平府後宅，拿著明黃聖旨翻來覆去地看。

穆廷一進屋，就見柳嫣躺在床上，手裡拿著聖旨，一下又一下敲著床頭。

與柳嫣生活在一起也有半年了，其實穆廷已經發現有時她的一些想法與做法，跟平常婦人有很大的不同，可他不願去追究她變成這樣的原因，他愛的是眼前的這個人，她所有的一切，他都喜歡、都接受。

穆廷哭笑不得，從柳嫣手裡拿過聖旨。「這個是要供起來的，怎麼能如此不恭敬？」

柳嫣撇嘴。「知道了！」

她坐起身，依偎到穆廷懷裡。如今整個永平府府衙的人都知道，穆大人只要和他的夫人在一起，兩人就像連體嬰一般，穆夫人基本上是不用走路的，都是由穆大人抱著。

「對了，我們真的要進京嗎？你要去當這個兵馬大元帥？」

「妳想去嗎？」穆廷看向柳嫣。

「嗯，雖然京城有汪大人他們在，當今皇帝又對溫家不錯，可是伴君如伴虎，我心裡總是有些忐忑。」

「妳也有害怕的時候？」穆廷撩眼皮，看他這個有時膽大如虎的小嬌妻，他還記得柳嫣砍斷趙天霸手掌時凶狠的樣子。

柳嫣被穆廷戳破了想法，不好意思地笑了。「你聽過一句話嗎？悔教夫婿覓封侯。你當了那麼大的官，誰知道會不會有人想把女兒嫁給你當妾啊？如果一天到晚看著別人往家裡給你塞女人，我一定會不開心，我不開心就會肝疼、胃疼……」

穆廷狠狠吻了她一口。「不要胡說，我正要跟妳商量呢。我不想去京城履職，我們就在這永平府待著，我就做我這個永平府知州！」

「真的？」柳嫣驚喜地問。

「真的，本來我怕妳覺得我沒有志向，如今看來，妳也很是贊同吧？」

「我當然同意了，不過，」柳嫣得了便宜還賣乖。「你以後可不要後悔，說什麼為了我，犧牲當大官的機會！」

穆廷拍了柳嫣屁股一掌。「又胡說，我要想當官早就當了。當年朝廷就封我為龍虎大將軍，但我不喜官場的爾虞我詐，還有和文官打交道，就沒有聽封。嫣兒，我很開心，妳的想法和我一樣。」

「不過，朝廷如果封賞些金銀珠寶，你可不能推辭。」柳嫣想起被趙天霸的那兩個婆子拿走的五百兩銀子，還是很心痛。

「嗯，我知道了。」穆廷笑道。想著柳嫣知道趙天霸被抄家時，追著他屁股，說她是受害人，要官府賠償她五百兩銀子的小財迷模樣。「趙天霸那是贓款，不能給妳，但朝廷的封賞馬上就到了，汪大人已經寫信告訴我了。」

柳嫣一聲歡呼。

「對了，嫣兒，我還想和妳說一下爹的事。」

「我爹憋不住去找你了？」柳嫣來了精神。

「沒有，是李將軍來找我的。」

她這個爹喲！柳嫣扶額。連求親都是女方先開口。

「不過，我剛剛和爹談了，嫣兒，妳真的不介意爹再娶妻嗎？」穆廷其實最關心的是柳嫣的情緒。

「我當然不介意了，爹還不到三十五歲，還有那麼長的路要走，有一個像李將軍這樣的人陪著他、照顧他，對他或對我們都是好的。對了，爹有說他怎麼會喜歡上李將軍的嗎？」這事柳嫣一直很好奇，但她當女兒的，也不好去問柳成源。

穆廷看著柳嫣八卦的小眼神，無奈笑道：「爹說，那天他被趙天霸的人抓去金州府的趙府地牢中，李將軍化妝成送菜的商販進了趙府，拿著兩把菜刀殺到地牢，一路揹著他闖了出來。爹被李將軍揹著時，還不小心碰了李將軍的胸口，所以也算有了肌膚之親。」

「哈哈哈！」柳嫣聽了，笑得花枝亂顫。人家是英雄救美，到她爹這裡，變成猛女救書生。

不管怎樣，她爹的未來有了著落，她當女兒的也放心不少。

一個月後，剛忙完柳成源的婚禮，朝廷的聖旨就到了。

因大金國見大齊朝新皇登基，百廢待興，在邊關蠢蠢欲動，故朝廷下旨，封穆廷為鎮遠大將軍，統領邊關五郡事宜，穆廷即刻率領裴家軍趕往鐵水關，守護大齊邊關。

這一回，柳嫣作為穆廷的家眷，可以一同前往。

穆廷知道邊關的辛苦，但他委實不想與柳嫣分開。

他本想和柳嫣好好談談，但沒想到柳嫣知道要去邊關後，便興高采烈的收拾起行李來了。

穆廷還是負責任地跟她講了邊關的艱苦，但是柳嫣只有兩條：一，她不要和他分開；二，她也有些厭煩了當知州夫人，每天與各色夫人打交道的日子，太多規矩了。她要去邊關，那裡的風土人情應該更適合她的性格。

柳成源捨不得女兒，他也想和女兒、女婿一起去，但是李將軍有了身孕，她是高齡產婦，不宜舟車勞頓，他只好含淚送走了柳嫣和穆廷。

三個月後，柳嫣跟隨穆廷到了邊關，當她騎著馬站在鐵水山上，看著邊關外一望無盡的大草原，只覺得舒心朗懷，豪氣雲天。

「夫君，你說，有一天，我們會因為守護著這片土地而留名青史嗎？」

「我沒有想過這些，大丈夫來這人世間一回，只求問心無愧即可。嫣兒，我只願與妳攜手並肩，看這大好山河，永不分離！」

「好，我們一輩子永不分離！」

時光荏苒，在後人所整理的《大齊稗記：名將錄》中，有這一卷——

大齊鎮遠大將軍守護邊關二十年，初到邊關時，與大金國軍隊幾經交手，曾三擒三放大金主帥，終使大金國心悅誠服，自願簽定互不侵犯條約。

另外，他還讓軍隊幫助百姓開墾荒田、種植稻穀，引進大金國的養馬、製皮革等工藝，改善民生。這些舉措保邊關三十餘年的安穩，再無戰火，百姓得以安居樂業。

最難得的是，他與夫人伉儷情深，終身未納過一名侍妾，也從不流連花叢，潔身自好，實乃大齊朝男人之典範。

而穆夫人在邊關建慈悲院、孤兒院、書院，讓一大批孤苦伶仃的老人與孩子，老有所養，幼有所依；讓那些窮人家的孩子能夠上學、讀書，許多孩子因此而改變了命運。

後人感念穆氏夫婦之善舉，在邊關為他們修廟宇、鑄金身，讓他們的名字在這片土地上，永遠被人所傳頌……

柳嫣與穆廷成婚三年，一直沒有身孕，為了這事，柳成源不知有多著急，四處蒐羅民間的方子，給柳嫣寫信寄過來。

杜仲來邊關看他們夫婦時，也給柳嫣和穆廷看過身體，說兩人的身體都沒什麼問題，只能等緣分了。

柳嫣自己倒不覺得怎樣，但老穆家只剩穆廷一根獨苗，她有些擔心穆廷是否會著急？但穆廷卻反過來安慰柳嫣，說他不著急。

穆廷這話並不是安慰，對於子嗣，他是真的沒有那麼心急。

一是柳嫣還沒滿二十。他知道女人生孩子就是過一道鬼門關，他可不希望她有任何閃失。

二來他也是有私心的。如果柳嫣有了身孕，懷胎十月，那他十個月吃不上肉，哪裡能受得了？如今他雖然公事繁忙，但是每天晚上、早上起床前，必須得吃上幾口肉，否則整天都會沒有精神。

柳嫣為此還說過他幾回，說他太貪戀她的身子了，不過穆廷是有理由的。他二十多歲才吃上肉，別人在他這個年齡都當爹了，他晚了這麼多年，還不許他補上啊？

三是穆廷還沒有過夠與柳嫣的二人世界。他聽說婦人有了孩子後，都會忽略當相公的，到他這可是絕對不行，他的嫣兒眼裡只能有他一人。

四是如今柳嫣被他寵得越來越像小孩子，在外面時，還能一本正經裝個將軍夫人的模樣，但在家裡就成了一個大巨嬰。

她自己都是孩子，還怎麼生孩子？

穆廷沒有父母，在邊關的元帥府，後宅只有柳嫣一人，她想睡到何時就睡到何時，想幹什麼就幹什麼，全府的人都知道將軍寵夫人，沒有一個敢說閒話。

只要穆廷在家，柳嫣是飯來張口、衣來伸手；她說東，穆廷就不會抱著她往西；她說雪是黑的，穆廷絕不說那是白的。

杜仲來邊關和他們小住過幾日，被這兩人肉麻的受不了。

「老穆啊，我都奇怪了，你這人怎麼會被外人稱為睿智英武呢？你這分明就是當昏君的料嘛！」杜仲吐槽。

穆廷大笑。他也沒想到自己會有這樣沒原則的一日。「就是我想當昏君，嫣兒也不是那妲己啊！這是在家裡，嫣兒心裡有數。」

說完半是炫耀、半是關心的拍了拍杜仲的肩。「這是夫妻情趣，你還沒成親，等你有了媳婦就知道了。」

這話把杜仲酸的，待了兩天就走了。

柳嫣實在閒得沒事，想起她寫話本子和畫插圖的往事，便摩拳擦掌要重新來過，準備寫一篇名著出來。
可是開始寫才知道，這名著哪是那麼好寫的？她身上沒有半點文采，寫得十分痛苦。她想起她看的那些話本子。那些小肉文她能寫啊！
於是柳嫣改弦易轍，寫起她的小黃文。不過當她每日奮筆疾書，寫得興致勃勃之際，她的書稿不慎被穆廷看到了。
穆廷的臉一下子就黑了，他的夫人怎麼能寫這個？什麼大小姐與馬夫還有管家的二三事？什麼小寡婦與書生還有屠夫的風流史？
他一開始怕柳嫣悶，還挺支持她的寫作大業，那筆墨紙硯都是用最好的，誰知這一看，柳嫣也太大膽了，什麼亂七八糟的文章都敢寫，還給自己取了個「風月無邊」的筆名，生怕別人不知道她在寫黃文。
他看了柳嫣寫的那些東西，忙把府裡的管家和馬夫都換成長相醜的。這叫防範於未然。最後還沒收柳嫣的筆墨，嚴禁她再寫。
柳嫣撒嬌賣萌、打滾哭鬧，穆廷就是咬死了不答應。柳嫣知道，他如果下定決心的事，她也是沒法改變的，只好忍痛放棄她的寫作生涯。
不過她心裡還是意不平，為此兩天沒讓穆廷近她身，再加上之前還來了四天月事，整整憋了穆廷六天，把人憋得一天到晚黑著臉。
第三天，柳嫣還是不准穆廷回臥房，趕他去書房住。
可這一回，穆廷可沒有聽她的話，而是直接把她的手綁在床頭，狠狠弄了幾遭，弄得柳嫣哭著求饒。就是這樣，他還是沒放過柳嫣，直逼得柳嫣發誓，以後再也不用分房睡覺的方式來發脾氣，這事才算解決。

既然寫不了書，那該做點什麼呢？

正好杜仲來了，柳嫣就和他請教一些護膚的古方。在現代，有許多化妝品打出什麼宮廷秘藥的噱頭，也不知道是不是真的？

沒想到杜仲還真給她拿出一些方子，告訴她，汪夫人也在用這些。

柳嫣一聽汪夫人也在用，立時高興了。代表這肯定是好的啊，汪夫人三十多歲，看上去卻像二十出頭，根本就是一個活廣告！

她立刻生出了雄心壯志。不然她開間胭脂鋪子吧？用杜仲的方子做些護膚品來賣！

她高興地跟杜仲說，杜仲卻斜眼看她。

唉，好好的一個姑娘，之前跟他討論醫學時，多麼鍾秀聰慧，如今成了親，被穆廷寵成智商只有三歲的小傻瓜，可惜、可惜……

柳嫣看杜仲用看智障一般的眼神看她，不解地問：「怎麼了，有什麼問題嗎？」

杜仲指著那方子。「妳看看裡面都需要什麼東西？妳覺得這些東西是那麼好找的嗎？是滿大街都有的嗎？」

柳嫣這才仔細看了方子。什麼千年人參、天山雪蓮、冬蟲夏草和貂油等等。

柳嫣尷尬地笑了。這些東西是不常見啊，材料這麼貴，她這成品得賣多少錢啊？況且材料稀少，也沒法量產啊！

看來她的創業計劃還沒開始，就胎死腹中了。

不過她自己要用，還是用得起的。柳嫣把方子給穆廷，讓他幫她準備齊全。

反正都是純天然的材料，邊關風大，氣候乾燥，柳嫣雖然天生麗質，但肌膚也是缺水的，所以她用這護膚膏是全身上下厚厚地抹，沒想到還真管用，幾個月下來，她的身子就又變得白白嫩嫩的。

抹的時間長了，那柳嫣比做姑娘時還水靈，嫩的都可以掐出水來了。

有幾次她和穆廷微服出去玩時，街上的人還以為她是穆廷的女兒。穆廷的臉都黑了，他做了大將軍，為了更顯威儀，還準備留鬍呢，這下也不留了。

在邊關的第四年，柳嫣又一次見到了覺明大師。覺明大師來到邊關的金水寺，為戰死的將士們作法會。

當柳嫣見到覺明大師時，第一個念頭就是如今小柳嫣怎麼樣了？

柳嫣試探地問道：「大師如何看莊周夢蝶，蝶夢莊周呢？」

覺明大師拈花微笑。「一切有為法，如夢幻泡影，如露亦如電，應作如是觀。」

柳嫣心想，這不是跟沒說一樣嗎？得，也不和這老和尚打機鋒了。

柳嫣直接道：「我能再看看她嗎？我希望她能和我一樣幸福。」

覺明大師唸了聲佛號。「阿彌陀佛，佛法無邊，只渡有緣人。施主，請閉目。」

柳嫣閉上眼睛，耳邊又是梵音陣陣，她好像穿過一條長長的走廊，然後她又看到現代世界的種種畫面。

她看到鮑岩，也就是小柳嫣醒過來時，父親鮑誠言臉上欣喜的淚水。

她看到小柳嫣小心翼翼地適應著現代的生活。

她看到小柳嫣給她父親做飯、陪著父親出去旅遊，看到父親臉上欣慰滿足的笑容。

她看到小柳嫣真的聽了她的話，結束掉所有生意，開始在全國各地買房子。

她看到小柳嫣遇見她的童年玩伴吳清水，並且一見鍾情。果然，小柳嫣在兩個世界裡，都是喜歡這樣白白淨淨的讀書人。

她看到他們舉行了盛大的婚禮，婚後生活和她一樣幸福。

等等，她又看到了什麼？小柳嫣用她之前冷凍的卵子做了試管嬰兒，小柳嫣懷孕了！

在現代，小柳嫣可以懷孕，那她在這古代，為什麼沒有懷孕呢？

她看著小柳嫣十月懷胎的幸福模樣，心裡竟有了一絲羨慕。

小柳嫣生了一對雙胞胎女孩。當柳嫣看著那兩個女孩的模樣，嚇得哇的一聲叫了出來。

怎麼和她小時候一模一樣，小柳嫣把她又生回到現代了嗎？

柳嫣緊張地睜開眼睛，才發現她還在覺明大師的禪房中，才長長吁了一口氣。

小柳嫣在她的世界，一切幸福就好！

柳嫣回到家後，開始思索起來。她和穆廷一直很恩愛，也沒有避孕，為什麼四年來也懷不上？

是做得太頻繁了，還是姿勢不對？

晚上，穆廷照例與柳嫣溫存完，就見平時累得立刻可以昏睡的柳嫣竟沒有睡，而是腿抬得高高的，在床上做起了倒立。

「嫣兒，妳這是做什麼？」穆廷驚訝。

「這樣容易受孕，我要生孩子！」柳嫣理直氣壯地道。

穆廷扶額，勸柳嫣不用著急，但這一回柳嫣不理他，扯著脖子說她就想懷孕、她要生孩子。

好吧，這些生活上的事，穆廷都是順著柳嫣的，她既然鬧著要生，如今她的年紀也可以生了，那就生吧！

柳嫣又用她瞭解的生理知識，通過月事，算了她的排卵期，確定哪三天容易懷孕。

於是一天晚上，穆廷進了臥房，就見臥房內只燃了兩支蠟燭，朦朦朧朧的光影中，他的小嬌妻穿了件紅色綢緞的短裙，那裙子堪堪只到她的大腿根。

再往上，就見那裙子是用兩條細帶垂在肩上，露出兩個白嫩晶瑩的胸脯。柳嫣一轉身，穆廷就見這裙子後面只遮住她的半邊翹臀，美背一覽無遺。

其實這裙子和沒穿也沒什麼兩樣，該露的都露了，但露的十分有技巧，把柳嫣的長腿、美乳、翹臀，以及光潔的後背都凸顯出來。

這曼妙的身材，配上柳嫣精緻的面孔，充滿無限魅惑。

平時穆廷對柳嫣本就沒有抵抗力和自制力，此時更是紅了眼，衝上去一把抱住柳嫣。

「哎哎，你別撕我衣服！」柳嫣叫。

「讓府裡的繡娘照這款式，各種顏色各做五件！」穆廷喘著粗氣道。

第二天中午，穆廷一般都是在書房用飯、辦公，就聽門口的小廝殷勤地道：「夫人，您來了！」

嫣兒怎麼來了？若沒什麼急事，她很少會來打擾他辦公。

穆廷忙站起身，就見柳嫣穿了一件紅色的大斗篷，裹得嚴嚴實實，手裡拿著一個食盒進來了。「夫君，我來給你送湯了！」

嗯？她什麼時候這麼賢慧過？穆廷半信半疑地打開食盒，拿出一碗湯，用湯勺舀了舀裡面黑乎乎的東西。

「這是什麼？」

「鹿鞭燉枸杞。」

什麼？她這是嫌他還不夠英勇嗎？穆廷抬頭，驚訝地看柳嫣。

柳嫣推了推他的肩膀，撒嬌道：「這是人家親手熬了一個多時辰的呢，你快喝了！」

好吧，那就喝吧。穆廷捏著鼻子，一口喝光碗中的湯。

柳嫣嗲聲嗲氣道：「夫君，我這件衣服可好看？」

柳嫣解開斗篷，裡面只穿了一件透明的紗衣，紗衣下，她窈窕玲瓏的曲線畢露，性感無邊。

柳嫣沒有在穆廷臉上看到驚豔的表情，就見穆廷皺眉輕吼：「妳這又是鬧哪齣？」

說著，一把將柳嫣抱進懷裡。邊關的十月天已經很冷，她穿得這麼少，非得著涼不可！

果然，將人摟進懷裡，發現她的手都是冰的。

穆廷大急，拿斗篷裹住她，一路把她抱回內房，直接放進被子裡，讓下人準備湯婆子。他自己也脫了衣服，上床摟住柳嫣，將溫暖分給她。

他再問柳嫣，柳嫣這才支支吾吾地道：「這三天是受孕期，多做些，容易懷孕……」

穆廷長嘆一聲，乾脆推了公事，兩人又來了一回三天三夜不下床。

柳嫣又折騰了十幾日，之後就不折騰了，因為不知怎的，她開始犯睏了，有一天竟然睡了一整天。

這可把穆廷嚇著了，忙喚來府中的大夫給她看看。

大夫給柳嫣看了一盞茶的時間，才笑道：「恭喜將軍和夫人，夫人這是有身孕了！」

柳嫣和穆廷都有些不敢相信。真的有了？這麼快！

兩人大喜過望，不過柳嫣是第一次懷孕，穆廷對這方面也是知之甚少，於是忙問大夫一些注意事項，又給杜仲寫了信，讓他馬上過來。

之後他也給柳成源寫了信，報了喜，還讓岳母李將軍找兩個可靠的婆子過來。

三個月後，柳成源接到信，乾脆帶著老婆和兒子來到邊關。這是柳嫣第一次見到自己五歲的親弟弟柳青，是喜歡的不得了。

柳成源一家來了，柳青又是調皮的年紀，府裡便熱鬧了許多。

有了李將軍陪柳嫣，穆廷這才放心一些，晚上好歹能睡上一覺了。

到了第四個月，杜仲來了，一號脈，明確說了是雙胞胎。大家聽了，既高興又擔心，擔心是怕柳嫣會更辛苦。

但杜仲也說了，柳嫣身體不錯，讓大家不用憂心。

果然，有了杜仲坐鎮，柳嫣順利捱到了生產那一天。

李將軍進產房陪柳嫣，穆廷、柳成源和杜仲三人則在門外等。

只一會兒，穆廷聽到柳嫣在產房內痛苦大叫的聲音，眼淚就止不住的流了下來，看得杜仲是扶額嘆息。

這還是那個橫刀立馬的穆大將軍嗎？比他那個愛哭包的岳父柳成源還會哭。

正想著呢，柳成源也哭上了，岳婿兩人一起抱頭痛哭。

杜仲嘆氣。這哪裡是生孩子，不知道的還以為家裡出了什麼事呢！

後來，穆廷死活不在外面等了，杜仲只好在產房裡放了一面屏風，讓這兩人在後面等。

好在柳嫣的身體不錯，折騰了兩個時辰，在穆廷就要暈倒前，終於生了一對龍鳳胎。

自此，將軍府裡又是一番熱鬧景象，總歸都是幸福生活的千姿百態……

——全書完

愛情對手戲

The Thing About Love

作者◎Julie James 茱麗．詹姆斯
譯者◎郎淑蕾

她不想認真談感情，先找個黑馬王子輕鬆玩一玩。
眼前這個即將轉調遠方的猛男冤家，正是天賜良機。
只是當感覺變得比「親切的好感」更強烈時，她該怎麼選擇？

郝潔西剛從洛杉磯調回芝加哥調查站，偏偏就得跟她在學院受訓時期的老對手薛強恩搭檔進行臥底任務，攜手假扮一對餐飲業的投資客。倒不是強恩有什麼可議之處，他不只盡責又專業，還性感到冒煙呢。只是他們倆實在有太多針鋒相對的「快樂往事」，接下來彼此合作的幾個星期想必會相當漫長。

薛強恩很有機會加入最精英的人質救援隊，這次臥底任務很可能是他的告別之作，他很希望能劃下一個完美句點，卻沒想到自己得跟總是領先別人兩步的「資優生」郝潔西搭檔。如果他們能把這件案子辦完並且沒有中途勒死對方，就是奇蹟了。

一個英勇的女主角和一個遊騎兵出身的男主角，兩人的故事説法向來不盡相同。究竟要採用誰的故事版本，才能走上一開始就註定的快樂結局呢？

果樹出版社　台北市104龍江路71巷15號　郵撥帳號：19341370
2018年7月出版　電話：(02)2776-5889　傳真：(02)2771-2568　網址：love.doghouse.com.tw

降妖除魔收服夫君 神棍也能變王妃／白糖

2018年8月出版

老婆急急如律令

雖然穿成了爹不疼、娘沒了的千金小姐，
幸好還有一身真本事，掐掐指、卜卜卦、占個星，
也能趨吉避凶，混個好日子，
但一不小心卜到自己的姻緣與夫君，
會不會太巧了呀……

文創風 664 1

她不過是為自己卜個卦，算算自小訂親的婚事要怎麼解決，
怎麼就卜到了未來夫君呢？而且卦象還是：大吉！
這意思是姻緣天注定，天上神明也會助她一臂之力，
讓她這個尚書家的小姑娘擄獲當朝七皇子，順利成為未來的皇妃 ?!
但她跟七皇子雖有一面之緣，
可堂堂皇子對她根本沒意思啊！連她瞧出他印堂發黑、必有災難，
好心要他去摘個桃枝的勸告都不理，難道要她演一齣英雌救美男……

文創風 665 2

「七爺，真的，我只輕薄過你一人……」
這個季尚書家的六小姐，真的是全天下最難捉摸的女子！
他捲入奪嫡之爭，遇上埋伏被劫，她被自己所累也跟著遇難，
卻不哭不鬧也不慌張，還有興致藉著餵藥之便輕薄當朝皇子！
尋常女子又哪會如她一般，嘴裡說著玩笑話，行事卻不輸男子，
甚至身藏高深的道法，能自救又救人，教他大開眼界；
他上輩子一心爭權奪勢，只想登那萬人之上的龍位，
這一世遇上她才明白，原來若沒有知心人，站得再高也是孤冷……

文創風 666 3

卜卦卜到自己夫君，夫君還貴不可言又兩情相悅、姻緣大吉，
這明明是件好事，但顯然有人就是見不得他們太好，
非要讓他們出點事，不是暗暗在皇上賜下的王府裡設陣法搞鬼，
就是藉著她季雲流的親人手足使絆子，甚至對她親舅舅下手；
這廂剛剛消停，那廂又三番兩次地出招害她，
不是邪門歪道想用道法制她，就是想找個男人壞她名聲；
哼，老虎不發威，真當她是個只出一張嘴的神棍嗎 ?!

文創風 667 4 完

一山還有一山高，好不容易解決了一個楚道人，
怎知又出現了更難纏的「國師」與「苗女」，手段更高、法力更強，
害她作個法還被劈了道天雷，差點去了半條小命！
可最難受的是，她到現在還沒滿十五，尚未及笄便不能成親，
眼看著未婚夫君出個門就招蜂引蝶，連太子的側妃都癡戀不已，
這教她怎麼能忍 ?! 恨哪～～美男在前，只能看不能吃，
簡直比天打雷劈受天罰還痛苦！她要速速成親！

2018年8月出版

萬貴千金

文創風 661～663

從今以後，天高任鳥飛，海闊憑魚躍！
再也沒有人能夠阻礙她的前行之路。

同病不相憐　攜手度風霜／幽蘭

身嬌體弱在大戶人家是千金，在農家就成了「廢物」。
阮玉嬌人如其名，因而被家人輕視厭惡，
雖然奶奶護著她，卻也讓她心中毫無成算，
結果奶奶逝去，她便毫無反抗之力被繼母賣了。
而後當丫鬟的生活，充滿委屈、坎坷，
最終她為了保全名節，落得撞牆自盡的下場。
如今莫名重生，前世經驗成了她的寶，
繼母、繼妹的小心思對她全無威脅。
對親人的冷漠、自私，她不是沒有恨，
但今生，她只想要離開這個冷漠的家，
保護好失而復得的奶奶，兩人一起過上好日子。

風 文創
669

撩夫好忙 下

國家圖書館出版品預行編目資料

撩夫好忙 / 七寶珠著. --
初版. -- 臺北市 : 狗屋, 2018.09
冊 ; 公分. --（文創風）
ISBN 978-986-328-906-7（下冊：平裝）. --

857.7　　107011708

著作者	七寶珠
編輯	王冠之
校對	于馨　簡郁珊
發行所	狗屋出版社有限公司
地址	台北市104中山區龍江路71巷15號1樓
電話	02-2776-5889～0
發行字號	局版台業字845號
法律顧問	蕭雄淋律師
總經銷	知遠文化事業有限公司
電話	02-2664-8800
初版	2018年9月
國際書碼	ISBN-13　978-986-328-906-7

本著作物由北京晉江原創網絡科技有限公司授權出版

定價250元

狗屋劃撥帳號：19001626

網址：love.doghouse.com.tw　E-mail：love@doghouse.com.tw